U0010293

彰化學 016

翁鬧長篇小說中日對照

有港口的街市

翁鬧著／杉森藍譯

晨星出版

【叢書序】
啓動彰化學
——共同完成大夢想

林明德

　　二十多年來，台灣主體意識逐漸抬頭，社區營造也蔚爲趨勢。各縣市鄉鎮紛紛編纂史志，大家來寫村史則方興未艾。而有志之士更是積極投入研究，於是金門學、宜蘭學、澎湖學、苗栗學、台中學、屏東學……，相繼推出，騰傳一時。

　　大致上說來，這些學術現象的形成過程，個人曾直接或間接參與，於其原委當有某種程度的了解，也引起相當深刻的反思。

　　一九九六年，我從服務二十五年的輔大退休，獲聘於彰化師大國文系。教學、研究之餘，仍然繼續台灣民俗藝術的田調工作。一九九九年，個人接受彰化縣文化局的委託，進行爲期一年的飲食文化調查研究，帶領四位研究生進出二十六個鄉鎮市，訪問二百三十多個飲食點，最後繳交《彰化縣飲食文化》（三十五萬字）的成果。

　　當時，我曾說過：往昔，有一府二鹿三艋舺的符碼；今天，飲食文化見證半線風華。這是先民的智慧結晶，也是彰化的珍貴資源之一。

　　彰化一帶，舊稱半線，是來自平埔族「半線社」之名。清雍正元年（1723），正式立縣；四年（1726）創建孔

廟，先賢以「設學立教，以彰雅化」期許，並命名爲「彰化縣」。在地理上，彰化位於台灣中部，除東部邊緣少許山巒外，大部分屬於平原，濁水溪流過，土地肥沃，農業發達，有「台灣第一穀倉」之美譽。三百年來，彰化族群多元，人文薈萃，並且累積許多有形、無形的文化資產，其風華之多采多姿，與府城相比，恐怕毫不遜色。

二十五座古蹟群，各式各樣民居，既傳釋先民的營造智慧，也呈現了獨特的綜合藝術；戲曲彰化，多音交響，南管、北管、高甲戲、歌仔戲與布袋戲，傳唱斯土斯民的心聲與夢想；繁複的民間工藝，精緻的傳統家俱，在在流露令人欣羨的生活美學；而人傑地靈，文風鼎盛，舊、新文學引領風騷，成果斐然；至於潛藏民間的文學，既生動又多樣，還有待進一步的挖掘與整理。

這些元素是彰化的底蘊，它們共同型塑了「人文彰化」的圖像。

十二年，我親近彰化，探勘寶藏，逐漸發現其人文的豐饒多元。在因緣俱足之下，透過產官學合作的模式，正式推出「啓動彰化學」的構想。

基本上，啓動彰化學，是項多元的整合工程，大概包括五個面相：課程設計結合理論與實際，彰化師大國文系、台文所開設的鄉土教學專題、台灣文化專題、田野調查、民間文學、彰化縣作家講座與文化列車等，是扎根也是開拓文化人口的基礎課程，此其一；爲彰化學國際化作出宣示，二〇〇七彰化文學國際學術研討會聚集國內外學者五十多人，進行八場次二十六篇的論述，爲彰化文學研究聚焦，也增加彰化學的國際能見度，此其二；彰化師大文學院立足彰化，於人文扎根、師資培育、在職進修與社會服務扮演相當重要

角色，二○○七重點發展計畫以「彰化學」爲主，包括：地理系〈中部地區地理環境空間分析〉、美術系〈彰化地區藝術與人文展演空間〉與國文系〈建置彰化詩學電子資料庫〉三個子題，橫向聯繫、思索交集，以整合彰化人文資源，並獲得校方的大力支持，此其三；文學院接受彰化縣文化局的委託，承辦二○○七彰化學研討會，我們將進行人力規劃，結合國內學者專家的經驗與智慧，全方位多領域的探索彰化內涵，再現人文彰化的風貌，爲文化創意產業提供一個思考的空間，此其四；爲了開拓彰化學，我們成立編委會，擬訂宗教、歷史、地理、生物、政治、社會、民俗、民間文學、古典文學、現代文學、傳統建築、傳統表演藝術、傳統手工藝與飲食文化……等系列，敦請學者專家撰寫，其終極目標乃在挖掘彰化人文底蘊，累積人文資源，此其五。

彰化師大扎根半線三十六年，近年來，配合政策積極轉型爲綜合大學，努力參與社區總體營造，實踐校園家園化，締造優質的人文空間，經營境教，以發揮潛移默化的效果，並且開出產官學合作的契機，推出專案，互相奧援，善盡知識分子的責任，回饋社會。在白沙山莊，師生以「立卦山福慧雙修大師彰師大，依湖畔學思並重明德化德明。」互相勉勵。

從私立輔大退休，轉進國立彰師大，我的教授生涯經常被視爲逆向操作，於台灣教育界屬於特例；五年後，又將再次退休。個人提出一個大夢想，期望結合眾多因緣，啓動彰化學，以深耕人文彰化。爲了有系統的累積其多元資源，精心設計多種系列，我們力邀學者專家分門別類、循序漸進推出彰化學叢書，預計每年十二冊，五年六十冊。並將這套叢書獻給彰化、台灣與國際社會。

　　基本上，叢書的出版是產官學合作的最佳典範，也毋寧是台灣學的嶄新里程碑。感謝彰化縣文化局、全興、頂新、帝寶等文教基金會與彰化師大張惠博校長的支持。專業出版社晨星的合作，在編輯、美編上，為叢書塑造風格，能新人耳目；彰化人杜忠誥教授，親自題寫「彰化學」三字，名家出手為叢書增色不少，在此一併感謝。

　　回想這套叢書的出版，從起心動念，因緣俱足，到逐步推出，其過程真是不可思議。

　　「讓我們共同完成一個大夢想吧。」我除了心存感激外，只能如是說。

·林明德（1946～），台灣高雄縣人。國立政治大學中文博士。現任國立彰化師範大學國文學系教授兼副校長。投入民俗藝術研究三十年，致力挖掘族群人文，整合民俗藝術，強調民俗是一切藝術的土壤。著有《台澎金馬地區區聯調查研究》（1994）、《文學典範的反思》（1996）、《彰化縣飲食文化》（2002）、《阮註定是搬戲的命》（2003）、《台中飲食風華》（2006）、《斟酌雅俗》（2009）。

【推薦序】

歡迎「翁鬧」返回彰化
——為《有港口的街市》出版而寫

林明德

　　葉石濤《台灣文學史綱》曾指出，台灣新文學的成熟期大概在一九二六～一九三七年之間。

　　這階段以中文寫作的作家佔大多數，第一篇小說是賴和的〈鬥鬧熱〉（一九二六），接著張我軍、楊守愚、陳虛谷、張深切等人陸續上場，他們大多出身台灣農村，透過寫實主義，反映了殖民社會問題與民眾的困境；同時以日文寫作的作家輩出，包括楊逵〈送報伕〉（1934）、呂赫若〈牛車〉（1935）、張文環〈父の顏〉（1935）、龍瑛宗〈植有木瓜樹的小鎮〉（1937）等人先後以日文作品闖入中央文壇，展現本島作家的魅力。但值得注意的是，翁鬧這個人，他在一九三四年，前往東京留學，一九三五年發表四篇小說，即：〈音樂鐘〉、〈戇伯仔〉、〈殘雪〉與〈羅漢腳〉；一九三六年，發表〈可憐的阿蕊婆〉，一九三七年，發表〈天亮前的戀愛故事〉；一九三九年，發表中篇小說〈有港口的街市〉之後，客死異鄉。幾年之間，展現小說創作的天份與驚人的質量。面對這位傳奇人物，劉捷說他是「幻影之人」、楊逸舟則嘆為「夭折的俊才」。長久以來，學者對他的生平事蹟，卒年死因，議論紛紛，莫衷一是，至於他的中篇小說〈有港口的街市〉則未見蹤影，遑論研究。

　　根據彰化縣社頭鄉有關翁鬧一家的戶口調查簿顯示，翁鬧

爲養子，生於明治四十三（1910）年二月二十一日，台中師範學校畢業，卒於昭和十五（1940）年十一月十一日。蕭蕭曾透過翁鬧小說建構文學地圖，推論翁鬧是他的同鄉——社頭鄉朝興村「翁厝」人。

昭和十四（1939）年，翁鬧三十歲，開始在《台灣新民報》連載〈有港口的街市〉。這是由黃得時策劃的「新銳中篇創作集」特輯之一，當時被邀約的還有王昶雄〈淡水河漣漪〉、陳華培〈蝴蝶蘭〉、呂赫若〈季節圖鑑〉、龍瑛宗〈趙夫人戲畫〉、陳垂映〈鳳凰花〉、中山千枝〈水鬼〉與張文環〈山茶花〉等，「依靠這些作品，暫時萎縮中的文學熱情再度昂揚。」（黃得時〈晚近台灣文學運動史〉）。翁鬧率先登場，從七月六日～八月二十日，共四十六回。龍瑛宗在〈一段回憶——文運再起〉指出：「翁鬧筆風向以抒情見稱，但這篇作品反而給人像是刻意走輕快節奏的造型師之感。」

對於翁鬧的死亡，黃得時曾沉重又惋惜的道出：「最富潛力的翁鬧，以本篇爲最後作品而去世，這可以說是本島文壇的一大損失。」

弔詭的是，所有相關翁鬧作品的探索，大多只存〈有港口的街市〉書目。換句話說，這部作品沉埋了將近七十年，眞是不可思議。

二〇〇三年，林瑞明教授指導的博士生陳淑容將影印的翁鬧《台灣新民報》連載〈港のある街〉（〈有港口的街市〉），上蓋有日本圖書館「論題檢出用」（即「許可」）印章，交給來台就讀成大台文所的杉森藍，才打開那一扇歷史的門扉。

杉森藍小姐畢業於東京國學院大學中國文學系，她受到瑞明兄的鼓勵，一邊翻譯一邊研究，二〇〇六年完成小說中譯，

二〇〇七年推出碩論《翁鬧生平及新出土作品研究》，既獲得口試委員的肯定，也爲台灣文學再現珍貴的「資源」。

翁鬧曾在這篇小說的〈序言〉說明創作動機：「這故事是著名通商港口在某時代的人類史上的一個斷層。曾經在那裡旅遊、佇立碼頭的我，想爲這港口寫些甚麼，之後再一次訪問那地方的我，愈想要寫些甚麼。」他開始努力蒐集資料，並整理出來，想把這一篇「獻給失去父親的孩子、跟小孩離別的父親，以及不幸的兄弟。」

這部小說包括序言、一～五章與終曲篇，約六萬字左右，其實是屬於長篇小說類型。故事發生於一九二五年神戶的港口，描寫二十人的故事，可以歸納爲六個部分，但之間又有糾葛的關係，即：一、靈魂人物谷子；二、谷子養父松吉老人、生父乳木氏；三、乳木純；四、神戶女人；五、神戶不良少年；六、惡劣資產家。

故事發展的脈絡，循章漸進：第一章是，一九二七年，二十八歲的谷子（有走私寶石、嗎啡嫌疑的女人），與離家出走的青年乳木純在香港回神戶的船上邂逅；接著追溯谷子被遺棄的孤兒經驗，她被松吉老人收養，老人過世後，進入孤兒院、感化院，因受不了苦刑般的生活，逃離感化院加入不良幫派；同時記述谷子生父乳木氏遺棄孩子的始末。

第二章，描寫乳木純念念不忘船上邂逅的谷子，與父親乳木氏悔改、皈依宗教、繼承牧師的職務，並且費盡心思覓尋被遺棄的女兒，他曾與谷子在拘留所見面、談話，但終慳一緣；同時帶出乳木純與眞綺子的戀情。

第三章，場景是神戶，敘述谷子與油吉的交談，以及與不良少年小新、街頭女人阿龍的互動。第四章，多重事件聚集，作者描寫關西金融界大人物山川太一郎與刑事可兒的故事、俄

羅斯馬戲團、乳木純和谷子以及支那子的重逢、同昌一夥的假鈔僞造集團。第五章，以山川太一郎爲焦點，寫他事業的沒落、舞廳遭到檢舉的過程。

終曲篇，乳木氏透過兒子乳木純得到眞相：谷子是他一直覓尋的親生女；而谷子在小說結束前，離開神戶時，才知道自己的生父，以確認「身分」重新肯定自己。

翁鬧所經營的主題意識相當多元，包括：對社會畸零人物的關注，並且爲窮人、孤兒、妓女與寡婦這些被剝削的弱者代言；以及對資本社會的批判，於山川家族霸佔多項產業、亂倫事件、官商勾結等，多所著墨。

在小說觀點上，作者以客觀的敘述手法，配合新感覺派的獨白或意識流，靈活移位運用，造成小說的縱深度。特別是小說的開展，宛如一把扇，開闔之際，展現奇美的景觀，加上許多「巧妙」事件的安排，平添無限的文學趣味。

二○○七年，我們啓動彰化學，出版彰化學叢書，驚見翁鬧遺著的出土，立即與瑞明兒、杉森藍聯繫，徵求同意，經過多次修訂、潤飾，終於在翁鬧百年冥誕前夕推出。我們歡迎「翁鬧」返回彰化，也多謝促成這段因緣的所有朋友。

【目錄】 contents

翁鬧及其文學活動

一、前言

　　關於翁鬧，幾乎沒人進行其生平研究，甚至於連名字也議論紛紛[1]。對於翁鬧的出生年月，到底是一九○八年或一九○九年呢？沒有人確切知道。至於他的死因，有幾種說法：「一九四○年左右，病歿在日本」[2]、「一九四○年左右，病歿於日本精神病院」[3]、「一九四○年左右病死東京、據說患有精神病」[4]、「翁鬧睡在亂七八糟的報紙堆裏，就這樣凍死了」[5]，眾說紛紜但都沒有得到證實。由於黃得時在〈晚近台灣文學運動史〉裡提到：「最富於潛力的翁鬧，以本作品為最後作品而辭世……」[6]，所以到目前，翁鬧真正的死亡時間被推算是介於一九三九到一九四一年之間。

　　對於翁鬧出生的家庭背景，也有不同的說法，許素蘭指出，「幼年即過繼給員林翁家為養子，本姓不詳。據與翁鬧養家相熟的靜宜大學許文宏教授表示，翁鬧的養父在員林當醫生，家庭經濟還算不錯；翁鬧小時候，翁家與一在英國家庭經常來往，因此翁鬧很早即接觸西洋文明，不僅英文很好，而且思想、作風都相當洋化」[7]；另外一說認為翁鬧「出身於窮苦

1　李怡儀《日本領台時代的台灣新文學──以翁鬧的作品為主》，東吳大學日文研究所碩士論文，1994，頁11。

2　鍾肇政、葉石濤等編《光復前台灣文學全集6》，台北：遠景，1979.7。

3　鍾肇政、葉石濤等編《光復前台灣文學全集10》，台北：遠景，1979.7。

4　葉石濤《台灣文學史綱》，高雄：春暉，1987.2.，頁53。

5　楊逸舟〈憶夭折的俊才翁鬧〉，《台灣文藝》95期，1985.7。

6　黃得時〈晚近的台灣文學運動史〉，《台灣文學》2卷4號，1942.10，頁2-15。

7　許素蘭〈青春的殘焰──翁鬧天亮前的戀愛故事〉，《聯合文學》16卷第2號，1999.12，頁71。

的農村子弟」[8]「自稱是養子，對於親生的雙親一無所知」[9]。

　　筆者向彰化縣戶政事務所拿到的翁鬧戶籍資料顯示，翁鬧的出生年月是日治明治四十三（1910）年二月二十一日，死亡年日是日治昭和十五（1940）年十一月十一日。不過，其死因仍然不明。

二、在台時期

（一）家庭背景

　　許俊雅在〈幻影之人——翁鬧及其小說〉中提出：「翁鬧，號杜夫，生於一九〇八年，彰化社頭人。家庭背景不詳，殆為窮苦農夫子弟，嘗『自稱是養子，對親生的雙親一無所知』。」[10]而從翁家戶口調查簿[11]得知，本名翁鬧確實為養子，翁鬧是日治明治四十三（1910）年二月二十一日出生於台中廳武西堡關帝廟社二百六十四番地，父親陳紂、母親陳劉氏春的四男。大正四年（1915）五月十日五歲的他，被翁家收養為養子，作為螟蛉仔[12]，入戶[13]台中廳線東堡彰化街土名東門

8　張恆豪編《翁鬧　巫永福　王昶雄合集》，台北：前衛，1991.7。

9　楊逸舟〈憶夭折的俊才翁鬧〉，《台灣文藝》95期，1985.7。

10　許俊雅在〈幻影之人——翁鬧及其小說〉，陳藻香、許俊雅編譯，《翁鬧作品選集》，彰化：彰化縣立文化中心編印，1997.7，序。

11　台灣在未設戶口前，戶籍稱為戶口，本籍稱之為本居。但戶口規則實施後，最初之戶口調查係根據民前七年之戶口調查簿及舊戶籍（保假戶籍）改寫而成。設立戶口制度後，將舊戶籍及舊調查簿記載不符或遺漏者，均予以詳密校對後訂正，內容始漸正確，而奠下基礎。其將戶口分「本籍戶口調查簿」與「寄留戶口調查簿」及「除戶簿」參種，此因戶籍與個人之居住所不需統一，而為行政上之必要，而除戶簿係戶主因故，須從戶口調查簿上剔除戶之調查簿，而另行編訂，故設有此分別。再以戶為主體，每戶各自成一單位，繕造一份。在日本本國，戶籍事物由市、町、村長掌管。在台灣則由郡守、警察署長、分署長或支廳長掌管之。且每人均須報戶口，每家均須報戶籍。http://hced.jkw.com.tw/hced/pages/FREMES/12-3-3.htm。

12　為他姓他宗族人之所出男，過繼己身。日治時期戶口調查簿欄內名稱之意義。http://www.shindian.ris.tpc.gov.tw/news/news_04_a.htm。

13　過繼的意思。

三百五十九番地的翁家。大正七年（1918）二月五日與養父寄居在台中廳線東堡湳雅庄一百八十五番地；三月三十一日搬到台中廳燕霧下堡員林街五百二十八番地。大正八年（1919）一月四日又搬回到台中廳線東堡湳雅庄一百八十五番地住，直到入學台中師範學校。

從戶口調查簿可了解當時翁鬧養家的家庭背景，經筆者加以整理如下：戶口簿上載有六人，依次為戶主：翁進益；戶主之妻：邱氏玉蘭；戶主長女：翁氏愛；戶主螟蛉仔：翁鬧；戶主長男：翁明道；戶主孫子：翁元枝。其本籍地及現住所為台中廳線東堡彰化街土名東門三百五十九番地。（後來由於大正九年（1920）十月一日的變更土地名稱，改為台中州彰化郡彰化街字東門三百五十九番地，日治昭和八年（1933）十二月二十日由於變更土地名稱，改為彰化市彰化街彰化字東門三百五十九番地）

翁鬧的養父翁進益生於明治十八年（1885）八月二日，職業雜貨商人，福佬人，長男，其父翁錦，母翁劉氏免。日治明治三十九年（1906）五月二十日作為招夫[14]，跟妻邱氏玉蘭結婚。明治四十二年（1909）一月十五日因此分戶，成為戶主。

養母邱氏玉蘭生於明治二十四年（1891）十一月二十六日，福佬人，解纏足，長女，其父邱萬成，母邱賴氏欽。

翁鬧的姊姊邱氏愛（後來改為翁氏愛）生於日治明治四十二年（1909）一月二十四日，為翁進益與邱氏玉蘭生的長女。

翁鬧的弟弟翁明道生於日治大正十二年（1923）一月

---

14 所謂的「招夫」，就是寡婦不改嫁，仍然留在前夫家，另外再招一個丈夫入門，以便幫忙管理家務。「招夫」的目的，多半是為了要扶養前夫所遺留下來的子女，以及服侍翁姑。被「招夫」的男子多半是和「入贅」的背景相同，又被稱之為「接腳夫」，他們對於所招家的財產是無權過問的，也容易和遺子發生不和睦的情形。

二十四日，爲翁進益與邱氏玉蘭生的長男。

另外，許素蘭在演講中曾提過翁鬧的養父爲醫生[15]，還論及翁鬧養父的家庭狀況：

> 翁鬧他是一九〇八年出生，距離現在將近九十二年，他是社頭人，他在小時候就送給員林姓翁的醫生作養子……。這翁姓的醫生是很洋化的人，跟當地的一個英國人的家庭有往來……。員林雖然不像台中州這麼繁榮，也算是一個熱鬧的地方，是台中州員林郡。因爲翁姓的養家與西洋人有來往，所以翁鬧很早就接觸到西洋的文學作品及思想……[16]

不過，從戶口調查簿來看，看不出翁家的人是醫生。於是筆者再尋找翁進益當招夫而遷籍之前的戶口調查簿。這一份戶口簿上載有五個人，依次爲戶主：翁進益；戶主母親：劉氏免；戶主弟弟：翁臨；戶主弟弟：翁萬福；同居人：曾炳煌。

在翁萬福的事由欄上有記載，「明治三十八年六月十日寄住燕霧下堡員林街壽泉醫院」。而翁進益一家也在日治大正七年（1918）三月三十一日到日治大正八年（1919）一月四日之間，寄住台中廳燕霧下堡員林街五百二十八番地。這裡應該是壽泉醫院。雖然翁鬧的養父不是醫生，從這份資料上，看不出這間醫院是誰所經營的。但是，可能翁鬧在九歲到十歲的時候，住過這間醫院。

關於翁鬧的童年，許俊雅有提到：「翁鬧似乎相當熟悉客家習俗，在〈羅漢腳〉這篇小說裡，曾提到正月時節，羅漢腳

---

15 種子落地六——1999年文學原鄉（一）荒原之心：日治時期台灣作家之另類——翁鬧及其作品。地點：彰化縣田中國小，時間：2000/01/05 主持人：吳晟老師，講師：許素蘭老師。http://cls.admin.yzu.edu.tw/laihe/C1/c12-011cc.htm
16 同上註。

的母親要他到墓地領些粿仔回來的情節，小說寫道：「正月的節日，大都是用著色的『粿仔』祭拜，尤其是紅色用得最多，只有掃墓是用『白粿』。」正月時節掃墓之習俗，大都是客家之俗，閩南大都於清明前半個月或清明當日祭掃。台灣客家因移墾時期，受迫於惡劣的環境，許多人受雇爲長工，爲了方便上工，掃墓日期大都於元宵之後，便提早舉行。（目前因社會轉型，時間有較大的彈性）吾人對翁鬧生平資料，迄今仍多不詳，然從翁鬧此處描繪之情景來看，其養父母或爲客家亦未可知。」[17]

從戶口調查簿來看，翁鬧的養父母以及翁鬧都是閩南人，但是也許親生父親或母親爲客家人亦未可知。翁鬧是五歲時被翁家收爲養子，雖然他被認爲「對於親生的雙親一無所知」[18]，但翁鬧並不是一生出來就成爲養子的，一定對親生父母有印象才對。在〈羅漢腳〉，羅漢腳的處境似乎跟翁鬧相似；「羅漢腳今年五歲，在六個兄弟中排行第五，他爸爸一年到頭不是在田圃工作，就是幫別人做農事，所以，他對父親不太了解。他媽媽有時則到鄰家幫忙碾脫穀子……」[19]（翁鬧爲父親陳紂、母親陳劉氏春的四男。）翁鬧在〈羅漢腳〉，對父親進一步地描述；「他父親是個貧農，沒有半點學問，既不會寫、也不會讀，也就沒法替孩子取正大堂皇的名字了。」[20]在此充滿著對家長沒有受教育的描述，看得出翁鬧當養子之前的生活經驗以及對親生父母的印象。

儘管對翁鬧出生的家庭背景，有不同的說法。他五歲之

---

17 許俊雅〈翁鬧生平著作年表初稿〉，陳藻香・許俊雅編譯，《翁鬧作品選集》，彰化：彰化縣立文化中心編印，1997.7，頁316。

18 楊逸舟〈憶夭折的俊才翁鬧〉，《台灣文藝》95期，1985.7。

19 翁鬧〈羅漢腳〉，陳藻香・許俊雅編譯，《翁鬧作品選集》，彰化：彰化縣立文化中心編印，1997.7，頁138。

20 同上註，頁142。

前的確是「出身於窮苦的農村子弟」[21]，之後，許素蘭所指出的，「幼年即過繼給員林翁家爲養子」。至於針對「翁家與一在台英國家庭經常往來，因此翁鬧很早即接觸西方文明，不僅英文很好，而且思想、作風都相當洋化」[22]目前沒有辦法確定。從翁鬧在台中師範學院第一學年的英文成績爲5，爲中下的表現，之後成績逐漸上升，第二學年由7進步到8，以後就維持在7、8，第四學年更得到優秀的9級分，可見翁鬧並非從小就英文很好，而翁鬧是否很早就與英國家庭交往，而接觸到西洋文明這些引證的說法，也需要再進一步證實。

（二）公學校時期

　　台灣現代化學制始於日治大正八年（1919），日人發布台灣教育令後，才確立台胞教育的學制方針與施設綱領。在台灣教育令發布以前（1895年5月至1919年3月），雖然小、公學校以及中等學校、專門學校等各種學制紛紛設置，反映當時社會環境之需要，但並無明顯之教育方針。自從總督府發布台灣教育令之後，各類學校的教育目的、教育方針才有了法令依據。在台灣教育令中規定，台灣人的教育乃依據本令實施（日本學童則依日本內地法令），而教育的基本旨趣乃在培育忠良國民，教育令中把教育分爲普通教育、實業教育、專門教育及師範教育，並要求各級學校間要有聯絡，使其圓融密切。

　　在普通教育方面，其教育目的爲留意身體之發育、實施德育，教授普通之知識技能，涵養國民之性格與普及日語。普通教育之學校乃分爲公學校、高等普通學校及女子高等普通學校，公學校入學年齡爲七歲以上，修業六年，教授生活所必需

21　張恆豪編《翁鬧、巫永福、王昶雄合集》，台北：前衛，1991.7。
22　許素蘭〈青春的殘焰──翁鬧天亮前的戀愛故事〉，《聯合文學》16卷第2號，1999.12，頁71。

的知識與技能。[23]

　　有位身爲翁鬧同鄉的晚輩作家蕭蕭，更進一步追索翁鬧的出生，根據蕭蕭的文章，顯示翁鬧應該是社頭鄉朝興村人，以下摘錄其部分作品，以茲說明：

> 我想起我們村中就有一個「翁厝」，在全村都姓蕭的氏族聚居處，「翁厝」就坐落在村子的正中央，開放式的宅院極大，有兩進正身，左右三、四個護龍，農閒時，我爸爸在翁家的前庭，種植檳榔樹、香蕉樹的園中，剖劈竹篾，剖好的篾片用來編織竹籠，翁厝這個聚落當時是編織竹籠這個行業的大本營。
>
> 有一次，兩人肩上都扛著一大捆竹條，我忍不住問爸爸：「翁厝的人都很有錢嗎？」因爲爸爸受雇於翁家，剖篾片是論件計酬的工作，工時長，工價低，往往熬夜工作，所獲極少，總覺得有些不忍。爸爸只說：「翁厝也出過賢人。」那時，我不知道他的意思是「賢人」就會有錢，還是你成爲賢人，爸爸的辛勞就有代價了。現在想來，這個「賢人」指的會是當過老師、留學東京的翁鬧嗎？
>
> 翁鬧應該是社頭鄉朝興村的人，「翁厝」是一個極有力的證據。
>
> 「翁厝」在山腳路東邊，路的西側直到圳溝旁（圳溝西面是朝興國小）整整一大片就是「甘蔗園」，「翁厝」的人一走出他們家的稻埕，眼前就是茂密的甘蔗園。我們家也是，可是沒那麼大。不過，透過甘蔗園都可以看到一輪大紅的夕陽。社頭鄉山腳路唯一的墳場就在朝興村南面東邊的斜坡上，我們小時候叫它「南邊埔仔」，翁鬧小說〈戇

伯仔〉一開始的對話：「算命先生說六十五歲那年，你會上草埔」，那個「草埔」就是「墓仔埔」，就是朝興村的「南邊埔仔」，目前是「墳墓公園化」成功的示範公墓。一般人寫「雙親的家」不會用「墓地的彼方」，即使雙親已經過世，何況這首詩寫的是「歡迎春的到來」！所以，「墓地的彼方」是朝興村的在地實寫，不是象徵的應用。翁鬧小說〈羅漢腳〉，大約是最貼近我小時候生活的「朝興村」樣貌，譬如「領墓粿」的事，雖然我們未曾經歷，但聽大人說過，如果不是朝興村有墓地，如果不是生活中有墓地經驗，翁鬧小說大約不會有這樣的情節。〈羅漢腳〉一開始媽媽責罵小孩的話：「那條圳溝沒有蓋子，你快去跳好了！」朝興村就有八堡一圳經過，圳溝下就是大斜坡，「翁厝」到圳溝大約一百多公尺，這些場景都在這篇小說中出現。

朝興村有大魚池，大魚池西側就是由二水流過來的濁水溝，沿圳溝而行兩百公尺就是「公學校」（朝興國小），羅漢腳和朋友就在這樣的場景中晃蕩。讀這篇小說，恍惚中，似乎從羅漢腳對員林的嚮往，看到翁鬧或我自己的身影。翁鬧的詩、小說，寫家鄉，寫山，寫貧窮的農村，寫孤苦無依的老人，寫的其實就是二○年代的朝興村。[24]

除了作家蕭蕭的推測之外，筆者詢問彰化國小也表示：「翁姓是本鄉朝興村大族，皆就學朝興國小。」在此筆者詢問朝興國小，但很可惜，朝興國小因為受到一九五八年八七水災之害，日治時代之學籍資料皆遭浸泡毀損，故沒有辦法查詢！雖然沒有辦法證明，但是考慮到上述的這些情形，翁鬧可能唸

24　自由電子報蕭蕭〈朝興村人〉。
http://www.libertytimes.com.tw/2005/new/nov/5/life/article-1.htm。

朝興國小吧。

翁鬧所讀的公學校，雖然目前無法確定，不過，根據台中師範學校的入學資料，可知翁鬧公學校畢業時的成績：「修身八 國語十 算術九 日本歷史十 地理十 理科九 圖書七 唱歌八 體操八 實科七 漢文九」，平均為九，操行甲。畢業生三十三名中，翁鬧排為第四名。相當優秀。

翁鬧的台中師範入學是日治大正十二年（1923），而公學校的修業是六年，因此，推算起來翁鬧入學公學校應該是日治大正七年（1918），應為現今的朝興國小的前身，為湳雅公學校[25]。

（三）台中師範學校時期

翁鬧一九二三年四月二十九日，入學台灣總督府台中師範學校演習科。根據翁鬧的「學業成績表」[26]以及當時的師範學校制度，試圖呈現翁鬧的台中師範學校時期生活歷程。

1. 台中師範學校的沿革

首先了解翁鬧所讀的台中師範學校。一九二三年四月五日依敕令第一四八號規定修正台灣總督府各級學校官制創設台中師範學校並設置校長一名，教師六名，書記一名。六日修正各級學校官制（敕令第184號）新設台中師範學校。以及任命台

25 朝興國小在日治大正七年（1918）四月一日成立萬年區柴頭井書院，由張海林先生主持院務，因資格不合後由師範學校畢業的劉世練先生接辦，學生只有一班。日治大正八年（1919）十一月一日地方行政區改制，校址由柴頭井遷到社頭庄湳雅第二保（即協和村），改校名為湳雅公學校，由社頭公學校校長兼板修兼任本校校長，班級數增為三班。大正十年（1921）由祭祀公業十一甲捐獻土地二點二甲做為校地，同年四月一日遷校址於現址。後來一九五○年改校名為彰化縣立社頭鄉朝興國民學校。一九五二年湳雅分校獨立為湳雅國民學校。一九六○年清水分校獨立為清水國民學校。一九六八年改校名為現在的彰化縣社頭鄉朝興國民小學。朝興國民學校網頁http://www.scsps.chc.edu.tw/history1.htm。

26 台中師範學院提供。在此感謝。

南師範學校大岩榮吾教諭，掌管校長事務。而二十九日公學師範普通科第一學年學生九十五名入學。[27] 創設當初台灣只有台北和台南兩所師範學校。當時公學校教師共計四九五九人中，不具教師資格者就有一七七六人，佔全體教師的三五‧八%，根本無法解決公學校教師不足的嚴重現象。

因此，總督府在一九二三年四月創設台中師範學校。在創校時，招收普通科五班（每年級一班）、三年制講習科三班（每年級一班）、演習科三班（一部生一班、二部生班）。翁鬧所讀的演習科分為一部生和二部生，一部生是指修完普通科五年後再修習一年（一九三三年度以後延長為二年）課程的學生，二部生則是招收在日本國內修完中學五年課程的學生，再進入演習科就讀一年（一九三三年度以後延長為二年）的日籍學生。演習科二部設立於一九二八年四月，之後一直持續至一九四五年第十六屆為止。[28]

日本統治台灣的教育政策在於積極培養馴服的殖民地人民，因此非常重視教師的培育工作。總督府不但設置師範學校使成為台灣總督府的最高師資培育機構外，並揭櫫日本傳統尊師重道的精神，想盡辦法提高教師的社會地位。此外並提高教師的待遇，使當時優秀的年輕人均以就讀師範學校為榮。

由於日本的殖民地政策不希望台灣的知識分子參與政治，所以特別鼓勵品學兼優的學生將報考師範學校做為第一志願，讓他們從事教職工作。[29]

當時能考取台中師範學校並非易事，必須是相當優秀的學生。舉例來說，普通科第一屆的入學考於一九二三年（大正12年）二月中旬舉行，應考人數將近一千五百名，錄取日本人

27　〈台中師範學校年表〉，李園會《日治時期之台中師範學校》，台北：五南圖書，1995.5，頁216。

28　李園會《日治時期之台中師範學校》，台北：五南圖書，1995.5。

29　同上註，頁48。

三十三名、台灣人六十四名，共計九十七名，錄取率約為六·七%。[30] 可見，能夠考進台中師範學校就讀的台灣學生，都是各州郡公學校的最優秀人才，而翁鬧也是其中之一。

根據李園會的說法：「入學考試共考國語、算術、地理、歷史、理科、作文等科目，出題者大都以小學校各科的第十一、十二冊為參考資料，其中只有算術的課本和公學校一樣，至於地理、歷史、理科等課本的程度則相差很大。尤其是國語一科的程度差別更大。當時公學校的學生由於不常用日語，不但發音不標準，而且日文的會話和書寫能力都很低，所以公學校畢業生和小學校畢業生之間的程度差距非常地大。因此，很少公學校畢業生能在六年公學校畢業後即考上師範學校，大多數學生都是就讀補習科或高等科一年或二年後才能考取。」[31] 翁鬧的學籍資料（明細表）裡面有記載入學考試的科目與成績：

講讀：96
作文：50
算術：63
日本歷史：
地理：61
理科：57
試問：
合格總員：100
席次：36

翁鬧似乎沒有考日本歷史以及試問，席次第三十六名，錄

30　同上註，頁49。
31　李園會《日治時期之台中師範學校》，台北：五南圖書，1995.5，頁53。

取人數是九十七名，可見他的成績是相當優秀的。有趣的是翁鬧作文的成績才五〇分，比算術還要低，至於翁鬧的文藝思想是如何啓蒙，可能要透過其他的資料加以分析。接下來透過六年的學業成績表以及他的生活環境來探討翁鬧對文學的萌芽。

2. 學校生活

　　一九二三年四月二十九日公學師範部普通科第一學年學生九十五名入學，五月一日開始上課。同屆有交情最要好的吳天賞、楊杏庭（逸舟）、吳坤煌[32]、也曾擔任過台中師範學校校長的張錫卿等。由於吳天賞嗜好文藝思想，所以與他們往來密切，經常一起討論文學及讀書心得[33]。據吳天賞的弟弟陳遜章的回憶：「他（吳天賞）在師範學校時，就已經陸續發表小說、詩等作品，而且音樂、繪畫方面也都懂一些。」[34]翁鬧的作品裡頭也能夠察覺到繪畫性、音樂性的東西，可能從吳天賞受到不少影響或互相切磋琢磨吧。另外演習科第二屆有與翁鬧一樣到日本東京留學的江燦琳、第四屆有李禎祥，呂赫若也是一九三四年該校畢業的演習科六屆生[35]。

　　師範學校學生都採用住宿管理方式，規定全部學生都必須住校過住宿的生活。即使學生的住家在學校旁邊，也必須住校。因此，這些人也應該彼此認識吧！

　　學生宿舍生活相當嚴格，「一切依照軍隊的管理方式」[36]，至於外出，「平常學校不許學生外出，只有在週六午

32　吳坤煌1929年即將畢業之際，由於該校鬧學潮，而遠赴日本留學，先後進入日本大學及明治大學讀藝術和文學。
33　黃琪惠《台灣美術評論全集 吳天賞 陳春德》，台北：藝術家，1999，頁39。
34　張炎憲、曾秋美〈陳遜章先生訪問紀錄〉，《台灣史料研究》14卷，1999.12，頁162。
35　〈台中師範學校演習科（一部）各屆畢業生名冊〉，李園會《日治時期之台中師範學校》，台北：五南圖書，1995.5，頁250-261。
36　李園會《日治時期之台中師範學校》，台北：五南圖書，1995.5，頁129。

飯大掃除結束後才允許學生自由外出。外出時間至下午五點之前，週日則是早餐後，即可外出至下午五點。有特殊理由時，必須事先取得批准⋯⋯」[37]。

翁鬧在〈天亮前的戀愛故事〉用不少篇幅描寫如此嚴格環境下的學校生活以及偷偷溜出去的事情：

> 那是我中學四年級那年深秋的事。放學後，我跟朋友照常到公園附近的一家館子吃甜不辣去。我們天天到那兒吃甜不辣，一天也沒有缺席過，的確一天也沒有！當放學的鈴聲響遍校舍，我們同時就會感到甜不辣的香味一股腦兒猛撲鼻孔。那時候如果還有繼續講課的老師，我就會跟朋友互相眨眼示意，同時在肚子裡相罵，不久，起立敬禮一過，立刻一溜煙跑出去。每次總是我最先開始行動。好幾次由於老師還沒有答完禮，換句話說，老師的脖子還在彎的時候，就開始行動，結果被迫重新敬禮。還有那種卑鄙的事嗎？跑進宿舍，丟下書包，腳自然就邁向甜不辣店，走得快一點，來回要三十分鐘。關門時間是五點。⋯⋯那時候，採取另外一種方式。到了九點，熄燈，大家睡得靜悄悄之後，兩人就爬越四周的圍牆出去。你啊，夜晚的市街，才真美麗呢！有一次，深夜裏從甜不辣店回來的路上，被腦筋死板的漢文教師發現了，那傢伙向校長告密，弄得被勒令停學一週的時候，好高興喲！因為我家就在同一條街上哪。每天從早到晚就跟朋友一道在甜不辣店度過啊。[38]

---

37 同上註，頁139。
38 翁鬧〈天亮前的戀愛故事〉，張恆豪編《翁鬧巫永福王昶雄合集》，台北：前衛，1991.7，頁125-126。

翁鬧描寫的內容不知是否是真實的，但是，至少可以了解翁鬧雖然在嚴格的宿舍生活之下，卻依舊保有放縱自在的性格。

翁鬧的成績，據楊逸舟的說法：「翁鬧是台中師範第一屆畢業的高材生，名列全級第六名。」[39] 不過，就翁鬧的成績資料，其實並不是這個樣子。翁鬧的成績如下頁：

根據一九二二年四月發布的「台灣總督府師範學校規則」之規定，師範學校普通科公學師範部男生的教學科目為：修身、教育、國語及漢文、台灣語、英語、歷史、地理、數學、博物、物理及化學、法制及經濟、圖畫、手工、音樂、體操、實業。根據李園會之《日治時期之台中師範學校》，各教學科目的教學主旨如下：[40]

修身一科的教學內涵為：「主要根據教育用語的主旨，以培養道德思想、情操、獎勵實踐勵行，具備師表應有的品行與初等教育階段所應具備之修身教學知識，並充分了解教學方法為教學目標，上課內容主要教導國民道德要旨，尤其教導學生了解其對社會及國家的責任與義務，遵循國法，養成崇尚道德、力行公益之風氣，並傳授普通的禮儀和一般的倫理學及教學法。」[41] 而以培養國民道德及情操為核心思考的「修身」一科中，翁鬧的學業表現不盡理想，第一學期的成績維持在五與六之間，最好的表現也不過八左右，可見生性自由、不拘小節的翁鬧，對於根據教育敕語主旨而推行的修身一科，要遵循國法，養成崇尚道德的要求顯然無法適應。

教育一科的教學內涵為：「主要是讓學生獲得有關教育的一般知識，特別是熟悉初等普通教育要旨及教學知識，同時

---

39 楊逸舟〈憶夭折的俊才翁鬧〉，《台灣文藝》95期，1985.7。
40 參考李園會《日治時期之台中師範學校》，台北：五南圖書，1995.5，頁94-98。
41 同上註，頁94。

學業成績表

學科事項	第一學年				第二學年				第三學年				第四學年				第五學年				演習科				卒業成績
	第一學期	第二學期	第三學期	學年成績	第一學期	第二學期	第三學期	學年成績	第一學期	第二學期	第三學期	學年成績	第一學期	第二學期	第三學期	學年成績	第一學期	第二學期	第三學期	學年成績	第一學期	第二學期	第三學期	學年成績	
修身																									
教育 原理																									
教育 教授法及教授法規																									
國語及漢文 話方																									
國語及漢文 讀方																									
國語及漢文 作文																									
國語及漢文 習字																									
國語及漢文 漢文																									
臺灣語																									
英語																									
歷史																									
地理																									
數學 算術																									
數學 代數																									
數學 幾何																									
博物																									
理化																									
法制經濟																									
圖畫																									
手工																									
音樂																									
體操																									
實業																									
總點																									
平均																									
教育實習																									
成績																									
操行																									
席次																									
制定																									
備考																									

大臺灣總督府臺中師範學校

※（筆者向台中師範申請之翁鬧學業成績表）

彰化學

培育出具教育者精神之教師。首先教授心理及理論之要點，再教導教育理論、教學方法、保育法概論、近代教育史、教育制度、學校管理法及學校衛生概要等科目，以及施行教育實習……。」[42] 此科分為「原理」和「教授法法規」。「原理」之修習始於第四及第五學年。「教授法法規」之修習為演習課那一年。由成績表上可看出翁鬧在此項學科表現屬於中上水準，僅第四學年第一學期所得成績明顯偏低「三」往後各學期成績均維持在「七」「八」。

國語[43]及漢文一科的教學內涵為：「為了使學生理解一般的文章，以培養正確、自由的思考表達能力；並能充分學習初等普通教育階段的國語科教學法，同時培養學生的文學興趣，以啓發智德為其宗旨。課程內容主要重視發音的練習以及熟練語言的應用，讓學生能夠了解現代文、近代文及古文，同時練習寫作，教導學生語法、文法大要、發音矯正法、習字和刻鋼版非常重視，其目的為使學生執教時，能夠寫出一手漂亮的黑板字。」[44] 此科學科又細分為「話し方」、「読み方」、「作文」、「習字」、「漢文」[45] 五項修習內容。其中「作文」及「漢文」在第五年級、演習科學期修習成績更有達到「九」之表現，對於「正確、自由的思考表達能力」、「現代文、近代文及古文」，學生時期的翁鬧已嶄露出在語言應用、寫作章法上的天賦。

台灣語一科的教學內涵為：「主要教導台灣語、文章的講讀、作文及公學校的漢文教學法。」[46] 此項學科之修習始於第二學年，此年的此年成績達到「九」，但是，第三學年開始成

---

42 同上註。
43 國語就是日語。
44 同上註，頁95。
45 在1933年以前，公學校都設有漢文課（用台語發音）。見李園會《日治時期之台中師範學校》，台北：五南圖書出版，1995.5，頁102。
46 李園會《日治時期之台中師範學校》，台北：五南圖書，1995.5，頁95。

績降低到「七」，後來到畢業一直在「六」到「八」。與同樣用台灣語的「漢文」有達「九」之表現，但此科的畢業成績只達「七」。其成績比日本國語差一點。

英語一科的教學內涵爲：「主要在於讓學生學會英語，並能加以運用出來，以增進智慧，同時熟悉初等普通教育階段之英語教學方法。內容由發音、拼字開始，進而教導簡單的文章讀法、翻譯、會話、作文書寫、習字等，最後傳授一般文章、文法概要等教學內容。」[47] 此科第一學年的英文成績爲五，爲中下的表現，之後成績逐漸上升，第二學年由「七」，進步到「八」，以後就維持在「七、八」，第四學年更得到優秀的九級分。關於許素蘭提出翁鬧很早就接觸西洋文明，不僅英文很好，而且思想、作風十分洋化的說法也值得商榷，從上述的成績可以看到翁鬧並非從小就英文很好，是否很早就與英國家庭交往，而接觸到西洋文明這些引證的說法，也需要再進一步證實。但是翁鬧到東京之後有翻譯英文詩發表，他的英文程度的確不錯。

歷史一科的教學內涵爲：「以知曉歷史上重要事跡、社會變遷、日本盛衰之有來，尤須詳知日本發展情形，分析國體之特質與緣由，籍以培育國民精神：並以習得初等教育階段之教學法爲其目的。教學內容主要分爲本國史及外國史，本國史方面由開國至現代之重要事跡、日本文化的由來等：外國史則以世界情勢的變遷等相關事跡爲主，除著名的世界各國之興亡、人文的發展以及日本文化的相關事跡概況的傳授外，並研究該學科之教學法。」[48] 此科之修習從第二年開始，剛開始成績「八」相當不錯，但是隨著高學年成績愈來愈下降。

地理一科的教學內涵爲：「主要教導學生認識有關地球的

47　同上註，頁95。
48　同上註，頁95。

形狀、運轉、地球的表面、人類生活的型態，以及了解其對日常生活的影響。此外使學生知曉日本及外國局勢，習得初等普通教育階段的地理家學方法。教材內容由日本地理概況、中國南洋到其他外國地理概要；以及日本在世界上的地理位置，一般地文、人文地理概要及教學法等。」[49] 這一科之成績大部分都「六」到「八」。只有第五學年第二學期有達到「九」之表現。平均爲「七」。

數學一科的教學內涵爲：「教學主旨是，學習數量之知識、熟悉計算方式，俾能應用自如。同時習得初等普通教育階段的算術科教學法與生活上必要的數學知識，以達到培養精確的思考能力。其學科內容有算術、代數、幾何、珠算及數學科教學法等。」[50] 此科分爲「算術」、「代數」、「幾何」。「算術」之修習是第一、二學年。成績爲「六」、「四」，看來翁鬧也是像大多數的擅長文科的人一樣，不擅長理科。從第二學年第三學期開始修習的「代數」、「幾何」也大部分「四」、「五」、「六」之成績。

博物一科的教學內涵爲：「在於教導學生有關天然物質的知識，使學生體會人與大自然之間相互作用以及和人生之關係，而達到造福人群之目的。此外，學習初等普通教育階段的理科教學方法。課程內容有重要的植物、動物、礦產等一般知識；標本的採集、製作法，人體的構造、生理及衛生。另外，並設有實驗課及教學法的教學。」翁鬧在此科大部分表現爲「五」、「六」、「七」之成績。

理化就是物理及化學。這一科的教學內涵爲：「主要針對有關自然現象的知識、法則及對人生的關係的認識，並以習得初等普通教育的理科教學方法爲其目標。教材內容爲認識物理

49　同上註，頁96。
50　同上註，頁96。

上及化學上的重要現象，機械定律與構造，化學元素、化合物等相關知識。此外，另有教學法和實驗的課程。」[51]

法制及經濟一科的教學內涵為：「在於讓學生認識法律及經濟的相互關係，並學習國民生活上所需的法律知識。教材內容有帝國憲法大綱及日常生活上所需之法制及經濟常識。」[52]此科修習是第三學年以及演習科學年。翁鬧成績為「五」、「六」、「七」。

圖畫一科的教學內涵為：「在於培養學生準確細心地觀察物體，並訓練正確、自如的繪畫能力。同時學習初等普通教育階段的繪圖教學法，練習圖案構想，培養審美感。上課內容以寫生畫為主，另外加上臨摹畫及設計畫，黑板畫和幾何畫等。」此科修習是從第一學年第三學期開始。翁鬧成績平均為「五」到「七」之間。第四學年第三學期的成績為「二」。

手工一科的教學內涵為：「主要讓學生正確地掌握物體的觀念，學習物品製作機能，學校內另設有手工藝室，教導初等教育階段的手工教學方法，激發勞作興趣和培養喜好勤勞的習慣。教材內容有，天然景物的模型製造、日用器具的製作、各種木工製作、同時了材料的性質、工具的保存、並學習手工科的教學法。」[53]翁鬧在此科大部分表現為「五」、「六」、「七」之成績。

音樂一科的教學內涵為：「目的在於學習音樂相關知識、技能，和初等普通教育階段的唱歌教學方法外，並進一步以培養音感，高尚情操及德性的涵養為目的。教學內容為學習單音唱、複音唱、樂曲、樂器之使用，以及音樂科教學法。」[54]此科修習是從第三學年第二學期開始。翁鬧一開始就達到「九」

---

51 李園會《日治時期之台中師範學校》，台北：五南圖書，1995.5，頁96。
52 同上註，頁96。
53 同上註，頁97。
54 同上註，頁97。

之成績。此項學科之畢業成績亦爲翁鬧在台中師範學校修習期間之最優者。每一學期的成績也相當不錯，翁鬧後來也在國小擔任唱歌。在他的作品裡面也能夠看到不少跟音樂相關的情景。

體操一科的教學內涵爲：「在於鍛鍊學生的身體使其均衡發展，培養敏捷的動作，強健的身體，並養成注重精神舒暢和規律的生活習慣，以及學習初等普通教育階段所需之體操教學知識與技能。教學內容爲體操、教練、遊戲及運動、生理概要及教學法。此外，男子的體操科中另增加擊劍及柔道課程。」[55] 翁鬧此科平均「六」、「七」。

實業一科的教學內涵爲：「以教授學生有關實際生活上可以應用的農業或商業知識爲主，並設置實習課程。農業主要科目主要教導學生有關土壤、水利、肥料、農具、耕耘、栽培、森林、養蠶、養畜、水產、農產、製造、農業經濟方面的知識，並學習教學法。」[56] 此科修習從第三學年開始。翁鬧此科平均也是「六」、「七」。

總而言之，在成績方面，翁鬧不但沒有拿過「全級第六名」，而且他並不是楊逸舟所說的「高材生」。他最好的名次是在第五學年的第一學期，雖然拿過三十五人中的第八名，但是畢業成績是六十四人中第四十三名。總成績的平均爲十分之七。操行爲「乙」。應該說是一般而已。不過，作文、漢文、英語、音樂這四科成績相當不錯，相對理科的成績則比較落後。

3. 楊逸舟回憶中的翁鬧

楊逸舟身爲翁鬧的同學，雖然對翁鬧沒有好感，但是現在

---

55 同上註，頁97。
56 同上註，頁98。

能夠看到有關翁鬧在台時期的回憶錄也只有他。他對翁鬧的感覺是：

> 翁的個性很倔強，他原來與我是合不來的。譬如在晚間七時至九時的自修室裡，學生們都應肅靜地自修，惟翁鬧卻在時間內，奇克奇克地作響，擾亂人家的讀書。對於這種故意的搗鬼，我覺得極不愉快，可是沒有人敢去阻止他。[57]

楊逸舟早就認為「他原來與我是合不來的」，可見，他的回憶錄比較偏向對翁鬧負面的描述。接著提到與翁鬧開始相處的原因：

> 到六年級快要畢業的那年（1929），因為一個流氓體操教員小山，亂罵台灣學生為支那人、清國奴（chiang ko-ro）的當兒，我和翁鬧才交談起來。[58]

楊逸舟在此提到的就是所謂的「小山事件」[59]，從楊逸舟的回憶錄中可知「小山事件」使得台灣籍學生之間的互動變得更密切，也是他與翁鬧接觸的契機，對於台籍學生來說，日本老師一再教育台籍學生成為日本國民是一件非常光榮的事，而現在台籍學生卻被體育教師兼社監小山重郎指責為「支那人」與「清國奴」，認為劣根性未改，而點燃學生心中的憤怒與不

---

57 楊逸舟〈憶夭折的俊才翁鬧〉，《台灣文藝》95期，1985.7。
58 同上註。
59 1928年秋，到任不久的體育教師兼舍監的小山重郎在某一天早上六點半的晨點，登上升旗臺，當全校師生的面前，以相當粗暴的非理性的言辭責罵台籍學生道：「我一再警告你們拖鞋要擺好，但始終沒能做到，昨晚我巡視各寢室，還是有十幾個人的拖鞋亂放在門口外邊。這一定是台籍學生不受教的表現。你們台灣學生為什麼老是無法教好，一定是清國奴才這樣。支那人的劣根性已經腐敗到無可救藥的地步。我一定要徹底矯正此種劣根性，大家要有心理上的準備！」

滿。

楊逸舟說：「翁鬧是台中師範第一屆畢業的高材生，名列全級第六名。」[60] 我們在翁鬧的成績單裡面所看到卻有些出入。也許翁鬧跟他開玩笑也說不定，像在東京留學時期，楊說翁鬧曾經說過：「在銀座遊蕩的這些眾愚的頭腦集中起來，也不及我一個。」[61] 這也有可能是翁鬧跟他開玩笑。

（四）教書時期

畢業台中師範學校演習科之後，翁鬧拿到了「甲種本科正教員免許」[62]。到員林國小作為訓導教書，任職期間畢業那一年（1929）三月三十一日起到一九三一年三月三十一日兩年。日治昭和四年（1929）四月三日轉寄居台中州員林郡員林街員林五十九番地，翌年七月一日又轉寄居到台中州員林郡員林街湖水坑一百三十八番地之一。同年五月，養母邱氏玉蘭也搬到這邊來。

後來，翁鬧轉往田中國小教書三年，從許素蘭的演講[63]、翁鬧戶籍資料可以推知其任期是一九三一年到一九三四年。那期間翁鬧寄居在台中州員林郡田中庄田中字四百零九番地（日治昭和六年四月十五日紀錄）。同年十一月二日養母邱氏玉蘭搬來這裡，接著日治昭和八年（1933）四月一日養父翁進益也搬來此地。

另外，根據《台中州教育年鑑二五九二年版》，翁鬧在田中公學校教唱歌、話し方[64]（音樂是翁鬧師範學校畢業成績最

---

60 楊逸舟〈憶夭折的俊才翁鬧〉，《台灣文藝》95期，1985.7。
61 同上註。
62 參照員林國民小學「本校歷任教職員名冊」。
63 1931年，在這個學校，有一位23歲的年輕人在這裡教書，3年後，1934年時他到日本……（中略）這個人就叫做翁鬧。http://cls.admin.yzu.edu.tw/laihe/C1/c12-011cc.htm。
64 《台中州教育年鑑二五九二年版》記載翁鬧的擔任學級學年：二，擔任事務：

田中公學校

位置　臺中州員林郡田中庄田中字田中四二番地

敷地　八、二〇九・八九坪

建物　七六〇・七九坪(校舎六五一　宿舎一〇九・七九)

豫算　經常部　六、五三六圓
　　　臨時部　九、一〇〇圓

創立年月日　大正三年四月一日

創立以來の校長
杉本圭二　田添二雄　今仁義記　市田清五郎(昭和四年三月三十一日事務取扱八月八日專任)

沿革大要
社頭公學校及二八水公學校の設立は田中央地方民に對し大なる刺戟をた與へ

たれども區制度及感情上の支障よりして學校を設立するに到らず　然も一般民の希望は年と共に高まり明治三十九年五月十四日漸く二八水公學校田中央分校の設立か見るに到れり　年々兒童を增し大正二年度は正に二百名を突發せるを以て愈々獨立の議起り田中央區二八水公學校學務委員陳紹年氏は田中央・卓乃潭・二八水の三區長に對し學務委員會開催を建議す　大正二年十二月二十二日の會談により田中央分校獨立以下五項に渡る規約を決し三區長名を以て其の筋に獨立申請をなせり三年三月二十日認可され四月一日四學級編成(男二二六女一〇)を以て開校す地方制度改正により十年四月一日現楣となる　十二年四月一日高等科併置

職員(二一學級二三名)

擔任學年	擔任事務／研究科目	官職	俸給	資格	氏名
高二(主)	總務	訓	四級	甲正	市田清五郎
(主)	教務　地繕	同	六級	甲正	草水政友
(庶)(主)	用具修繕	同	六二	乙正	簡慶瑞
(六)	計算歷	同	六〇	同	孫萬鐘
(五)	話農	同	五六	同	墾口純雄
(六)	學用品　話算	同	五六	同	張連富
(五)	統計歷緻	同	五二	甲正	陳茂經
(三)	掛圖圖歷緻	同	五二	同	翁闊
(五)	揭示唱話	同	五二	乙正	岩男正人
	書唱圖	同	五〇	同	中原忠迪
(一)	會計體唱	同	四八	甲正	孫木郷
(四)	圖書書理	同	四八	同	紀仁義
	短期現役服務中		四八	乙正	山村二十重
(二)	衛生算話	同	四八	同	陳成章
(一)	庶務體話	同	四二	同	呂萬登

彰化學

好的一科）。

　　從後來的翁鬧的作品看得出，音樂甚至於音樂教育跟翁鬧小說有密切的關係。〈音樂鐘〉的開頭：

> 想都沒想到，如今竟會聽到音樂鐘的歌謠。早上一醒，就有清脆的金屬性的音樂，不知道從哪兒傳過來。
> 多多多雷 咪咪咪雷 多多多拉 梭
> 咦，那是什麼歌，搞不清楚。
> 反正是的的確確聽過的歌。不，覺得似乎也唱過。只有旋律留在耳底的一角，卻把詞兒忘掉的歌。
> 有一天，走過深川髒兮兮、發出垃圾堆氣味的道路時，遇到將破爛的衛生衣全部都亮出外面的毛茸茸的男子，用瘋瘋癲癲的聲音吼出來：
> 汽笛一聲過新橋
> 對了。那支歌原來是「汽笛一聲」。[65]

　　他所唱過的這一首「汽笛一聲」歌，其實是日治明治三十三年大和田建樹作詞，以教育的目的發表的「地理教育鐵道唱歌」。

　　據加藤秀俊說法：「我們這個世代的人都把它背起來唱。從新橋到神戶，總共有六十六。記憶力較好的小孩把它全部背起來。我有時候會遇到到現在把它當做特技的人。把它唱完需要將近一小時的時間，真是不得了。我想「鐵道唱歌」是今日的「綜合科目」榜樣似的。不管怎樣是「地理教育」，所以能夠邊唱邊學習日本地理和歷史。因為這是歌也可以說這是音樂教育，再加上讀教科書來能學到漢字或韻文的初步。從明治到

65　〈音樂鐘〉，陳藻香・許俊雅編譯，《翁鬧作品選集》，彰化：彰化縣立文化
　　中心編印，1997.7。

昭和時期，日本的小孩子背唱這首鐵道唱歌。這可以說是無形近代文化財。」[66] 翁鬧也可能曾經學過這一首「汽笛一聲」歌，從中學習到日本地理及歷史，更從中領略漢字及韻文的韻律。

接著翁鬧描述另一首歌：

眞奇怪呀！轉瞬間，另外一支歌在我心中浮起。
烏鴉呱呱叫。
我隨著鐘的聲音，用低聲哼唱：
麻雀啾啾喊，
紙窗漸漸亮，
趕快起來不然太晚，
是小時候學的歌。
舊日的記憶在我心頭復活。
我從老師那兒學了那支歌。[67]

這一首是「早おきのうた」（早起之歌），是京都的民謠。

翁鬧在小說〈音樂鐘〉的開頭連續提到這兩首歌都是在學

66　參照 http://homepage3.nifty.com/katodb/doc/text/2983.html。
67　早おきのうた
からすはカアカア鳴いている　雀もチュンチュン鳴いている
障子が明るくなって来た　早く起きぬとおそくなる
着物をきがえて帯しめて　朝水をつかいに行きましょう
たらいに水を汲み入れて　楊子をつかい口すすぎ
顔をきれいによく洗いきれいになったらお早ようと
朝のあいさついたしましょうごはんを静かに食べまして
紙やハンカチ忘れずに持ったら行きましょ学校へ
さっさと歩いておくれずに今日もあそばん連だって
よい歌うたいおもしろいゆうぎをいくつもいたしましょう
すきなおけいこいたしましょう

http://www.town.yagi.kyoto.jp/minna/bunken/densyo/56.htm。

生時期所學的。其實這篇小說的重點不在於這兩首歌,但是花了小說三分之一的篇幅寫音樂鐘的歌聲,回憶起十二歲那年,遠房可愛的表姊來家中過夜,與「我」、與小叔叔同睡大通舖,在黑暗中,「我」整夜輾轉反側,想著如何偷偷伸臂擁抱表姊,不知不覺天空發白了。這些音樂教育讓翁鬧印象相當深刻,所以翁鬧提及「舊日的記憶在我心頭復活。我從老師那兒學了那支歌。」

許俊雅評道:「這篇小說的謀篇布局,與音樂鐘的輕盈流轉有相當密切的關係,將少男之慾念與音樂結合,在日治時期的小說裡,這是唯一的一篇,由此,可看出翁鬧敏銳細膩而善感的心思。……」[68] 翁鬧雖然對音樂有這麼深的關懷,但是,這五年對翁鬧來說是個「我在台灣幹教員幹了八年[69],差點變成木乃伊」[70] 的教書時期,他到底過著怎麼樣的生活呢?

關於他的教書時期,根據楊逸舟的回憶:

> 有一次,禮拜六,他來到我教書的龍泉公學校玩。正好有一位名醫陳以專先生來訪,翁鬧卻躺在床上不起來,用白眼瞥了瞥,毫不理睬陳醫師。
> 後來陳醫師對我說:「你那位朋友好像是狂人吧。」此言雖不甚恰當,但亦不遠矣。翁鬧如此一點都不在意人情世故。[71]

狂妄的翁鬧卻對日本女性十分迷戀,盲目地崇拜日本女教員。

---

68 許俊雅〈幻影之人——翁鬧及其小說〉,陳藻香‧許俊雅編譯,《翁鬧作品選集》,彰化:彰化縣立文化中心編印,1997.7。
69 翻譯錯誤,五年才是正確。
70 翁鬧〈東京郊外浪人街——高圓寺界隈〉,陳藻香‧許俊雅編譯,《翁鬧作品選集》,彰化:彰化縣立文化中心編印,1997.7,頁72。
71 楊逸舟〈憶夭折的俊才翁鬧〉,《台灣文藝》95期,1985.7。

翁鬧的缺點是看不起台灣女性，而對於日本女性卻是盲目地崇拜。有一個日本女教員比普通的女子也都不美貌，但他卻寫了好多詩詞去賞美她。完全是一種幻想的美吧。[72]

翁鬧不只很愛談戀愛、崇拜日本女子，還有「寫情書的癖性」。他寫情書，不只是沒有人欣賞，而且還引起不少事端。據楊逸舟的說法；

有一次，他寫了一封書給日本教員，大家傳說她將告上郡督學，他便有點慌了。我便陪翁鬧去見中師校長大岩榮吾，以免萬一懲戒革職，實在是一件大事。此時，翁鬧在校長官舍的玄關卻很畏縮而謹慎地站立著。
大岩校長對他說：「你寫情書的癖性，應該多修改。」大岩並答應將去州廳教務課打聽打聽。後來證實所謂告狀一事，只是謠言罷了。真是虛驚一場。[73]

根據李園會《日治時期之台中師範學校》，提及大岩校長是個正直寬厚的人，不僅只有對於翁鬧的事十分體恤，也對於教育很用心；

大岩校長不僅非常關心在校的學生，對學生畢業後的任職狀況也十分關心。他經常仔細地記錄學生的赴任學校及就任日期，若畢業生在外地任職達兩年以上，他會自動到教育當局請求設法讓學生調回家鄉附近的學校任教。這在當

72　同上註。
73　楊逸舟〈憶天折的俊才翁鬧〉，《台灣文藝》95期，1985.7。

時師生關係上，是極爲難得的事例。[74]

翁鬧也在這個時期開始踏入文壇。一九三三年七月，當翁鬧在田中國小任職的時候，向《福爾摩沙》創刊號投稿[75] 詩名〈淡水の海辺に〉（淡水海邊寄情）。這可能是應比翁鬧早一步到東京的好友吳坤煌或吳天賞的邀請而投的。這篇亦是翁鬧踏入文壇的「處女作」。[76]

翁鬧在《台灣新文學》第一卷第三號的〈新文學三月號讀後感〉裡，評師範學校的學弟江燦林〈曠野〉一詩：

就因爲他有顆潔美的靈魂，而使他無心修邊幅，任其蓬頭垢面，任其衣裳襤褸，任其鞋襪歪曲無形。江君，這就是往來我心頭的你的模樣。江君啊！請恕我抒一抒我的感傷吧！當我想起，曾幾何時，我倆終夜留連在田中、二水的稻田中之往日之時，便使我心頭哽塞，不可名狀。啊！我們倆，似隨波逐流在歷史之浪濤之間，不自覺中竟變成各自徘徊曠野之人。曠野是無邊無垠，慘澹無光的，它似乎永遠阻礙我倆的邂逅似的。

翁鬧贈予學弟之詩充滿感情，頗有惺惺相惜之感，也顯現出對自己純潔高尚靈魂的自傲。

三、東京留學時期（1934～1940）

翁鬧結束服務義務的教師生活，一九三四年二十五歲的時

---

74 李園會《日治時期之台中師範學校》，台北：五南圖書，1995.5。
75 張良澤考證翁鬧並未參加「台灣藝術研究會」，亦未參加創辦《福爾摩沙》的創刊號，裡面有翁鬧的一篇詩作，其題目之下，編者括弧稱「投稿」。並於編輯後記稱：「謹向本期的投稿者楊行東、翁鬧（誤印爲翁閙）致謝。」
76 張良澤〈關於翁鬧〉，陳藻香、許俊雅編譯，《翁鬧作品選集》，彰化：彰化縣立文化中心編印，1997.7，頁268。

候前往東京，日治昭和九年（1934）四月一日養父母從田中的翁鬧的住所搬到台中州員林郡社頭庄湳雅一百八十五番地。

據楊逸舟的說法「起先在一所私立大學掛名」。[77] 據吳天賞的弟弟陳遜章的說法「他沒有進入學校就讀」。不過，還沒有辦法掌握翁鬧到日本留學的經過，以及所讀的學校等細節的部分。

翁鬧到東京不久住在東京市澀谷區代々木山谷町一○○田中方。[78] 後來「自從我來到東京，腳不停蹄似的，趕來趕去，到處輾轉，其結果似只有在高圓寺落腳了。」[79] 住在東京市杉並區高圓寺七之九四二遠藤方。[80]

翁鬧在此地陸續發表他的文學作品，展開他的文學之路。吳坤煌說「他常與當時出名的日本小說家及散文家在一起」[81]。翁鬧在日本到底跟怎麼樣的人接觸呢？不妨細讀他所留下來的文章，嘗試還原翁鬧東京留學時期的情形。

（一）以〈東京郊外浪人街──高圓寺界隈〉來看翁鬧在日的文學活動[82]

〈東京郊外浪人街──高圓寺界隈〉這一篇隨筆提供了很

77 楊逸舟〈憶天折的俊才翁鬧〉，《台灣文藝》95期，1985.7。

78 「文藝同好者氏名住所一覽」《台灣文藝》創刊號，1934。

79 翁鬧，〈東京郊外浪人街──高圓寺界隈〉，陳藻香、許俊雅編譯，《翁鬧作品選集》，彰化：彰化縣立文化中心編印，1997.7，頁68。

80 「文藝同好者氏名住所一覽」《台灣文藝》。

81 吳坤煌〈台灣藝術研究會成立及創刊福爾摩沙前後回憶一二〉，《台灣文藝》第75期，1982.2。

82 關於翁鬧，〈東京郊外浪人街──高圓寺界隈〉，有黃毓婷的文章〈東京郊外浪人街─外地青年‧翁鬧から見た高圓寺界隈〉（《比較文學研究》第八十八號，東京：東大比較文學會，2006年10月。）筆者寫這一篇之前，沒有看過黃毓婷文章，修改論文過程當中發覺（筆者第一次初試於2005年12月，口試委員為林瑞明老師、許俊雅老師、陳培豐老師，第二次口試於2007年1月，口試委員為林瑞明老師、許俊雅老師、柳書琴老師。）東京郊外浪人街分析如有雷同，可能日本有一套分析作家居住空間的傳統。

多參考資料，記錄了他在日本生活的某一片段，尤其是翁鬧在此篇中描寫了很多日本作家，對於研究翁鬧與日本文壇的關係，有重要的價值。這一篇文章是翁鬧發表於《台灣文藝》第二卷第四號（1935）。這是翁鬧在《台灣文藝》發表的第一篇文章，從此以後他陸續發表作品，這可以說是翁鬧在日本開啓文學活動的出發點吧！有研究者將翁鬧在《福爾摩沙》發表的一首詩視爲處女作來加以研究，卻幾乎把這一篇隨筆忽視掉了，沒有從事任何的探討，其實要了解翁鬧謎樣的生平以及在日本生活的狀況，這一篇隨筆實在太重要了。

這一篇文章是翁鬧到日本留學後，發表的第一篇文章，也是目前所找到的唯一的一篇散文。與新詩比較起來，這篇隨筆以貼近生活的角度下筆，翁鬧在此篇描寫了很多當時日本文壇的作家，也透露出翁鬧在日本的生活形式。他的日文很通順，而其表現方式具有深度的幽默感。翁鬧自言：

> 自從我來到東京，腳不停蹄似地趕來趕去，到處輾轉，其結果似只有在高圓寺落腳了。仔細一想，我的性向或許跟這浪人街恰恰相吻合，不必想再轉移他處呢。[83]

翁鬧稱高圓寺附近爲「浪人街」，與現今日本著名的「阿佐ヶ谷文士村」相近。在此將從所謂「高圓寺文士街」，以及翁鬧描寫的日人文人，來探討他的在日生活以及文學活動。

1. 東京高圓寺文人街

高圓寺到底是怎麼樣地方呢？高圓寺是在東京杉並區的一個地名，關東大地震以後，開始快速地發展起來的重要地帶，

83 翁鬧，〈東京郊外浪人街——高圓寺界隈〉，陳藻香・許俊雅編譯，《翁鬧作品選集》，彰化：彰化縣立文化中心編印，1997.7，頁68。

對日本文壇的發展也有深遠的影響。過去好多日本著名的作家住過這一帶。從翁鬧的描述中可以瞥見高圓寺附近的人文景觀：

> 雖已編入了東京新市區[84]，高圓寺仍有深深的郊外之趣。從新宿、經由大久保、東中野等，離開高尚的文化住宅區，來到令人有大東京邊陲之感的中野，忽然使人有截然不同的感覺。首先，街巷的構造完全不同。巷道奇窄，根本沒有人行道，行走時，必須要靠人車相競才能前進。這一類街道，從中野一直延伸到西邊的阿佐谷、荻窪、西荻窪、吉祥寺等區。然而，跟這些富有郊區住宅的區域比起來，高圓寺是多麼嘈雜而浪人風味頗濃的街呢？那當然，浮於工作的人們似乎相約似地湧到這區域來。問其原因，說是鄰近新宿的區域，生活程度太高，西出新宿的區則須要花車錢。若是高圓寺，只要花十錢便可到達新宿。[85]

下頁框線外面的吉祥寺到高圓寺爲杉並區，吳天賞與楊逸舟也住在此地。[86] 楊雲萍留日期間（1926～1932）住在高圓寺。住民大部分是文化人、學生、薪水階級，台灣的留學生也大都集中於此[87]。根據柳書琴的研究，葉秋木又與王白淵、林兌、吳坤煌、張麗旭等人，在東京杉並區高圓寺林新豐的處所會商，決議以「藉文學形式啓蒙大眾的革命性」爲目標，組織

84　1932年被編入東京市，東京市在1943年改爲東京都。

85　翁鬧，〈東京郊外浪人街──高圓寺界隈〉，陳藻香、許俊雅編譯，《翁鬧作品選集》，彰化：彰化縣立文化中心編印，1997.7，頁68。

86　據〈台灣文藝〉創刊號 昭和九年十一月五日發行（1934）「文藝同好者氏名住所一覽」吳天賞　東京杉並区高圓寺七ノ九四二　遠藤方
而2卷4號. 楊杏庭、楊杏東京杉並区高圓寺七ノ九四二　遠藤方
從此可見他們這個時期住在一起。

87　〈楊雲萍年表〉，林春蘭《楊雲萍的文化活動及其精神歷程》，台南：台南市立圖書館，2002.12，頁215。

一個屬於日本普羅列塔利亞（無產階級）聯盟的「文化同好
會」。繼而研議具體的計畫，決定設立文學、美術、演劇、音
樂、普羅葉斯、電影、出版及會計等部門；並且預備發行機關
雜誌《台灣文藝》。

　　一九三一年二、三月間，初到東京的張文環也住在高圓寺
隔壁的中野區，當時中野區為中國、朝鮮、台灣留學生及日本
左翼運動者雜居之所，也是社會運動活絡的地域。[88]

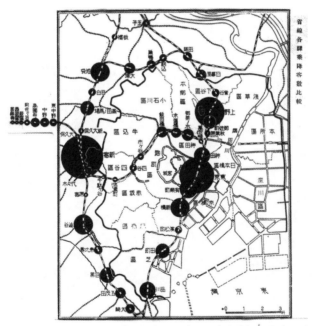

參考地圖1：山本三生編《日本地理大系・大東京篇》，東京：改
造社，1930.4.20，頁31。

　　從大正末期到昭和時期，在於荻窪、阿佐ヶ谷、高圓寺這
一帶，有很多文學家活動的蹤跡，很多作家都居住在這裡，從

---

88 柳書琴《荊棘的道路：旅日青年的文學活動與文化抗爭——以《福爾摩沙》系
統作家為中心》，清華大學中文所博士論文，2001.7，頁185。

事文學創作。

　井伏鱒二《荻窪風土記》中提到：「我昭和二年的夏天，搬到這荻窪來。當時在文學青年之間，有一種流行就是；搬到方便坐電車去澀谷的地方或者新宿、池袋等郊外。又有人說，三流作家搬到新宿郊外的中央線沿線、左翼作家搬到世田谷一帶、流行作家搬到大森一帶，這是一種常識。因爲關東大地震，東京的版圖也變大，尤其是中央線有了高圓寺、阿佐ヶ谷、西荻窪等新的車站，市民快速地搬到郊外。……荻窪這一帶恰好成爲標榜窮文學青年的活動地。」[89]

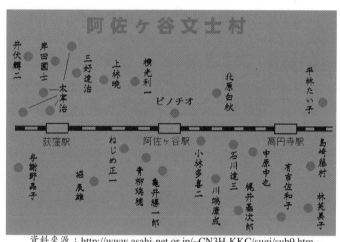

資料來源：http://www.asahi-net.or.jp/~CN3H-KKC/sugi/sub9.htm

　最早住在杉並區文士村的是明治文豪島崎藤村。藤村進入明治學院後，寄宿在高圓寺南邊的西照寺。從日治大正末期開始，川端康成、橫光利一、石川達三、梶井基次郎、小林多喜二、中原中也、北原白秋、上林曉、亀井勝一郎等文士們先後

89　井伏鱒二《荻窪風土記》，新潮社：1982.4。

都住在這杉並區。石川達三也寄宿在附近，還有中原中也寄宿在高圓寺。雖然當時川端康成已經稍微成名，但三好、石川、梶井、中原等都在此度過貧窮的文學青年時期，經歷艱苦才逐漸走到文豪的地位。

普羅文學旗手小林多喜二住在馬橋。此地成為他一生最後的據點。雖然實際上他是因為日本政府對左翼鎮壓而入獄，死在警察的拘留所，但是喪事是在這馬橋辦，參與喪事的人大約十幾個人，警戒的警官有五十個人，當時日本政府對左翼言論的鎮壓可見一般。[90]

太宰治也寄宿在此地。太宰敬仰井伏鱒二為終生的老師，住在天沼附近，不過在此地搬了好幾次家。

與謝野鐵幹與謝野晶子夫妻把杉並定為終生之地的文人而有名。在荻窪（現南荻窪四）建築住宅。晶子把它命名為「采花莊‧遙青書屋」，鐵幹過世後也在這裡過生活，一九四二年結束了六十四年的一生。

戰後反覆搬家的北原白秋，晚年選以阿佐ヶ谷為安居之地。還有，堀辰雄在成宗（現成田東）生活，戰時雖然疏散到輕井澤，但是一九五三年辰雄過世之後，他的家人又搬回杉並，所以他的住宅好像還是杉並的家。

與翁鬧同時期住高圓寺的文人應該很多，翁鬧居住此地也應該認識不少文學家吧。翁鬧在隨筆提到日本作家林芙美子，林芙美子寫過一個少女從北海道來到此地工作的喜悅[91]，亦是以高圓寺為背景。戰後，有吉佐和子一家人搬到堀之頓，她的代表作《恍惚の人》也是以杉並為舞台的。還有普羅女作家平林たい子也在戰前時期寄宿在高圓寺。

90 參考：村上讓〈阿佐ヶ谷文士村〉，春陽堂書店。
91 林芙美子〈野麥の唄〉，1936。

2. 翁鬧所描寫的日本文人

翁鬧在隨筆中，提到高圓寺雖「富於思想、富於審美」，卻是殘破，瓦礫遍布：

> 被頌爲富於思想、富於審美的高圓寺。在此雖有頗多瓦礫輩之徒，亦並非毫無優秀之士。雖然在這偌大的東京，無一處不是呈著玉石雜處之況，然而在這高圓寺，其況更甚。[92]

當中也描寫到幾位日本文人：

（1）上脇進：

翁鬧曾寫到他與上脇進的關係，以及彼此交遊的情形，他描繪上脇進的精神樣貌與特異的行事風格：

> 我與譯過佛里寶〈芝西摩〉的上脇進，曾兩人一起在此待過。此公嗜酒如命，十年如一日皆在酩酊之中。他是菊池寬〈第二次的接吻〉中的主角，也出現過林芙美子〈放浪記〉中。他的人生，真可說「在落魄中，徘徊西東，居無定所，宛如隨風漂盪之片片落葉」[93] 呢！他會把僅有一件的外套典入當鋪。上次我遇見他時，他竟以整件到處有破洞的大衣裹著睡衣在外走著。據說最近他投靠在朋友的住所，正在翻譯〈托斯托愛斯基的回憶〉呢，祝他前途光

---

92 翁鬧，〈東京郊外浪人街——高圓寺界隈〉，陳藻香、許俊雅編譯，《翁鬧作品選集》，彰化：彰化縣立文化中心編印，1997.7，頁69。

93 形容上脇進的這一段翁鬧引用，法國詩人保爾‧魏爾倫（Paul Verlaine）（Metz, 1844 —Paris, 1896）的詩〈Chanson d'automne（落葉）〉，上田敏翻譯詩集《海潮音》（1905）所收。

彰化學

明！[94]

在日本，俄國文學的書大多數是由上脇進翻譯的。但是很可惜，並沒有關於上脇進所寫的回憶錄之類的資料。只有井伏鱒二所寫的回憶錄〈上脇進の口述〉而已。井伏鱒二描寫上脇進「他是個很喜歡喝酒的人。」

（2）伊藤整：

翁鬧還特別注意當時文人去過的餐館，「附近亦有一個餐廳叫做『今金食堂』，說是詩人出身而近日改寫小說的伊藤整氏，曾經租賃過此地。」[95]

（3）小松清：

翁鬧對留學法國「行動主義文學運動理論的介紹者」小松清有具體的描寫，從小松清的衣著外貌，到文學活動，亦對自己參加法國文學演講時的窘態，加以調侃：

> 他的個子看起來只到我的肩膀，穿著捉襟見肘的上衣、褲子，光腳，穿著一雙已磨得像平板一般的木屐，懷著手，匆匆忙忙在趕路似的。看這種模樣，誰能想像：他就是行動主義文學運動理論的介紹者，亦是提倡者呢？此公正是名噪文壇的小松清其人。他是NRF[96]的日本特派員。最近由於翻譯一九三三年度，法國剛果獎[97]作品〈征服者〉，

94 翁鬧，〈東京郊外浪人街——高圓寺界隈〉，陳藻香、許俊雅編譯，《翁鬧作品選集》，彰化：彰化縣立文化中心編印，1997.7，頁72。
95 翁鬧，〈東京郊外浪人街——高圓寺界隈〉，陳藻香‧許俊雅編譯，《翁鬧作品選集》，彰化：彰化縣立文化中心編印，1997.7，頁70。
96 NRF（La Nouvelle Revue Francaise），為法國的文藝雜誌月刊，1909年創刊，1943至1953停刊，1959年再創刊。
97 應翻為「龔固爾獎」。

而給日本文壇揭開暫新的一頁的熱門人物。曾幾何時,當法國旅行文學者某來日時,擔任翻譯的亦是此人。當時因爲内容太難,只留下什麼「才氣」、「前衛」之類艱深的術語,而自始至終令我與周公打交道的,正是此人啊。[98]

(4)鈴木清、阪中正夫、直木三十五:

翁鬧對鈴木清、阪中正夫、直木三十五這三位日本作家,並沒有直接的描寫,只說他去過這些作家常流連忘返的「銀河」酒吧。但是因接到「學生取締規則」[99]的處罰,亦怕影響荷包,從此不敢再踏入「銀河」酒吧之內,可見他對這三位作家多少有些孺慕之情:「普羅文學之新銳鈴木清氏的住在也在這附近。在街尾有一個名叫「銀河」的酒吧,說是「馬」的作者阪中正夫常去光顧,連故直木三十五也曾經埋首在二樓寫作過呢。被那酒吧的老闆娘與女服務員所引誘,我曾跨進那珠簾的大門。但,因接到校方的處罰,亦因影響荷包甚巨,從此不敢再嘗試。」[100]

(5)新居格:

在翁鬧的描述中,高圓寺界隈文士們中的老大爲新居格,新居格在《台灣文藝》也發表過評論[101],翁鬧這篇隨筆的插圖也是新居格的肖像畫。翁鬧生動捕捉下新居格以睥睨神態行走在高圓寺附近街市的情景,也寫出翁鬧和他其接觸的情形,詼諧而有趣:

98 翁鬧,〈東京郊外浪人街——高圓寺界隈〉,陳藻香、許俊雅編譯,《翁鬧作品選集》,彰化:彰化縣立文化中心編印,1997.7,頁70。
99 翁鬧,〈東京郊外浪人街——高圓寺界隈〉,陳藻香、許俊雅編譯,《翁鬧作品選集》,彰化:彰化縣立文化中心編印,1997.7,頁70-71。
100 同上註,頁69-70。
101 新居格〈文学に於ける言葉の問題〉,《台灣文藝》,第3卷第2號,1936.1,頁24。

在高圓寺界隈文士們中的老大，應首推新居格氏。其別名叫高圓寺圓無侯。拿著拐杖，戴著軟呢帽睥睨著似地從容地溜達在街上的姿態。真可謂高圓寺景觀之一了。……（略）

「我曾讀過老師您的高爾基四十。」

有一天晚上，在彩虹遇見新居老師時，我唐突地迸出了這一句。

「嘻嘻嘻……」

老師笑著，把那黑呢帽往頭上一放。看起來毫不膽怯，而稍嫌遲鈍的動作之中，令人想像：在文壇上首屈一指的那靈敏的感性究竟蘊藏在何方呢？[102]

（6）辻潤：

翁鬧還提到一位達達派的詩人辻潤異想天開的行徑，充滿超現實的情境：

他夢見自己在天上飛。天一亮，他果真從二樓的窗口往馬路一跳，傷了手臂。他就是達達派詩人。[103]

在翁鬧文中辻潤錯印為辻闊[104]。

這些翁鬧所提到的日本文人，大部分在今日都已經被世人

---

102 翁鬧，〈東京郊外浪人街——高圓寺界隈〉，陳藻香、許俊雅編譯，《翁鬧作品選集》，彰化：彰化縣立文化中心編印，1997.7，頁69-70。

103 同上註，頁72。

104 辻潤（1885～1944），評論家。生於東京。在東京市的法國雅典學院主修語言，後來擔任上野高等女學校的教師。因與學生伊藤野枝談戀愛，被革職。之後專門翻譯英國唯美主義代表作家オスカー・ワイルド（Oscar Wilde）等人之作品，進入放浪的生活。代表大正期達達派之一，也編輯了高橋新吉詩集《達達派新吉的詩》。以早期評價宮澤賢治為知名。代表作有《浮浪漫語》、《絕望的書》、《痴人的獨語》、《ですぺら》等。

遺忘的，但是透過翁鬧的筆觸，具體地呈現七十年前住在高圓寺附近文人的生活圖像。

3. 翁鬧和台灣友人的交遊

隨筆中，翁鬧提到與他生活的G君與Y君，應該是與翁鬧有交往的台灣友人吳天賞與楊逸舟。

（1）G君：

G君應該是吳天賞，因為吳的日文讀成「GO」，翁鬧寫道：「自從G君搬到此地來，恰好是三年」[105]，這篇文章發表的日期是一九三五年，推算起來，G君到日本是一九三二年，與吳天賞到日本的年份一樣[106]，所以文中的G君有可能是吳天賞。

（2）Y君：

Y君應該是楊逸舟，因為楊的日文讀成「YOU」，翁鬧寫道：

> 被拍了肩，回頭一看，原來是G君與Y君。
> 「我的情人在那兒。」
> 果然，G君三個情人中之一個，在我們數步前走著。雖說情人，那只能算一廂情願。……自從G君搬到此地來，恰好是三年。我們偷偷地批評G君情人的臀部，厚著臉皮從後面跟著走去。來到平交道，在等著電車駛過的人潮中，我們有幸跟G君的情人併肩而立。當我轉了頭去看她那剪

---

105 翁鬧，〈東京郊外浪人街——高圓寺界隈〉，陳藻香、許俊雅編譯，《翁鬧作品選集》，彰化：彰化縣立文化中心編印，1997.7，頁73。
106 參考黃琪惠《台灣美術評論全集 吳天賞 陳春德》，台北：藝術家，1999。

成娃娃頭裡的臉蛋兒時，豈有此理，此妞不顧她的情人，
竟向我送了秋波。

我來時，始終人潮擁擠，平交道

我們隨興捻出不倫不類的打油俳句詩，三個人嘻嘻哈哈地
仰天大笑了起來。

此段寫來很幽默，可見翁鬧與G君、Y君在此段期間應該
是相知的朋友。

而且翁鬧、吳天賞、楊逸舟是台中師範學校同一屆的同
學，若G君是吳天賞，則Y君是楊逸舟的機率很高。

（3）K氏：

翁鬧文中提到一個不知名的K氏，懷抱著文學夢想的K氏
究竟是台灣人，或日本人？「K氏」可能是江燦琳。江的日
文讀成「KOU」。江燦琳也是從台中師範學校時代認識的朋
友。但是，看翁鬧用「氏」的字，跟吳君、楊君有差別，故意
用「氏」來呈現跟他有距離感。在翁鬧的隨筆中，翁鬧似乎以
一貫幽默的筆法消遣了K氏一番。

從前方來了K氏。我問他手上拿的是什麼。他說要推銷，
便打開手上的東西攤開給我看。原來是辻闓的俳句。……
酷似著那吐出口水的富士山。

裡面所寫的都是類似此類的句子。說是逮到辻闓，把他壓
在咖啡店的桌上，命他寫的。K氏啊。汝立志文學北上來
京已餘載，早已過了而立之年卻未能立，竟要用此法來糊
口謀生。如今你仍然胸懷大志似地說要「進軍文壇」嗎？

或許把屁放向天空，才是捷徑呢。暗地裡我雖如此揶揄他，但，面臨這種遭遇的人，何止他一人呢？[107]

從文中描寫與G君、Y君、K氏相處的態度，可以看出翁鬧交友圈，翁鬧在東京生活時，是和哪些台灣友人有著頻繁的互動？眾所周知，關於他的資料不多，甚至於他明確的死亡時間，以及確實的死因，都沒有人知道，所以他在日本的生活情況，以台灣友人的回憶錄來加以參照，可以進一步釐清他在日的文學活動與生活。

（二）台灣友人回憶中的翁鬧

1.狂妄自大的個性：

楊逸舟描寫翁鬧到東京留學後，還是這麼地狂妄自大：

> 翁鬧遵照規定服務滿了五年教員後，也渡航前來日本東京留學。起先在一所私立大學掛名，穿私大的制服，對他倔強的自尊心，當然很不滿足。有一次他在銀座散步時候就說：「在銀座遊蕩的這些眾愚的頭腦集中起來，也不及我一個。」雖是說笑，也可窺見他的妄大。[108]
> 他單戀一個不值錢的日本女子，為她落淚，性格變得更怪。[109]

還有，當時留日學生劉捷也在他的回憶錄提到翁鬧不客氣的樣子，讓人印象深刻：

---

107 翁鬧，〈東京郊外浪人街——高圓寺界隈〉，陳藻香、許俊雅編譯，《翁鬧作品選集》，彰化：彰化縣立文化中心編印，1997.7，頁72。
108 楊逸舟〈憶天折的俊才翁鬧〉，《台灣文藝》95期，1985.7
109 同上註。

東京的有些食用品，日本人不吃，價錢便宜，例如豬腳、
雞頭、豬雞的內臟。有一次我妻利用休假前往橫濱購回大
量的雞頭、豬腳，花了一天的功夫，可做一星期的菜食，
夜間翁鬧（留學生作家）由中野走路帶了四、五個留學
生，把燉好的雞肉連飯，不客氣地吃得乾乾淨淨，由此可
見東京大都市繁華人多的另一面，有人貧窮捱餓，日本的
發動侵略戰爭，也許好戰自大的本性，也可能有「肚子」
捱餓難熬的問題。[110]

劉捷描述翁鬧是個不肯返鄉、在東京苦修流浪的典型人
物，以及若干行為：

> 那時為進出日本文壇，畢業後不肯返鄉，在東京苦修流浪
> 的文藝人，翁鬧是典型人物之一。又有《暖流寒流》的作
> 者陳垂映（陳瑞榮）先生有一年暑假回台，請翁鬧暫時住
> 下他的公寓，返來之後，所有棉被衣服都不見，看家的翁
> 兄亦不知去，可見當時的翁鬧生活浪漫，窮苦到了極端，
> 他那種深刻的人體驗，鍥而不捨的精神……[111]

翁鬧過分的行為不止如此。陳遜章，邊氣邊回想：

> 有一次我買了一本書，還沒看就被二兄借去翻，後來翁鬧
> 看上了，說要借去先看，原想也無所謂，結果他居然把書
> 拿去換現金。害我至今都沒看過那本書，心裡實在很不甘
> 願，一本書還沒看過，就被拿去賣了，賭氣不願再去買一

110 劉捷《我的懺悔錄》，台北：九歌，1998.10，頁79。
111 劉捷〈幻影的人——翁鬧〉，《台灣文藝》95期，1985.7，頁190-193。

本。[112]

看了以上翁鬧狂妄自大的個性，似乎只會給別人添麻煩；楊逸舟、劉捷及陳遜章對他的描述，顯現出在東京流浪文人的窘態。

2. 寫情書的癖性

翁鬧不只在台灣，到了東京之後，寫書的癖性仍然沒改變，他好不容易當了比東大畢業生初任好的待遇的內閣印刷局的校對員，但是在職時，他又寫了情書給陌生日本女子；

> 他自認爲自己的日文詩可打動日本女子的心扉，可是自第二封信起，那女子就把他的情書原封不動地退回給他。翁鬧不死心，還繼續寫，那女子只好告訴她的父親。[113]

後來翁鬧被撤職，很喪氣。他就把書籍拿去當舖借錢過活，他就是這麼地感情用事。翁鬧作品裡面也出現很多寫情書的場景，表現出他對愛戀的憧憬與對情感的追求。

（三）翁鬧在日的文學活動

翁鬧正式的文學活動可以說是翁鬧一九三四年到日本，直到一九四〇年的短短的時間內，發表了詩、翻譯英文詩、隨筆、中短篇小說、感想與評論等作品，他參與的雜誌如下；

1. 《台灣文藝》

---

112 張炎憲、曾秋美〈陳遜章先生訪問紀錄〉，《台灣史料研究》14卷，1999.12，頁164。
113 楊逸舟〈憶天折的俊才翁鬧〉，《台灣文藝》95期，1985.7。

　　一九三四年五月六日，由張深切、賴明弘籌劃，於台中小西湖酒家召開全島文藝大會，與會人數八十二名，組成全島性文藝團體代替政治活動。其宗旨為「聯絡台灣文藝同志互相圖謀親睦以振興台灣文藝」，其組織除島內各地設支部，東京也成立支部。「文聯」不僅代表台灣的文壇，也成為知識分子的精神堡壘，台灣作家的大團結，大大地推進了台灣的新文學運動，並「對異族表示了堅毅不移的抵抗」。

　　一九三四年十一月五日《台灣文藝》創刊，至一九三六年八月發行第三卷第七、八號後停刊。一共刊行十六期，為台灣人創辦的文藝雜誌中壽命最長、作家最多者。[114]

　　葉石濤評論：「日文小說的最大收穫為翁鬧的〈戇爺〉及呂赫若的〈嵐之物語〉」[115]。一九三五年，小說〈戇爺さん〉（戇伯仔）被選日本改造社發行刊物《文藝》雜誌的選外佳作。[116] 翁鬧東京時期，在《台灣文藝》發表的作品也是最多，包括；隨筆〈東京郊外浪人街——高圓寺界隈〉[117]、感想〈跛の詩〉（跛腳之詩）[118]、詩〈異鄉にて〉（在異鄉）[119]、譯詩〈現代英詩抄（十首）〉[120]、小說〈歌時計〉（音樂鐘）[121]，感想〈詩に關するノオト——ハイブラウのことゞも〉（有關

<hr />

114 參照許極燉《台灣近代發展史》，台北：前衛，1996.9，頁398。
115 葉石濤《台灣文學入門》，高雄：春暉，1997.6，頁66。
116 張良澤關於這點：「未找出證據之前，筆者寧可保留。」陳藻香、許俊雅編譯，《翁鬧作品選集》，彰化：彰化縣立文化中心編印，1997，頁267。但是河原功表示：「在日文創作方面活躍的有巫永福、吳希聖、張文環、呂赫若、翁鬧、楊逵、林敬璋、吳鬱三、張榮宗、谷孫吉、英文夫、保秇瀧雄等人。其中翁鬧的〈戇爺さん〉（第2卷第7號）把貧苦與老人的心理微妙地結合在一起，包含了幾許社會性，是『《文藝》』（改造社）的選外佳作，差一點入選，乃作者悉心加以改作的作品。」河原功著，莫素薇譯，《台灣新文學運動的展開——與日本文學的接點》，全華科技圖書股份有限公司，2004.3，頁199。
117 〈東京郊外浪人街——高圓寺界隈〉，《台灣文藝》第2卷第4號，1935.4。
118 感想〈跛の詩〉（跛腳之詩），《台灣文藝》第2卷第4號，1935.4。
119 詩〈異鄉にて〉（在異鄉），《台灣文藝》第2卷第4號，1935.4。
120 譯詩〈現代英詩抄（十首）〉，《台灣文藝》第2卷第5號，1935.5。
121 小說〈歌時計〉（音樂鐘），《台灣文藝》第2卷第6號，1935.6。

詩的點點滴滴——兼談High brow）[122]，詩〈ふるさとの丘〉
（故鄉之山丘）、〈詩人の戀人〉（詩人的情人）、〈鳥ノ
歌〉（鳥兒之歌）[123]、小說〈戇爺さん〉（戇伯仔）[124]、小說
〈殘雪〉[125]、詩〈石を運ぶ人〉（搬運石頭的人）[126]、小說
〈哀れなルイ婆さん〉（可憐的阿蕊婆）[127]等。

　　文聯東京支部一九三五年及一九三六年舉行兩次座談會，
翁鬧皆出席，在第二次的座談會〈台灣文學當面的諸問題〉，
翁鬧積極地發表對詩作方面的看法。[128]

2.《台灣新文學》

　　楊逵由於《台灣文藝》的編務上與張星建發生齟齬後，
一九三五年十二月二十八日，和葉陶創辦《台灣新文學》月
刊，直到一九三七年的第二卷五號為止，一共發行了十五期。
編輯有賴和、吳新榮等。

　　同時代留日的作家，如吳天賞、劉捷、吳坤煌、吳永福
等，原本是《台灣文藝》的執筆者，後來卻沒在《台灣新文
學》上發表作品或雜文，但翁鬧在《台灣新文學》發表，也持
續在《台灣文藝》刊載，[129]包括：小說〈羅漢腳〉[130]、〈明信

---

122 感想〈詩に關するノオト——ハイブラウのことゞも〉（有關詩的點點滴滴——
　　兼談High brow），《台灣文藝》第2卷第6號，1935.6。
123 詩〈ふるさとの丘〉（故鄉之山丘）、〈詩人の戀人〉（詩人的情人）、〈鳥
　　ノ歌〉、（鳥兒之歌），發表於《台灣文藝》第2卷第6號，1935.6。
124 小說〈戇爺さん〉（戇伯仔），《台灣文藝》第2卷第7號，1935.7。
125 小說〈殘雪〉，《台灣文藝》第2卷第8、9合併號，1935.8。
126 詩〈石を運ぶ人〉（搬運石頭的人），《台灣文藝》第3卷第2號，1936.1。
127 小說〈哀れなルイ婆さん〉（可憐的阿蕊婆），《台灣文藝》第3卷第6號，
　　1936.5。
128 〈台灣文學當面的諸問題〉，《台灣文藝》，第3卷7、8合併號，1936.8。
129 趙勳達在《台灣新文學》與《台灣文藝》執筆者的投稿歷程作的分析過程當
　　中，發現：《台灣新文學》與《台灣文藝》有所雷同的數十名執筆者中，在
　　《台灣新文學》發刊後，還持續在《台灣文藝》發表作品的人，並不如我們想
　　像的多，大概只有呂赫若、翁鬧、吳新榮、陳垂映……。見趙勳達《《台灣新
　　文學》（1935～1937）的定位及其抵殖民精神研究》，國立成功大學台灣文學
　　研究所碩士論文，2003.6，頁75。
130 小說〈羅漢腳〉，《台灣新文學》第1卷第1號，1935.12。

片〉[131]、評論〈新文學三月號讀後感〉[132]、評論〈新文學五月號讀感言〉[133]、小說〈夜明け前の戀物語〉（天亮前的戀愛故事）[134]。

楊逵成立《台灣新文學》雜誌之後，與東京日本文士特別是左翼文學者聯繫是雜誌的經營重點。此時楊逵似乎有意跳開不甚支持分離走向的吳坤煌與張文環，另倚重翁鬧來協助東京方面的聯繫事務。不過翁鬧認為張文環比自己更適合，而加以婉拒：

> 新文學不但能這般廣泛地獲得同人與誌友。這當然一方面是由於貴兄之才智所致，也是因為我們這島嶼的文學界，尚在一片處女地的緣故。因此盼望能早一日寫出優秀的作品。在東京方面該執行的工作我十分明瞭了。然而，我對實務性的工作，似乎是一個白痴。請勿寄以厚望。也許託文環兄較為可靠些呢。[135]

3.《台灣新民報》

一九三二年四月十五日，開始發行日刊《台灣新民報》，其性格是報導重於評論，站在台灣人的立場從事報導，尤其致力於糾正各日系報紙的歪曲事實與祖護日人言論。一九三七年發行五週年，報份已突破五萬大關，但盧溝橋事變，日本軍國主義勢力急遽擴張，同年六月，《台灣新民報》下令廢止漢文

131 〈明信片〉，《台灣新文學》第1卷第2號，1936.3，以及《台灣新文學》第1卷第3號，1936.4。
132 評論〈新文學三月號讀後感〉，《台灣新文學》第1卷第3號，1936.4。
133 評論〈新文學五月號讀感言〉，《台灣新文學》第1卷第5號，1936.6。
134 小說〈夜明け前の戀物語〉（天亮前的戀愛故事），《台灣新文學》第2卷第2號，1937.1。
135 〈明信片〉，《台灣新文學》第1卷3號，1936年4月1日，陳藻香・許俊雅編譯，《翁鬧作品選集》，彰化：彰化縣立文化中心編印，1997，頁77。

版。到一九四一年二月，命令改稱爲《興南新聞》。

目前能找到翁鬧在《台灣新民報》發表的詩作〈征け勇士〉（勇士出征去吧！）（1938年10月14日8版）與小說〈港のある街〉（有港口的街市）（1939年7月6日～8月20日）。

小說是由黃得時策劃的新銳中篇小說特輯之一。特輯中另有王昶雄的〈淡水河之漣漪〉、陳華陪的〈蝴蝶蘭〉、呂赫若的〈季節圖鑑〉、龍瑛宗的〈趙夫人的戲畫〉、陳垂映的〈鳳凰花〉與張文環的〈山茶花〉等作品。

另外，雖然目前未見，〈崔承喜についての小說〉（對於崔承喜的小說），《台灣新民報》日刊1936年6月～8月。[136] 翁鬧在《台灣新文學》的〈明信片〉，提到這篇小說：

> 又應朋友之託，目前正在寫有關崔承喜之小說。說是要刊在《新民報》，前後約爲三個月之份量。我才疏學淺，更無閑暇，雖極力推辭，卻抵不過朋友的誠摯與熱情。你大概也聽說了吧，據說在今夏，爲了文聯將要聘請崔承喜，要我來寫有關這方面的文章。我個人很想寫五月文藝的懸賞創作，兩者會衝突，很是傷腦筋。只有儘量縮短來寫了。與其要寫那類文章，我較喜歡寫純文學性的作品。[137]

還有，一九三五年八月～一九三六年二月《台灣新聞》所刊〈東洋畫的手法を弁護する一文を寄せた〉，大概是吳天賞的關係；可能還有其他作品，希望以後能夠找到。

翁鬧除了參加雜誌執筆之外，也積極地投稿到日本雜誌的「懸賞創作」。

---

136 參照陳藻香、許俊雅編譯，《翁鬧作品選集》，彰化：彰化縣立文化中心編印，1997，頁322。

137 〈明信片〉，《台灣新文學》1卷3號，1936年4月1日，陳藻香、許俊雅編譯，《翁鬧作品選集》，彰化：彰化縣立文化中心編印，1997，頁77-78。

（四）翁鬧死因的推測

　　翁鬧的死因有多種說法，現在翁鬧的出生、死亡年日已經清楚了。所以對於翁鬧友人回憶錄的解讀也有所改變。比如張良澤的〈關於翁鬧〉提到；

> 楊文稱：「二十八歲凍餓死於報紙堆中」。若二十八歲可靠的話，則死年為一九三六或一九三七年。至於死所，若在精神病院，則楊逸舟必定知道。且「外地」（殖民地）學生若被發現精神病，必先通知台灣家人領回療養。故翁鬧可能於家人不知、親友疏離之下，孤獨地死在自己的寓所。後來傳言也得了精神病，才使人聯想到他死於精神病院吧。[138]

　　張氏說「若二十八歲可靠的話」，推測翁鬧的死年是一九三八年。這與楊逸舟的說法有出入。

　　翁鬧是一九一〇年出生，戶籍資料記載的死亡時間是一九四〇年十一月十一日。死因仍然不明。

　　吳坤煌對於翁鬧在日本的生活情形，有以下的描述：

> 他雖常與幾個當時出名的日本小說家及散文家在一起，但既不容易被提拔，生活費又沒來路，結果懷抱著法國莫泊桑的幻想困倒東京高圓寺街頭，而窮病交迫終止不遇的一生。[139]

138 張良澤〈關於翁鬧〉，《台灣文藝》95期，1985.7，頁172-186。
139 吳坤煌〈台灣藝術研究會成立及創刊福爾摩沙前後回憶一二〉，《台灣文藝》第75期，1982.2。

陳遜章對翁鬧的死因認為有可能被刑事追捕，而開始逃亡，死因成謎：

> 一九三八年（昭和13）間，有一天來了個刑事，才知道這些都是源於翁鬧。他們找不到翁鬧，才來找我們。翁鬧和大兄是同學，而且一來日本就找他，並會住在一起過，他們要調查翁鬧，自然得從大兄調查起囉！……其實我們已經和翁鬧失去聯絡，也不知道他在哪裡，最後他是否被抓，也不可得知，之後他就失去了蹤影，猜想他可能就是在日本過世的。[140]

他有可能逃到哪裡去？翁鬧在〈有港口的街市〉的序言裡描述：

> 這故事是著名通商港口在某個人類史上的一個斷層。曾經在那裡旅遊、佇立在碼頭的我，曾經想過為這港口寫些什麼，之後再次訪問那地方的我，愈來愈想要寫些什麼。因此我開始盡力收集資料。如今資料整理出來了[141]

〈有港口的街市〉的舞台是神戶，他也許在神戶過世，或者跟這小說的登場人物一樣，坐船到哪裡也說不定。

雖然從台灣友人的回憶可以整理出一些翁鬧生活的印象，但是其中也有一些出入，可能是作家年紀大了，記憶有些模糊吧！從上述可以看出，大家都看不慣翁鬧自大的個性、放浪的生活方式，以及和日本婦女的同居生活，至於翁鬧罹患精神病

---

140 張炎憲、曾秋美〈陳遜章先生訪問紀錄〉《台灣史料研究》14卷，1999.12，頁161-181。
141 《台灣新民報》，1939.7.4，8版。

這個謠言是從哪裡來的？也不能完全否定掉這個可能性，但是這樣的討論是不是把問題看得太簡單了？從〈東京郊外浪人街——高圓寺界隈〉一文可以看出翁鬧的「浪人」性格也許跟這個謠言有關，或許其他文人看不慣翁鬧的生活方式，才批評他精神有問題，正如張良澤在〈關於翁鬧〉對翁鬧死因的推測。[142]

四、結語

本文探討翁鬧的生平：日治明治四十三（1910）年二月二十一日，出生於台中廳武西堡關帝廟社二百六十四番地，為父親陳紂、母親陳劉氏春的四男。從翁家戶口調查簿得知，本名確實是翁鬧。為養子，翁鬧五歲時，被在彰化經營雜貨商的翁家收為螟蛉仔。一九二三年四月二十九日，翁鬧以相當優秀的成績入學台灣總督府台中師範學校演習科。在此認識吳天賞、楊逸舟、吳坤煌等人，開始接觸文學。但除了音樂、國文課、英語之外，翁鬧的學籍成績沒有特殊表現。畢業後在員林國小、田中國小教書。在田中國小擔任說話課以及音樂課。在這時期在《福爾摩沙》發表他的處女作，可以說翁鬧文學創作的出發點。

翁鬧在東京留學時期，在隨筆〈東京郊外浪人街——高圓寺界隈〉呈現出在東京高圓寺的生活經歷，以及翁鬧與日本、台灣文人之間的交流。接著根據當時留日台灣文人對翁鬧的回憶來觀察，以及翁鬧在日的文學活動；翁鬧作品大都發表於《台灣文藝》、《台灣新文學》與《台灣新民報》。最後，要指出的是，雖然知道他的死亡日期是日治昭和十五（1940）年十一月十一日；不過，死因不明，有待進一步考察。

---

142 張良澤〈關於翁鬧〉，《台灣文藝》95期，1985.7，頁172-186。

〈有港口的街市〉導讀

　　〈有港口的街市〉原刊載於《台灣新民報》由學藝欄主編黃得時策劃的新銳中篇小說特輯中。除了翁鬧的作品之外，還有王昶雄的〈淡水河漣漪〉、陳華培的〈蝴蝶蘭〉、呂赫若的〈季節圖鑑〉、龍瑛宗的〈趙夫人的戲畫〉、陳垂映的〈鳳凰花〉、中山千枝的〈水鬼〉、張文環的〈山茶花〉等九篇。翁鬧的〈有港口的街市〉是「新銳中篇小說特輯」的第一篇，從昭和十四年（1939）七月六日開始連載到八月二十日，總共四十六回。黃得時在〈晚近台灣文學運動史〉裡曾提到，一九三九年是台灣文學運動的空白期：

> 盧溝橋事變勃發同時，本島的文學活動也遭致暫時停滯，直到昭和十五年（1940）一月一日《文藝台灣》創刊以前的兩年半時間，《台灣新民報》上的新銳中篇小說的企劃之外，沒有一個文學活動亦沒有文藝雜誌。這兩年半可以說是台灣文學運動的空白時代。[1]

　　黃得時接著說明策劃特輯的緣起：「隨著事變長期繼續，眾人也逐漸恢復做文學的心情，加上被朝鮮及滿州厲害的進展所刺激，台灣文學必須有所發揮的想法，不期而遇地在眾人念頭浮現了。這就是台灣新民報出現新銳中篇小說的緣故。」[2]而「依靠這些作品，暫時萎縮的文學熱情再度昂揚。」[3]由此可見翁鬧這篇作品的歷史價值了。

1　黃得時〈晚近台灣文學運動史〉，葉石濤編譯《台灣文學集》2，高雄：春暉，1999.2，頁98。
2　同前註，頁99。
3　同前註，頁99。

龍瑛宗〈一段回憶──文運再起〉（〈ひとつの回憶──文運ふたたび動く〉）（發表於《台灣新民報》，1940.1.1，13版）提及：

> 翁鬧的〈有港口的街市〉、王昶雄的〈淡水河漣漪〉、呂赫若的〈季節圖鑑〉等作品，若以通俗小說之意圖爲根基而寫成，那麼問題就另當別論。但即使如此也不免使人產生過於混水摸魚之感。
>
> 翁鬧筆風向以抒情見稱，但這篇作品卻反而給人像是刻意走輕快節奏的造型師之感。

在龍瑛宗的眼裡，翁鬧的〈有港口的街市〉、王昶雄的〈淡水河漣漪〉、呂赫若的〈季節圖鑑〉均以通俗小說形式呈現，但是，黃得時卻認爲：「最富潛力的翁鬧，以本篇爲最後作品而去世，可說是本島文壇的一大損失。」[4]

本論文在翁鬧死因的推測裡提到，據陳遜章的回憶：「昭和十三年（1938），有一天來了個刑事，才知道這些都源自於翁鬧。他們找不到翁鬧，才來找我們。」[5]陳遜章認爲，翁鬧有可能是因爲被刑警追捕，開始逃亡，逃亡的經驗也反映在翁鬧的創作中。

翁鬧在〈有港口的街市〉的序言裡，自述創作的動機：

> 陸地和海洋互相擁抱的地方，是各式各樣的旅客歇泊的地方，在那裡自然應該有它自己跟別人不同的生活樣態。聽到晨霧中搖曳的汽笛時、看到夜霧中如幻影般漂浮的桅桿

4　同前註，頁99。

5　張炎憲、曾秋美〈陳遜章先生訪問紀錄〉《台灣史料研究》14卷，1999.12，頁161-181。

時，人們正在爲明天而夢呢？還是被悔恨擾亂著心神呢？
這則故事是著名通商港口在某段人類史上的一個斷層。在
那裡旅遊、佇立碼頭上的我，曾想過爲這座港口寫些什
麼，之後再次訪問那裡的我，愈來愈想要寫些什麼。因此
我開始盡力收集資料。如今資料整理出來了，我想將這篇
文章獻給失去父親的孩子、跟小孩離別的父親以及不幸的
兄弟。如果能夠得到讀者的喜愛，那便足以令我喜出望外
了。

〈有港口的街市〉發表時間是昭和十四年（1939）七
月六日，從上述陳遜章的回憶以及翁鬧的序言中，可知翁鬧
一九三八年這段期間藏身神戶。翁鬧也自述創作的動機和社會
歷史的意義——在被時代、環境潮流所撥弄的翁鬧，想將這篇
作品「獻給失去父親的孩子、跟小孩離別的父親以及不幸的兄
弟。」我們不禁要問：這部中篇小說是否也是翁鬧要獻給自己
的？

一、故事情節

（一）內容概要

〈有港口的街市〉的舞台是國際都市神戶的港口，故事
分成序言、一至五章以及終曲。在序言中提到，故事發生在
一九二五年，描寫神戶港外國蒸汽船進港的情形，以及日本女
人谷子跟著水手們離開了神戶。

第一章描寫的是：一九二七年二十八歲有走私寶石和嗎啡
嫌疑的女人有年谷子，與一個離家出走的青年乳木純在從香港
回神戶的船上邂逅，接著與刑警可兒、及谷子情同手足的油吉
重逢。小說再回到谷子被遺棄的童年經驗，雖然被松吉老人收

養，卻因老人的過世而進入孤兒院、感化院，谷子受不了感化院猶如苦刑般的生活而逃離，加入不良幫派──紫團，揭露出孤兒悲慘的命運。同時描寫谷子親生父親乳木氏遺棄孩子的來龍去脈。

第二章則是從乳木純的故事開始，他念念不忘在船上遇到的谷子，也描寫乳木純的父親乳木氏改過自新，回歸宗教的懷抱之後，繼承牧師的職務，並費盡心思尋找遺棄的女兒。在偶然的機會下，乳木氏和谷子於拘留所相見、談話。接著又回頭敘述乳木純與真綺子的戀情。

第三章則描寫了許多神戶風景，以谷子與油吉的交談為中心，敘述神戶不良少年小新以及街頭女人阿龍與谷子的互動。第四章則從關西金融界大人物山川太一郎與刑警可兒利吉的故事開始，詳細描寫俄羅斯馬戲團，以此帶領出乳木純與谷子、支那子的重逢，並描寫同昌一夥人的假鈔偽造集團。第五章主要描寫山川太一郎事業的沒落以及他所經營的舞廳遭到檢舉的過程。最後在終曲篇，乳木氏透過乳木純才知道自己一直尋找的親生女兒竟是谷子。而谷子則到故事最後要離開神戶時，才得知乳木氏就是自己的父親。

（二）人物介紹

翁鬧在角色、時間、章節的安排上非常用心，以四十六回的長度來講二十個人的故事，如此複雜的人物卻能駕馭得有條不紊又錯落有致，故事的詳細與簡略取捨得宜，毫不顯得冗雜。〈有港口的街市〉的情節是互有關聯的幾個插曲牽連所構成的。為了解這一連串的插曲及其相互關係，在此歸納成七個部分，整理如下：

1.谷子的故事

谷子是小說中的靈魂人物，占整個故事的大部分。從嬰兒時期被父親遺棄之後，歷經了孤兒院、感化院、加入神戶幫派紫團、成為舞孃妓女，拘留期間被牧師乳木氏救出。到故事最後要離開神戶時，才知道原來這位牧師就是自己的父親。

2. 谷子父親的故事

（1）松吉老人的故事

第七回敘述以修理工作維生的松吉老人，在神戶街宇治川旁的草叢中發現一名女嬰（谷子），由於使命感決定撫養谷子，他獨力撫養谷子，直到谷子六歲時，才因喝了大量燒酒而猝死。

（2）乳木氏的故事

乳木氏原是犯了竊盜罪的囚犯，為了探望產期逼近的妻子而越獄，沒想到生下小孩後的妻子當場死亡。他抱著嬰兒徘徊猶豫，但飢餓迫使他不得不拋棄嬰兒，因緣際會來到教會裡美國傳教士的家。爾後他又回到監獄服刑，出獄後成為一個虔誠的教徒。之後他不斷尋找失去的女兒谷子。透過兒子乳木純，乳木氏才知道谷子就是自己的女兒，直到谷子離開神戶的最後一刻，才揭露她的身世。

3. 神戶女人的故事

（1）朝子的故事

遭海港地方上有權有勢、已有妻兒的山川太一郎玩弄羞辱，曾企圖殺死山川太一郎，卻沒有成功。由於罹患肺病，最後留下十二歲的女兒支那子自殺。

（2）支那子的故事

谷子的朋友朝子的女兒，後來被谷子領養，長大後跟乳木純發生戀情。

（3）阿龍的故事

東京人，刑警可兒利吉的妻子、眞綺子的母親，在酒館使用假鈔買賣時，被舊識的谷子發現，將她救回，託谷子的福，阿龍逃脫酒池肉林的生活，回到故鄉東京，重新做人、自立更生，後來改名爲多津子。爲了揭發可兒利吉的惡行，到神戶檢舉山川所經營的店。

4. 神戶不良少年的故事

（1）歌野八百子

紫團團長，後來成爲帝西電影株式會社走紅的女演員。

（2）游隼的俊平

成爲東洋電影的少年演員。

（3）油吉的故事（與谷子的故事交錯）

油吉與谷子情同手足，從小跟谷子一起在孤兒院長大，後來和谷子一起離開神戶去了大連，是最了解谷子的男人。

（4）小新的故事

未滿十歲的少年，曾告訴谷子和油吉販賣物品的地方。後來受谷子指示偷取山川太一郎的文件。

5. 惡劣的資產家

（1）支那人同昌

經營古幣貨店，將近五十歲的胖男人，私製僞鈔。

（2）山川太一郎的故事

關西金融界的大人物。因女兒漾子的亂倫事件，加上全球不景氣，使得事業下滑。最後他所經營唯一賺錢的舞廳，也因爲谷子、阿龍的計謀，遭到檢舉，徹底被神戶的商界淘汰。

（3）可兒利吉

一邊當警察，一邊在他的靠山山川太一郎手下工作。被同

昌收買，最後因印製僞紙之嫌被逮捕。

6. 乳木純的故事

乳木氏之子。天生浪漫，性格放浪，本想跟眞綺子到香港發展，但被眞綺子拒絕之後，獨自離家出走到香港。在當地被刑警發現後帶回神戶，在船上認識了谷子。國中時期曾經想當畫家：

> 數學完全不會，所以化學、物理等科目經常遠在標準分數以下。只有美術科的分數鶴立雞群特別突出。（18）[6]

乳木純後來到東京讀書。回到神戶之後，在偶然的機會下再遇到谷子，因此認識支那子，兩人情投意合，曾想跟支那子結婚。最後知道谷子是自己的姊姊。

（1）美代子

乳木純的妹妹。

（2）乳木夫人

對自己的小孩管教嚴格，很擔心乳木純的前途。

（3）眞綺子

可兒利吉的女兒。寶塚歌劇學校的學生，跟乳木純的戀情原本順利地進行，但乳木純離家出走到香港之後，戀情突然冷淡下來。一直想念乳木純的她，最後罹患肺病，寂寞地死去。

（4）宮田

乳木純中學時代的朋友。國中二年級時開始寫起奇怪的詩，也創辦了同仁雜誌。

---

6 每段引文之後括弧內之數字，代表原刊載於《台灣新民報》之回數，參見本書第186頁。

宮田從國中二年級時開始寫起奇怪的詩來，也創辦了同仁雜誌，不過很快就被他搞砸了。說是虧了十圓、二十圓啦什麼的，到了十九歲的現在，還是老樣子地不事生產，從不記取教訓。（14）

加入海港的一個小團體，迷戀山川漾子，而與團體中的棟樑板井正二爭奪漾子，但被板井正二打敗，後來進入東京的私立大學的預科。

（5）板井正二

小團體的領袖。

（6）山川漾子

年輕美麗的女孩，為山川太一郎之女。因素行不良，被警察拘捕。

（7）神戶風俗／神戶風景

小說劇情圍繞著神戶發展，翁鬧以自身的經驗和歷史事件，對爵士音樂、寶塚歌劇、俄羅斯馬戲團、舞廳、電車、神戶、奏川街頭的情景和歷史，均有細膩的描寫。

為了能夠理解這篇小說，以上將故事中人物一一分類整理。但是在小說中，這些情節並非單純按照時間順序排列，例如「谷子的故事」發展到某個程度時，其他的小故事順勢插進來，然後又回到「谷子的故事」。像這樣，不同人的不同故事，不斷地相互交錯。翁鬧的敘事方式並非直線進行，故事發生的順序往往與文中的順序不一致，這就是所謂的「錯時法」。

這種「錯時法」的寫作方式，以及小說中諸多人物的交錯編排，已經跟新感覺派的獨白式小說技巧大不相同。

翁鬧自己也表明，這篇小說是「收集資料」而寫成的，

可見不完全是自己想像出來的。照小說中的人物及場景安排來看，也依循著某種程度的歷史、社會現實環境。表面上用全知的敘述觀點來描繪不同人物的故事，實際上也影射了翁鬧的個人生活經驗。

例如，翁鬧是學音樂出身的，小說中就會特別注意到音樂的背景，甚至還能談到一段保羅‧羅德門所創作的爵士音樂，就連看到女學生的制服，都知道她們是寶塚歌劇院的學生。因為神戶是一個國際性的港口，日本第一齣歌舞劇《我的巴黎》就是在神戶上演，翁鬧甚至將小說人物眞綺子安排進這場歌舞劇中。

翁鬧除了將自己對音樂的敏銳度寫進小說之外，小說中的乳木純想當畫家、宮田在國中時寫了奇怪的詩、創辦同仁雜誌，結果因賠錢收掉了，宮田又回到「不事生產」的老樣子，這兩個人物都具有翁鬧在美術及文學上的影射。

雖然在這篇〈有港口的街市〉中，從一些人物、情節、場景可以看到翁鬧的影子，但主軸與結構上的安排，還是放在谷子等人身上。小說中的「錯時法」，在某種程度上可說是取法了新感覺派中的現代主義寫作技巧，但其表現出來的精神卻是對現實社會的關懷，因為劇情一直圍繞在孤兒、妓女等社會底層人物的悲苦遭遇上。

翁鬧將寫作的焦點，從「自己」轉移到「他人」，從寫自己感受的新感覺派，到用現代主義的寫作方式來呈顯現實主義的人道關懷，這就是新出土的〈有港口的街市〉的特別之處，也是這篇小說的文學價值所在。可惜這篇文章發表後沒多久，翁鬧就過世了，算是他的絕筆之作。

為什麼翁鬧第二次來到神戶，還特別收集了資料來寫這篇小說呢？消極的因素可能是為了逃避警方的追捕，積極的意義，有可能是翁鬧想在文學創作上有所突破。如果翁鬧沒死的

話，也許他晚年的小說會類似這篇〈有港口的街市〉，呈現不同於新感覺派的樣貌。

二、創作背景

（一）時空背景的安排

〈有港口的街市〉故事並非直線進行，故事發生的順序與文本的順序不一致，這就是所謂的「錯時法」。「錯時法」其實是結構主義者熱奈特（G. Genette）在《敘事話語》中提出的小說手法之一。首先從故事的重點開始描寫，接下來為了說明劇情或背景而追溯過去。像這樣的手法十分普遍，可說是敘述或小說傳統的手法之一。

「錯時法」分為「順敘法」和「倒敘法」兩種。「倒敘法」是回想、追憶。「順敘法」則是預言、預測，讓讀者抱著希望繼續讀下去的手法。

翁鬧在〈有港口的街市〉的序言裡先描寫谷子偷渡到國外的情形，然後在第一章裡描寫兩年後谷子與乳木純的邂逅，自此展開故事，接著再回到谷子小時候，追溯到谷子親生父親乳木氏的故事等。因此翁鬧採用的是「倒敘法」。

〈有港口的街市〉以神戶為舞台，整個故事圍繞著神戶而生，另外翁鬧花了不少篇幅細膩地描寫神戶風景。明治時代後期經過甲午戰爭，大阪成為日本最大的經濟都市，而神戶則發展成東洋最大的港灣城市。翁鬧在小說的開頭描寫：

> 西元一八六〇年。
> 當時神戶還是小小的停泊港，沒想到六十年後發展繁榮，過了三年，因為大地震和火災，完全變成日本的第一大海港了。（1）

　　神戶也是日本爵士樂發源之地，因爲港口有很多外國人，小說一開頭就從外國蒸汽船開始描寫，接著「出生於印度的、爪哇的、英國的、墨西哥的，這樣的四個美國人」等，及其他不同國籍人士多不勝數，像中國人同昌、馬戲團的俄羅斯人、德國人所經營的咖啡廳「juchheim」。摩登都市神戶的飯店就有以下的描寫：

> 在靠山的地方有神戶一流的飯店——東亞飯店。
> 在關東大地震之後，從東京跑到關西的有名作家，在其創作中如此寫道：「在很多路的神戶街頭上，柏油路是最漂亮的路……」
> 這就是從東亞飯店筆直到海岸的東亞路。（20）

　　《文藝時代》稻垣足穗的作品裡面，也常常出現東亞飯店。它是一九〇八年英國、德國、美國、法國人共同出資經營的飯店，以飯店專用建築方式來設計、施工，在當時的飯店中，可說是走在時代的尖端。三之宮東亞路就曾出現在谷崎潤一郎的作品中，谷崎潤一郎在關東大地震之後，搬到關西陸續發表作品。描寫被女性玩弄的男人之悲喜劇《痴人的愛》，引起了很大的迴響。而作品《赤い屋根》（紅色屋頂）也曾描寫東亞路一帶及東亞飯店附近的情景，就連鐵路也成了摩登都市的象徵：

> 從東亞飯店到海岸的路上，有三條穿過大街的鐵路。
> 第一條鐵路是從大阪神戶電車的快車終點站上筒井，前往須磨的市營電車山手線，第二條是東海道線的鐵路，再走一個町段左右又有鐵路，這就是神戶市的第一條市營電車

彰化學

鐵路榮町線。

頭一段到山手線是所謂神戶的靠山地帶，過了這條鐵路後的東亞路，是專以外國人爲買賣對象的商店街。（21）

在關西，盛行模擬美國都市電車路線的建設，一九〇五年以阪神電氣鐵道爲開端，接著阪急寶塚線（1910年開業）、阪急神戶線（1920年開業）等，而在大阪、神戶之間，則有環境舒適的郊外住宅區不斷開發。因而，此地的都市、文化發展，均與鐵路有密切的關係。隨著阪神地區鐵路網的開通，大阪商人、藝術家、文化人全搬到這裡來。他們既重視傳統，又受到西洋文化的影響，這群享受生活情趣的人們，形成了一股名爲「阪神間現代主義」的獨特風格。

這一段彷彿是川端康成在《淺草紅團》中所描寫的關東大地震後的景象。經過地震後的重建，出現了全新的風貌。在《淺草紅團》裡面，鐵路是一種摩登之物的象徵。翁鬧再繼續描寫東亞路附近的景色：

走到東亞路的盡頭，在飯店的前面左轉，一個人不知什麼時候，來到了諏訪山公園的登山口。

這公園的另外一個名字叫「金星臺」。

園名的由來是因爲美國的天文學者曾在此努力研究過天文學問之故。爲了紀念此事，在公園的角落，豎立了用英文刻成浮雕的紀念碑。

有無金星不得而知，但因爲這裡是高崗，能夠一目了然地瞭望神戶整個街市。（22）

諏訪山公園一九〇三年開放爲遊樂園。一八七四年法國的觀測隊在這個公園進行金星的觀測，因此，諏訪山公園的瞭望

台被稱為「金星臺」。園內還有紀念觀測的金星觀測紀念碑。

　　接著以淺草來形容神戶新開闢的市區，翁鬧對神戶風景以及街市歷史細膩的描寫，呈現出神戶國際商港的新穎圖像。

　　明亮燃燒著的南邊天空，是神戶的淺草、奏川新開闢的市區。
　　模仿了地震前淺草一二樓的神戶鐵塔，被天鵝絨肥包的廣告燈照得明亮而聳立。
　　越過眼前街市的另一邊，白天能夠眺望到紀州半島與淡路島一帶的海，但現在只能看到海港中漂浮的船隻燈火，像遍布的星星般閃耀，連船的影子都看不到。只是隔著黑暗，汽笛的聲音，微微地顫動著，緩緩地傳遞過來。（24）

（二）都市文化

　　翁鬧對神戶風景以及街市歷史的描寫十分用心，他將收集來的資料，不斷地插進各段故事裡頭，另外值得注意的是，當時都市文化：

　　一九三〇年，堂堂進入東都的關西有力的電影製作公司、帝國電影株式會社的走紅女演員，又是最高幹部的女演員。這位最高幹部女演員歌野八百子，正是後期出現的紫園女園長呢！（10）

　　「帝國電影演藝株式會社」是一家電影製作公司。成立於一九二〇年，為大阪的實業家山川吉太郎所創立。在〈港口的街市〉裡的山川太一郎角色，也是翁鬧模仿山川吉太郎的吧。山川吉太郎在一九一四年建設大娛樂設施「樂天地」，就像

〈港口的街市〉裡面的舞廳「Trockadero」。「Trockadero」是「三層樓的建築物，一樓是撞球場、麻將遊戲場，二樓是舞廳，三樓是旅館。」（39），而「樂天地」也是三樓層。帝國電影在一九三〇年攝影棚被燒掉的同時，樂天地也跟著倒閉了。

　　那一年的十月。

　　日本的科尼島──純他們這麼稱呼的寶塚歌劇場裡，日本最初的歌舞劇《我的巴黎》，豪華上演了。（19）

　　一九二七年，寶塚歌劇團演出日本最初的歌舞劇《我的巴黎》。總共演出十六場、總登台人數高達二一〇個，演出時間是一個半小時，在當時來講，簡直是無法想像的超級演出。台上出現汽船、火車、汽車等跨時代的文明產物，演員們忙得幾乎沒有喘息的時間。另外，在服裝上也是一大創舉，完全是從前寶塚歌劇看不到的大膽露腿露臂，讓觀眾驚豔連連。而主題曲也大受歡迎，獲得空前的成功。[7] 翁鬧接著描寫觀眾乳木純的情形：

　　當然，真綺子被分配的舞女角色，可說只是一個換幕間補場的小角色而已，但是這個舞女的姿態卻在純的腦海裡留下了深刻的印象。

　　從此以後，純跟真綺子，不用說，開始了柏拉圖式的精神戀愛。

　　神戶也是日本爵士音樂的發源之地，因為港口有很多外國人停駐，保羅・惠特曼（Paul Whiteman）所創的爵士音樂

也出現在這篇小說中，更加顯示出神戶這個國際大港的多元文化。

> 這一年，在日本西洋音樂界裡，發生了一件大事。
>
> 那就是保羅‧惠特曼創造出的爵士樂渡海而來。
>
> 時至今日，惠特曼也好、海倫凱勒也罷，他們的名字幾乎成了常識，但在當時，只有某部分人知道而已。說到爵士樂，很多人認爲那不過是背離音樂之道的狂躁喧鬧聲而已。
>
> 而爲了宣傳爵士樂，菲律賓的carton爵士樂團第一次在神戶登陸了。（18）

　爵士樂在二〇年代萌芽，在三〇年代開花結果。作曲家喬治‧蓋希文（George Gershwin）與保羅‧惠特曼（Paul Whiteman）在一九二四年合作一曲〈藍色狂想曲〉，是古典樂作曲家首次將爵士樂交響樂化。經歷了與多位知名樂手如歐瑞小子（Kid Ory）、奧利佛國王（King Oliver）和弗萊特‧韓德森（Fletcher Henderson）的合作，小號手路易‧阿姆斯壯（Louis Armstrong）於一九二五年從紐約返回芝加哥，成立自己的五重奏，這個樂團爾後加入低音號與鼓，成爲著名的熱樂七重奏（The Hot Seven）。

> 這裡亦是酒館的密集地帶，壓倒三絃的琴音，是到處入耳的流行爵士樂，唱得行人的腳步都亂了。
>
> 不過，年輕人即使穿得西裝畢挺，也不得不到這種酒館去吧。
>
> 剛好這時候，〈紅燈、藍燈〉的道頓堀進行曲風靡市井，在這酒館夢巴黎也是如此，從方才就一直重複演奏同樣的

進行曲。（28）

　　由於新的西洋爵士音樂與文化的引進，使得神戶新舊文化並陳，人們一面重視傳統，一面受到西洋文化的影響，這也形成「阪神間現代主義」獨特的風格。

三、創作主題

（一）社會畸零人的象徵

　　針對〈有港口的街市〉一文來進行分析，首先必須討論「孤兒」在翁鬧的文學世界中象徵著什麼？以及藉由孤兒的書寫與觀照，來觸及他小說中重要的意涵？翁鬧文學中的孤兒開啓了其作品中的認同議題，也成爲小說中重要的文學象徵手法，翁鬧用窮人、孤兒、妓女和寡婦來說明他者被剝奪的處境，爲弱勢者代言，基於眾生平等的悲天憫人胸懷，從作家創作心理上來看，翁鬧流星般的生命與孤兒盪氣迴腸的故事之間，有著共同的悲涼，格外具有書寫幼時陰影的象徵意義，據楊逸舟的回憶：「自稱是養子，對於親生的雙親一無所知。」[8]「自己是個養子」這想法一直深烙在翁鬧心裡，他一生似乎都在尋找親生父母的形象，「尋找親生父母」的主題都一再地出現在翁鬧的作品裡，成爲翁鬧小說中持續存在的意象。

　　描述孤兒的生活，也是日本新感覺派代表作家川端康成作品中的鮮明象徵，川端康成兩歲喪父，三歲又喪母，由祖父帶大，到十五歲時，祖父也去世，從此成了天涯一孤兒，他在日後一些自傳性的作品中也曾回憶這段孤兒經驗。川端康成的小

8　張良澤〈關於翁鬧〉，《台灣文藝》95期，1985.7。

說具有獨特的藝術風格，主要描寫孤兒的生活，表現對已故親人的深切懷念與哀思，以及描寫自己的愛情波折，敘述自己失意的煩惱和哀怨，其主導的藝術風格是感傷與悲哀的調子，以及難以排解的寂寞。

例如川端康成抒情地描寫對少女思慕的《伊豆的舞孃》，也是作者自稱的「孤兒毅力」，為了平撫少年時期的心理創傷。從《十六歲的日記》到《油》、《葬式の名人》、《孤兒の感情》等，均是追求孤兒毅力的作品。換句話說，由於母體經驗的缺乏，必然引起對外在母體激烈的渴望之心。《伊豆的舞孃》是試圖從「孤兒意識的憂鬱」解脫，反映在川端康成對流浪旅藝人的親睦：

在家鄉，川端康成一直在人們一聲聲的「可憐啊，可憐啊」聲中，強迫扮演著可憐者的角色；在「天下的一高」校園，他又常常「離開一步」；而在這次伊豆之旅中，在他不堪忍受自憐復自厭的折磨而獨自一人悄然離校旅行的途中，偶然遇到並同行的「伊豆的舞孃」的一聲「好人哪」的評價，自然會一下子冰釋了一高學生川端康成心靈上鬱積的嚴寒，陰暗剎那如洗般明淨了。這是因為「伊豆的舞孃」對他既有輕蔑也無好奇，僅只是以平常心對平常人，這正是川端康成此時此刻的精神心靈最需要的。似乎二十年來還從來沒有人以尋常人一般，和他交往。在川端自己都在懷疑自己是否正常時，這樣地與他人之間的情感交流，哪怕僅僅是一句「好人哪」，都會引起無窮的情感波瀾。實際上，當八年之後，川端康成將這次伊豆之旅的所見所感昇華醾造為藝術精品《伊豆的舞孃》時，才標誌著那句「好人哪」引起的情感咀嚼回味，終於有了可觸可

感的歸宿。[9]

　　川端康成以鄉愁來尋找靈魂歸宿的家，其小說可以說是歸返之歌，從初期的《伊豆的舞孃》，川端康成之旅已經開始，在現實探求的同時，也有作者回溯生命歷程的意味。

　　針對這篇〈有港口的街市〉，翁鬧自己說：「我想把這一篇，獻給失去父親的孩子、跟小孩離別的父親以及不幸的兄弟。」翁鬧在這篇作品描寫主人翁谷子的生命歷程：從出生、被遺棄、在社會底層下被命運無情撥弄，到最後逃到國外去，一方面描寫貧困家庭的小孩、以及孤兒的幼少年期的心理創傷，一方面描寫著國族認同問題，也開啟他對身分認同的的質疑與探索。小說的開端，翁鬧從海港特有的景色開始描寫，谷子被發現偷渡到香港，加上走私寶石和嗎啡的嫌疑再次回到神戶，翁鬧開始追尋謎樣的谷子，對於她到底有怎樣的過去開始進行追索：

　　谷子到底有怎麼樣的過去呢？
　　雖然想起來也沒用，但是偶爾想起也好，可不是嗎？（7）

　　原來谷子有一段不可告人的身世，她被因偷竊而入獄的父親遺棄在貧困村落裡，幸得松吉老人的收養，才得以艱苦地生存下來：

　　村落的人們雖然是松吉老人的親戚，但也是毫無關係的人。
　　不用說，在這種情況下，人們當然希望成為後者。

9　　張國安《川端康成傳》，台北：業強，1992.12，頁24-25。

而且，這個貧民村落裡，沒有任何一個家有餘力給六歲的小孩東西吃。

檀那寺的住持經常注意這個小孩。這小孩的身世怎麼這麼像「孤兒院」的小孩啊！

這些小孩們在街頭上是這麼說的：「跟爸爸死別了，跟媽媽生別了，沒有家可以回去也沒有錢……」（7）

谷子雖然身為孤兒，但擁有堅毅的形象和頑強的生命力，她將所有缺憾的憤懣，轉化為能量與養分，這就是她最動人的性格：

那段期間，谷子當然出落得幾乎令人認不得，但是明顯的憔悴面容，正顯示她黯淡的生活。

繼承了頑固的松吉老人脾氣，谷子也是一派倔強而固執，不過卻擁有一種令人落淚的溫柔。（8）

松吉老人過世之後，谷子歷經了孤兒院、感化院、加入神戶幫派紫團、成為街頭上的妓女，看盡街頭上各種流浪的孤兒生活，更顯孤兒在社會陰暗角落中生活的窘困與孤立無援，他們必須為自己的生命奮鬥：

「那，我嘛，一個人總可以勉勉強強地過吧。」

「這樣喔。」

兩個人就不再前進了。

如此說來，女人總能挨下去的。

而谷子則當了酒館的女招待……（11）

身為女性孤兒，更是女性命運中的邊緣人，西蒙・波娃

（Simone de Beauvoir）的《第二性》中談到，在人類歷史和文化的長河中，男人是做爲絕對的主體（the subject）而存在的，而女性則爲成爲男人的對立面和附屬體而存在，所以西蒙·波娃所提到的「第二性」[10]，是在社會和文化中普遍存在的一種歧視女性的觀念。

過去我們認爲歷史、經濟發展、傳統習俗等和性別無關，但是性別理論挑戰這一點，而將性別因素放入所有歷史、經濟和傳統之中，引入性別關係此一分析角度。而身爲爲生存與工作抗爭的女性孤兒而言，不僅是經濟弱勢的女性，其社會地位、個人身分與選擇，更是座落在父系男權社會中，〈有港口的街市〉的場景在神戶這個國際性的港口，人種複雜，商業貿易繁榮，充斥著異國情調和光怪陸離的人事物，由於社會環境的關係，下階層的女性以當妓女爲生存之道：

> 如果有某些人感嘆海港特有的這些女人的存在是國恥，那大概免不了要被責難爲笨蛋吧。來到海港的外國人遺落的錢，有三成是靠她們的本領撿起來的。這無疑是海港意想不到的收穫。
>
> 在神戶逐漸繁榮的同時，海港女人的數量也悄悄地跟著增加。（1）

關於妓女，翁鬧在其詩作〈寄淡水海邊〉中，曾描述作者對一名十六歲就被迫賣身的少女的情愛與思念，而在〈有港口的街市〉裡描述妓女生活的片段中，翁鬧也解剖出人性的現實

---

10 西蒙·波娃的《第二性》中指出女人是男人的客體和他者（the other），這裡的他者是指女人相對於男人所處的邊緣化的、陌生人的特殊處境和地位，而這種處境和地位是低於男性的，由於女人一直被界定爲天生的他者，現實世界是被男性主宰與統治的。西蒙·波娃作，陶鐵柱譯，《第二性》，貓頭鷹出版，1999.10。

面，呈現出人性中貪慾、自私的弱點，以及身爲妓女背後的悲慘經歷：

> 當然在這附近出沒的女人，絕不會接近沒錢的男人。若不
> 是身穿流行的西裝，看起來很有錢的窮光蛋，她們會立刻
> 端出年輕夫人或千金小姐的架子，對他們嗤之以鼻。
> 這些女人十個當中有八九個是船員的妻子，要不就是喪夫
> 的寡婦。
> 一年當中，船員丈夫只有十天或二十天左右在家，船員妻
> 子要找到這麼好的副業是不必花什麼工夫的。（20）

　　在這個貿易發達的國際商港中，谷子能選擇的工作機會
卻十分有限，成爲妓女是下階層女性以身體交換生存的最後選
擇，以身體爲商品，以性爲交易內容，可說是妓女的基本工
作，這樣的現象雖然普遍存在於各地，但在不同的社會文化環
境中，仍可能呈顯不同的面貌。因此，從歷史的角度觀察，娼
妓問題並非孤立的社會現象，也是特定歷史階段中社會文化的
反映，同時，其本身也是某些社會文化發展的基地。在大部分
的社會中，多視娼妓爲「特殊行業」，在國際商港中成爲妓女
的谷子，一個手無縛雞之力的年輕弱女子，受到周遭人的唾
棄、鄙視，甚至那些下流男子輕浮地挑逗，卻仍須在那樣的環
境中打滾，更反映出日本社會的傳統父權文化和西方注視下的
東方主義：

> 谷子也在那段期間，轉來轉去地換工作，當舞孃、售票場
> 的收票員、最後成了街頭的女人——成爲外國人所謂「可
> 愛的日本姑娘」了。（11）

　　小說另外一個敘事主線是支那子的故事，支那子也同樣是
孤兒，她是朝子的小孩，朝子在海港地方上有權勢、有妻兒的
山川太一郎經營的舞廳「Trockadero」裡工作，山川太一郎代
表了男性對物質文明的追求、情慾的追逐，與女體的迷戀：

> 　舞廳是採會員制的，大部分的會員都是海港地方上有頭有
> 臉的人物，卻沒有一個正經的，所謂的不良老人多不勝
> 數。這些人不只要抱著女人或被女人抱著跳舞，他們還要
> 跟女人喝酒，而且喝醉跳累之後，還要抱著女人睡覺。
> 　所以這裡的女人全是舞女，也同時都是妓女。（39）

　　山川太一郎是以什麼樣的眼光看待妓女？妓女在社會價值
的觀念裡，是一個被物化的對象，在以父權制度文化下，大多
數女性的意識當中，存在著牢不可破的男性權威，女性永遠活
在男性權威和判斷之下，正是通過物化，女性不論在身體上或
精神上都是他者與客體。

> 　山川認為女人是只要買東西給她，就會馬上提供身體來答
> 謝的動物。（40）

　　身為父權代言人的山川太一郎，先是玩弄朝子，後來厭倦
她之後，便將她資遣：「對山川八年來的怒氣狠狠燃燒著她的
心。奪取她童貞的色魔、讓支那子成為私生女的壞蛋，而現在
又要奪走她的工作？惡魔！惡魔！（12）」後來她企圖殺死山
川太一郎，卻沒有成功。罹患肺病的朝子最後留下十二歲的支
那子自殺，和朝子情同姐妹的谷子，就負起了照顧孤兒支那子
的責任，谷子將照顧支那子這項重責大任，視做生存下去的動
力，不僅流浪許久而疲憊的心可以被救贖，就連生命的價值也

從此再確立。

　　現在，谷子有一個像自己小孩一樣疼愛的女兒，支那子十七歲了，大概是認識她母親朝子的年紀——對了！那的確是谷子二十歲，當舞孃的時候呢！
　　朝子不但罹患肺病，而且在舞廳的亞麻油毯上，必須被男人摟抱著跳舞，又有九歲的支那子。
　　支那子的父親是個貿易商人，雖然是海港有頭有臉的人士，有妻子兒女的身分，卻玩弄了像女兒一樣的朝子。
　　支那子出生後八年，她父親胖嘟嘟的身子，開始在谷子與朝子的舞廳進進出出。
　　不知道在什麼時候，山川買下了舞廳，成為經營者，出現在她們面前。（11）

　　在這個孩子的成長過程中，雖然母親如同虛線，但是透過谷子對希望與未來的執著，依舊會有個想像式的實體被塑造出來，讓孩子有值得學習模仿的對象：

　　「如果事情進行順利，我要改邪歸正。你也該洗手不幹吧？」
　　「問題又嚴重了！」油吉默默地笑著。
　　「不是開玩笑的，是真心話啊，也是為了支那子……」谷子是真的這麼想的。
　　至少要讓朝子委託的支那子，過幸福的人生。
　　朝子與自己都過得太不幸了。
　　忽然想起了與朝子的回憶，此刻的谷子真是百感交集。（26）

　　在此我們看到了谷子的堅韌以及義無反顧。帶著未來與希

望，谷子已然從支那子的救贖中轉變爲救贖者的地位，這也暗示谷子生命型態的轉變，谷子的生命也正因成爲救贖者而重新開始。照顧支那子的谷子不僅代表自己，也象徵著母親對於生命的執著與犧牲，翁鬧用極動人的筆調，去歌頌谷子努力扶養一個健全光明的小孩，努力要從孩子未來的生活中，洗淨自己羞恥的一生，谷子寫給乳木氏的信中流露出身爲母親的驕傲，谷子因爲支那子而展現不同的新面貌：

> 在此很厚顏地拜託您，就像前幾天我跟您説過的那樣，
> 我在這裡舉目無親，處境又非常艱難。雖然我是這樣的
> 女人，但我自認將支那子培養得很出色，並不會比別人
> 差……（45）

第二章則是從乳木純的故事開始，他念念不忘在船上遇到的谷子，也描寫乳木純的父親乳木氏早年因妻子身亡，貧窮潦倒而拋棄了孩子，後來改過自新，回歸宗教的懷抱之後，繼承牧師的職務，費盡心思尋找曾經遺棄的女兒。

> 就這樣，又過了幾年……現在的他，深深懷念老牧師的教誨，成爲一個虔誠的神之使徒。
> 當然，他以盡力尋女的心情，將重新做人的歲月花費在尋找孩子上，然而一切卻彷彿只是徒然的努力罷了。（9）

因緣際會，身負教誨責任的牧師乳木氏和谷子在拘留所相見談話，谷子因意外發生而留下的小指傷痕，在乳木氏心中留下不可抹滅的印象：

> 但是乳木氏卻記得很清楚。

谷子小指被切斷的鮮明傷痕，關於谷子的一幕幕記憶，有時會不斷在乳木氏心中盤旋。

喔，可憐的街頭女人！（17）

乳木氏透過乳木純才知道一直尋找的親生女兒是谷子，卻因為在谷子成長過程中未盡父親之責，而不敢與親生女兒相認，心中的懊悔愧疚的糾葛情感，使得乳木氏失去表露真情的勇氣，深覺自己沒有權利自稱父親：

「谷子是妳的本名嗎？」

「是。」

之後，兩個人交談了很久。

這一次，谷子把真話告訴乳木氏了。

乳木氏一動不動地彎著脖子專心聽著。

已經毋庸置疑了。

啊，這個女人就是我尋找多年的女兒啊！

乳木氏的眼眶裡晶瑩的淚水，輕輕地掉下來了。

但是，乳木氏終究沒有與谷子相認。

谷子的那些話，深深地打動了乳木氏。

這個擁有不幸過去的女兒，一定很記恨她的雙親吧。

乳木氏覺得自己沒有權利自稱父親。（45）

谷子到故事的最後離開神戶時，才知道乳木氏就是自己的父親，谷子雖然十分震驚，父親給了她一種非世俗意義的導引，在靈犀相通的片刻，在父女相認原該悲喜交加的時刻，谷子卻沉默而噤聲。和父親相認，使得原本身為孤兒的谷子，以身世的確認重新肯定自我，那不僅僅只是因為找到血緣的承繼，背後的意義無非是為谷子下一個流浪人生階段而準備：

「姊姊！」純大聲叫。

「咦？！」這個叫法對谷子來講很意外。

純好不容易才斷言說：「妳是我的姊姊。」

「咦？」

「我父親這麼說的。」說完之後，純摟著支那子，走下了梯子。

無數的紙帶從船上朝著送行人的頭上，迅速地白的紅的飄落下來。

舷梯被移走了，Ｓ丸漸漸地駛離碼頭。

乳木氏上氣不接下氣地跑來了。

「喔，知道了。」

乳木氏終於看見了谷子，好幾次跟她深深地點頭。

然後拍了一下支那子的肩膀，很快地舉起手來。

一領會了那個意思，谷子就點了點頭。

啊，那個人就是純所說的，是我的父親吧，谷子心裡不知為什麼鬱悶了起來。（完）

（二）對資本主義的批評

山川太一郎垂涎朝子的美色，在山川追求下朝子生下一女：

> 支那子的父親是個貿易商人，雖然是海港有分量的人士，有妻子兒女的身分……（11）

身為關西金融界的大人物，有妻子兒女的貿易商人山川太一郎跨足多項產業，在紡織、汽船界占有舉足輕重的地位，迅速累積了巨大的財富，因而成為地方上的霸主，是工業、交通

運輸業的新興產業資本家[11]：

> 話是非從這靠近山區的某個宅邸開始說起不可。
>
> 在巨大的門牌上，一眼就可以看到寫著粗大的「山川太一郎」的字眼。
>
> 在進去這棟房子之前，我們得先了解山川太一郎的地位。
>
> 山川汽船股份有限公司董事長。
>
> 東邦紡織股份有限公司董事。
>
> 其他兩三家公司的大股東。
>
> 山川太一郎，可說是關西金融界的大人物。（30）

山川因女兒漾子的亂倫事件而受到媒體輿論的壓力：「山川有一個二十三歲的女兒，去年接近年底的時候，女兒漾子因為素行不良，被警察拘捕了。為了漾子而跟宮田洋介競爭的板井正二，也一起被逮捕了。資產家的女兒亂倫！報紙的報導讓山川看得目瞪口呆。社會的壞心眼，一起轉向他了。」（30）加上全球性的不景氣使他的事業下滑，國內又因昭和空前的大貪污事件爆發，政府開始嚴格監視資本家，在災難接二連三發生後，山川的重要文件又無故被偷：

> 大小災難滾成了一個大雪球，開始步步逼近山川。

---

11 資本家一詞是出自西方經濟學思想學派，尤其是馬克思主義，定義資本主義社會所做的階級劃分當中的富有階級之一。在馬克思主義裡，資產階級被定義為在生產商品的資本主義社會中擁有生產工具的階級，和「資本家」實際上是相同的意思。在當代的馬克思主義用語中，資產階級是指那些控制了公司機構的人，控制的方法則有透過對公司大多數股份的掌握、選擇權、信託、基金、仲介、或關於市場業務的公開發言權。因此「資本家」是指財富主要透過投資得來的人，而他們毋須工作以求生。馬克思主義認為無產階級（賺取薪資者）與資產階級在本質上是互相敵對的，勞工自然都希望薪資能夠愈高愈好，然而資本家卻希望薪資（即成本）能夠愈低愈好，資本家以剝削勞工為累積財富的方法。

一到了三月，關係企業之一的東邦紡織倒閉。接下來是開往溫泉的電力鐵道經營發生困難。同時，山川汽船股票也一路下滑，跌到谷底。

暴跌、暴跌、再暴跌。很少叫苦的山川太一郎，對於接連不斷的苦難，也不免覺得狼狽不堪了。

在此期間，山川汽船的股票迅速慘跌，為了脫離困境，山川的作法是傾售其私產，將下跌的……

山川的臉色蒼白，垂頭喪氣。「現在總得想個辦法……」

但是，偏偏在這個時候，山川身邊又發生了件大事。

在春天一個微暖和的夜晚，山川打開重要文件，專心致志地思考今後的對策，明天可能會下雨，關得緊緊的房間悶得微熱，再加上整個房間充斥雪茄的味道和煙氣，使得山川兩眼刺痛。

山川站起來打開窗戶，只見星星微暗的天空，一點風都沒有。

文件放著、窗戶也開著。

山川從房間出去小便，僅僅五分鐘的來回時間，回到房間的他不由得呆住了。

桌上的文件不見了。（38）

山川手下的舞廳「Trockadero」原本十分賺錢，因為可兒警官利用公權偏袒山川的財團，向個別企業集團輸送利益。官商勾結也體現出當時的政府政策和政治制度，為了保障資本的累積，政府不惜犧牲人民的權益和需求，然而由於掩護山川的可兒警官被開除，使得山川的舞廳被處以鉅款，並勒令停業：

從第二天開始，舞廳停止營業、被處以鉅額的罰款、可兒警官被開除、報紙報導的還不只這些。

山川汽船公司職員的罷工。他們要求立刻給付拖欠已久的
工資、縮短上班時間、改善不佳的伙食……。
不知從哪裡怎麼傳的，遺失的重要文件最後竟落到勞動者
抗議組織手上。
很遺憾，山川沒有獲勝。
劇情急轉直下，幾天之內，山川汽船就要轉讓給某公司
了。
揭露舞廳事件的人到底是誰？（40）

瀕臨破產的資本家山川喪失了財產所有權，從而也失去了
資本家身分，最大的主因是重要文件落入競爭對手手裡，加劇
資本家之間的競爭，競爭敵手讓山川徹底破產，而這一切都是
谷子一手策劃的結果，小說除了暗示谷子為朝子報仇之外，也
毫不留情地譴責了剝削勞工的資本家山川：

三月二十八日各大報紙爭相報導山川汽船的沒落。
谷子叫小新偷的文件被送到爭議團的手上，並且被公開出
來了。
山川太一郎完完全全被商業界放逐了。（43）

〈有港口的街市〉小說圍繞著神戶展開，基於翁鬧實際的
經驗、歷史性事實，細膩地描寫爵士音樂、寶塚歌劇、俄羅斯
馬戲團、舞廳、電車、神戶、奏川等街頭情景、歷史。
翁鬧在敘述故事時，已經跟新感覺派的獨白式小說技巧有
所不同，其進行方式不是直線的，而是諸多人物的交錯編排，
此外，對現實社會的關懷也是小說中重要的主題，圍繞在孤
兒、妓女等社會底層階級的悲苦遭遇，從寫自己感受的新感覺
派，到用現代主義的寫作方式來呈現人道關懷。這篇小說的創

作主題，一是社會畸零人的象徵，谷子從對孤兒支那子的救贖中轉變為救贖者的地位，這也是暗示谷子生命型態的轉變，和父親相認，使得原本身為孤兒的谷子，以確認自己身世的方式重新肯定自我；二是對資本主義的批評，翁鬧在小說中對條件優越的資本家山川，逐步脫離生產勞動，變為剝削勞工的資本家，表達了嚴厲的譴責。

有港口的街市

〈有港口的街市〉從後天開始在本文藝欄連載

一九三九年七月四日八版

　　作爲「新銳中篇創作集」的第一篇，翁鬧君的〈有港口的街市〉從後天開始就要在本文藝欄連載。雖然翁鬧君目前在東京繼續學文學，但鬧君在過去的台灣文藝界，已經將〈天亮前的戀愛故事〉、〈戇伯仔〉、〈可憐的阿蕊婆〉、〈羅漢腳〉等富於鄉土味的精心作品，發表在《台灣文藝》或《台灣新文學》雜誌上，他的作品早已享負盛名。

　　這次的〈有港口的街市〉描寫的是國際港市神戶在某段人類史上的斷層。而負責插圖的則是大家所熟悉的榎本眞砂夫君，他除了漫畫以外，插圖也早就自成一家，其細膩的筆致及獨特的畫風，很能表達出原作者的心情，的確稱得上是好搭檔，相信一定能滿足各位讀者的期待。另外，目前連載的〈大陸一個姑娘〉將改刊載於晚報第三版，請大家見諒。

作者的話

　　陸地和海洋互相擁抱的地方，是各式各樣的旅客歇泊的地方，在那裡自然應該有它自己跟別人不同的生活樣態。聽到晨霧中搖曳的汽笛時、看到夜霧中如幻影般漂浮的桅桿時，人們正在爲明天而夢呢？還是被悔恨擾亂著心神呢？

　　這則故事是著名通商港口在某段人類史上的一個斷層。在那裡旅遊、佇立碼頭上的我，曾想過爲這座港口寫些什麼，之

港のある街
明後日より本文藝面に連載

1939年7月4日8版

　「新鋭中篇創作集」の第一篇として、翁鬧君の港のある街をいよく明後日より本文藝面に連載することになった。翁鬧君は、目下東京で文學の勉強を續けてゐるが、鬧君は過去の臺灣文藝界に於ては「夜明前の戀物語」「戇爺さん」「哀れなルイ婆さん」「羅漢脚」等の鄉土味たっぷりな力作を「臺灣文藝」や「臺灣新文學」誌上に發表し、夙にその文名を謳われたが、今回の「港のある街」は國際都市神戶のある時代の人間史の斷層を描いたものである。又挿畫はお馴染の榎本真砂夫君で、同君は漫畫以外に挿畫についても夙に一家をなし、その繊細な筆致と獨特の畫風はよく原作者の氣持ちを出し、正に名コンビといふべく、必ずや讀者各位の御期待に副ひ得るものと信じます。尚、目下連載中の「大陸一人娘」は夕刊三面に連載することになったから左樣御承知を願ひます。

作者の言葉

　陸と海の相擁するところ、あらゆる旅人のエスカール、そこには自からなる別箇の生活樣態があるであらう。朝霧を衝いて搖曳する汽笛を耳にするとき、夜霧の中に幻のごとく泛ぶ檣を目にするとき、人は明日の夢を描くであらうか、はた悔恨に心を亂さるゝであらうか。

　これは有名な開港場の或時代の人間史の一斷層である。かつてそこに遊び、そこの埠頭にゐんだ私は、その港のために何か書きたい

後再次訪問那裡的我，愈來愈想要寫些什麼。因此我開始盡力收集資料。如今資料整理出來了，我想將這篇文章獻給失去父親的孩子、跟小孩離別的父親以及不幸的兄弟。如果能夠得到讀者的喜愛，那便足以令我喜出望外了。

と思ひ、その後更にそこを訪ねた私は、愈々何か書きたいと思ひ立った。私は私の力に及ぶ限りの資料蒐集にかゝった。そしてそれらを纏めあげた今日となっては、私は此の一篇を、父を失へる子、子に別れし父、而して薄倖な兄弟に献げたいと思ってゐる。幸に御愛讀を得ば望外である。

有港口的街市（1）昭和十四年七月六日

序言（一）

購自荷蘭的一百馬力的扭轉式蒸氣船「威臨丸」，號稱是日本第一艘輪船，從一根煙囪冒出茫茫的黑煙，在「威臨丸」送行的無數菱垣船、樽船、豬牙船的甲板上，留下了大量煤渣，「威臨丸」就這麼從浦賀港雄壯地啟航前往舊金山了。

西元一八六○年。

當時神戶還是個小小的停泊港，沒想到六十年後發展迅速，過了三年後，又因大地震和火災，變成日本第一大海港了。

又過了兩年，一九二五年的新年，號稱兩萬多噸的龐大美國輪船Ｗ號，停泊在神戶港潮來潮往的懷抱裡。

聽說神戶的天空，在海港容納外國輪船時，會像年曆一樣精準地變成陰天。

於是這天天氣一早就是一片寂靜的陰霾，Ｗ號進港時，就在海岸線櫛比鱗次的建築物後面，朦朧地看見層雲密布下連綿的六甲山脈。

船客跟噪音一起從Ｗ號下船。猶如怪物的觸手般的起重機，把自美國千里迢迢渡海裝載而來的貨物吊上吊下。

聽著吵雜的吱吱聲，在舷梯的欄杆前，一動也不動地托著腮，俯視防波堤上忙碌的卸貨工人，還有提著黑皮包、擺放日本特產九谷燒陶器、不斷用亂七八糟的英語，對水手們呼喊的日本商人們，這個轉動著如鷹般剽悍的眼神，不放過任何景象的人，正是這艘輪船的水手長。

輪船停靠在碼頭時，負責神戶港的郵差們……（暫略）

其中一個是深紅的嘴唇、一個是粉紅色的臉頰、一個是藍

港のある街（1）昭和14年7月6日

序折（一）

　和蘭政府から購入された、百馬力の捻仕掛蒸氣船威臨丸が、日本最初の汽船の誇りを、一本煙突から、濛々と黑く吐いて、此の船の首途を見送った大小無数の菱垣船、樽船、猪牙船の甲板に、夥しい煤煙を殘して、浦賀の港から勇ましく、桑港向けて出帆した。

　西暦一八六〇年。

　その時の小っぽけな船着場、神戸は、だがそれから六十年後には、異常な躍進振りで、そのまた三年後には、あの大震火災で、まんまと、日本第一の海港になりすましてゐた。

　それから二年経って一九二五年の正月。この神戸港の瑞々しい懷へ、二萬余噸の巨體を誇る亜米利加汽船W号が投錨した。

　由來神戸の空は、海港に外國汽船を包容すると、暦のやうに正確に、曇りになると云はれてゐる。

　この日も朝からしめやかに曇って、W号の入港した頃には、海岸線に櫛比した、白墨で描いたやうな建物の直ぐ後に、伸びぐと連なってゐる六甲山脈が、靉靆と煙って見えた。

　船客が騒音と共に、船を降りて仕舞って……。星條旗のあの亜米利加から、はるぐと、海を渡って、積んで来た貨物を、怪物の觸手のやうな起重機が、摘み上げ摘み下ろす。

　そのギギーと鳴る音を聞きながら、舷梯の手摺に凝乎と頰杖を突いて、混凝土の突堤を忙しく動く荷揚人足、それから黑革の鞄を提げて、土産九谷燒を並べては仕切りに出駄羅目な英語で水夫達に呼び掛ける日本商人達を見下して、その一人をも見逃すまいと、鷹にやうに剽悍な眼をギロリと動かせてゐるのは、此の船の水夫長であった。

　船が岸壁に横付けになると、此の神戸港附近を受持つ郵便配

色的喘氣。一個個蘊含著強烈的香味⋯⋯。

紫丁香、鬱金香、玫瑰花等。

拿起一封花束般的書信，且讓我們細細地聞聞它的香味吧。

把英文翻譯成日文是：

親愛的閣下，我不知道等您的到達等了多久。那真是漫長痛苦的日子。今天知道您的到達，真是雀躍萬分。

拜託拜託，請您一定要來我這裡。然後，請用您強壯的手臂，永遠把我緊緊地抱住吧。而我，也想要衷心來安慰長途旅行疲累了的您。

豔紅的嘴唇和被讚美為黑水晶的眼睛，一定會讓您滿足的。

××酒家××子

這些信大概都是這樣的內容，不過，船底悶閉的熱氣和到處都是粗壯的手臂、大而赤裸的背部，正在這麼思索的當兒，偶爾抬頭向上，也會看見紅黑鬍子的臉⋯⋯燒得通紅的爐中火焰⋯⋯對於在如此毫無情趣的氣氛裡工作得滿身大汗的水手們來說，這些溫柔體貼的街市女郎的甜言蜜語，能說不是無比的安慰嗎？

如果有人感嘆海港特有的這些女人的存在是國恥，那大概要被責難為笨蛋了吧。外國人遺落在海港的錢，其中三成的確是靠她們的本領撿起來的。這無疑是海港意想不到的收穫。

在神戶逐漸繁榮的同時，海港女人的數量也悄悄地跟著增加。

早已獨自一人在欄杆前托著腮，瞟著眼睛注視一切的水手長，其實正在等待這些女人們的請帖。

達……であることか──。

　その一つは真紅な唇、その一つは桃色の頰、その一つは青い吐息。そしてそのひとつぐに香烈な匂を籠めて……紫丁香花、鬱金香、薔薇等々。それらの封書の花束の一輪を採って、吾々は泌々とその匂を嗅いで見よう。英文を日本文に直してみると、

　　いとしき貴郎に、貴郎のお着きをどれ程お待ち申しましたことか。それはく随分と長い苦しい月日でございました。けふ貴郎のお着きを知って、妾は飛び立つ思ひをして居ります。

　　何卒々々、屹度妾のところへ來て下さいませ。そしてお強い貴郎の御手に、しっかりと何時までも抱き締めて下さいませ。妾も、妾も永のお旅にお疲れになった貴郎を、心からお慰め致し度うございます。赤き唇と黒水晶だと謳はれた瞳とは、きっと貴郎を御満足させませう。　　　　　　　　　　　　　　　　　××酒場××子

　と、こんな風な内容でこれらの手紙はあるのだが、船底のむーんとする熱氣と、どちらを向いても、節くれだった腕と、幅の廣い裸の背と、かと思ふとその間から時折ヒョイと上を向く赤黒い髭面……真赤に燃え上る爐の焰……そんな殺風景な雰囲氣の中で汗にまみれて働く水夫達には、これらの優しくいとも見える街の女からの殺し文句は、こよない慰めでなくて何であらう。

　海港特有の此の女達の存在を國辱だと嘆く奇特な者が若し居るとしたら、恐らく愚か者の譏りを免れ得ないであらう。海港に落ちる、異國人（エトランゼエ）の金のおよそ三割は、實に彼女達の手腕（うで）で拾ひ上げられるのだ。そしてこれこそは、海港の思はぬ拾ひ物でなければならない。かうして神戸は、徐々に肥りながら、同時に、彼女達の數を次第に增しつゝあった。

　先刻さっきから一人、手摺に頰杖を突いて、ギロリと眼を光らせてゐた水夫長は、この彼女達からの招待状を待ってゐたのだった。

序言（二）

　　然後經過三十分左右，一直沒有變化的海港天空，終於陰沉下來，突然開始滴滴答答地下起冰冷的雨，水手長從穿著全黑沉重制服的日本郵差手裡，接到了很多焦急等候的一大束信件。

　　水手長走下了艙口，他的魁梧身材消失後不久，水手們的歡呼聲一齊響徹甲板……。

　　之後，他敏捷地開始動作。首先，把溶化的肥皂塗在鬍子上，然後靈巧地用藍色的西洋剃刀嚕嚕地刮鬍子。

　　小小的傷口………，對了，那些不都是爲了可愛的日本姑娘嗎？

　　那一天晚上。

　　如香腸般細長的海港都市裡的近乎中心的地方，果然如日本唯一的海洋氣象台的天氣預報，冰雨紛紛下成了雪，把街市妝扮成了青白色。

　　夜晚雖然如此安靜，但在海港的酒家，因爲有遠來的稀客，顯得熱鬧異常。

　　其中有一家波士頓酒吧。

　　在這家昏暗的店裡，有四個男人大吵了一陣。來自印度、爪哇、英國、墨西哥四個美國人，不用說一定是W號的水手們，他們醉得不省人事，不知道什麼時候，印度人和英國人、爪哇人和墨西哥人各分成兩組，開始吵起架來。

　　粗暴性格的墨西哥人，先伸出拳頭向對方兩人大叫：

　　「有種到外面去！」

　　「好啊，來啊！」

港のある街（2）昭和14年7月7日

序折（二）

　　それから三十分ばかり經って今まで持ちこたえてゐた海港の空が、愈々暗く曇って、ヒヤリと冷たい氷雨がポツンくと落ちはじめた頃になって、水夫長は待ち兼ねた封筒の花束を、黒づくめの厚ぼったい服装をした日本の郵便屋さんの手から、どっしりと受取った。

　　艙口（ハッチ）を降りて、水夫長の巨軀が消えると、間もなく水夫達の歡聲が、ドッと、一齊に、甲板へ……。

　　そして彼は、敏捷に□きはじめる。先づその髭面に、石鹼を溶かして、青い西洋剃刀を器用に、ヂョリくと當てる。

　　少し位の□傷は……、さうだ、それもみんな、可愛いい日本娘のためではないか。

　　その夜。

　　腸詰のやうに細長い海港都市の略々真ん中、日本にたった一つの海洋氣象臺の天氣預報通りに、氷雨がチラくと雪になって、街を青白く化粧した。

　　そんな靜かな夜を、しかし、海港の酒場は、遠來の珍客で賑はってゐた。

　　そのひとつ、ボストン、バア。

　　その薄暗い店の中で、四人の男が激しく、口論を散らしてゐた。印度生れ、布哇生れ、英吉利生れ、墨西哥生れと、こんな四人の亜米利加人で、勿論Ｗ號の水夫達であったが、それが正体もなく醉ひつぶれて、いつの間にか、印度生れと英吉利生れ布哇生れ墨西哥生れの二組に分れて、口論を始めたのだ。

　　氣の荒い墨西哥生れが先づ最初に、拳固をグンと突き出して相手の二人に呶鳴った。

當四個水手衝進黑暗裡，緊接著有個女人也衝到外面去了⋯⋯（原文遺漏暫略）

「很危險啊！不要打了！」

從屋裡悄悄窺探這陣騷動的老闆娘，不由得跑過店裡來，用尖銳的聲音叫住他們，那時候谷子早已跑到明亮的元町大街去了。

谷子的姿勢向前傾斜而且跑得很快，不過一邊還是顧忌著周圍動靜，低著頭斜穿過街頭，見到了快步走去的水手們，谷子再次地開始小跑。

不知把爭吵忘到哪裡去了，這四個人又互相搭著肩膀，邁開腳步走過去。谷子從背後叫了他們。

「請等一下。」

聽見這意外的叫聲，四個人一下轉過身去，谷子把飄落在額頭糾結的前髮，用手指輕快地挽起，一邊搜索腦子裡記得的單字，用雜亂無章的英文，開始罵他們，她想說的可能是這樣：

「別再做戲了。我清楚得很。如果真的狠揍臉頰那就另當別論。但是，那種隨便敷衍的打法可不行，任誰都會看穿的！不過就是十圓、十五圓，別再做那種吝嗇卑鄙的事了！哼，不要？不要也無所謂，那我就狠掐你們的脖子來抵債。我知道你們是哪條船上的人！」

不過，谷子說到這裡時，只見英國人把手伸進左邊的褲袋裡。

「谷子小姐——」

他這麼說著，接著把三張十圓的鈔票塞進谷子的左手，卻因而大吃一驚。

谷子起先把鈔票放在掌心，然後把她的手指從拇指按順序，像一、二⋯⋯算數字一般地折彎她的手指計算，算到了小

「出ろッ！表へ！」

「よしッー、」

四人の水夫が暗闇の中へ飛び込むと、その直ぐ後ろから、續いて戸外へ跳び出した一人の女……(暫略)

「危ないからお止し！」

この騒ぎを、そっと奥から覗いてゐた女將が、思はず店へとびだして、甲高い聲でさう呼び止めたが、其の時には早や谷子は明るい元町通りへ出てゐた。

走ってきた姿勢で前のめりに足は早かったが、でも女らしく四邊を憚って、伏眼に通りを斜に横切って、そこで急ぎ足に行く水夫達を確かめると、もういちど谷子は小走りに走った。

口論をどこかへ置き忘れて、仲良く肩を組んで、大股に水夫達が歩いて行く。その背後から谷子が呼び止めた。

「お待ちよ。」

不意を食って、クルリと四人が後に向き直ると、谷子は、ハラくと額にもつれた前髪をスイと指でたくし上げて、その頭の中に憶えた單語を掻き集め乍ら、だから勿論出駄羅目な英語で、痰呵を切り始めたのだが、彼女としてはこんな風なことが云ひたいのだ。

「お止しよ、あんなお芝居は。あたいにや、ちゃあんと判ってんだから。

頬の一つも本当に張りっ飛ばすんなら又別さ。

けど、あんな生ぬるい事ぢゃ、誰にだって露見れちゃわあね。

たった十圓か十五圓で、けちな真似はお止しよ。

へん、厭だ？厭なら厭でも良いさ。その代りお前さん達の首を素っ飛ばしてやるから。

お前さん達がどの船の者かって事は判ってんだからね。」

だがそこまで云ふと、英吉利生れが左洋袴のポケットに手を突込んだ。

指的時候，英國人驚嚇失聲。

的確，她沒有小指。

「謝謝。」谷子第一次優雅地笑了。

她再次叫住了即將離去的水手們。

「喂，可不可以讓我搭船去個地方？喂，拜託，明天九點起航啊！那我走了，再見！」

谷子在大雪紛飛中往回走，留下了呆立原地的水手們。

第二天以後，沒有小指頭的女人，再也沒有出現在波士頓酒吧。而且，也沒有出現在海港的任何一家酒吧……。

「ミス タニ――」

さう云って、十圓紙幣を三枚谷子の左手に握らせたが、彼はその時、ドキリと驚いた。

掌に紙幣を置いて、彼女の指を拇指から順に、一つ二つと数へる時のやうに折り曲げていったのだが、小指まできて彼はアッと声を呑んだ。

確かに、彼女には小指がなかつた。

「有難う。」

と谷子が始めて美しく笑った。

歩きかけた水夫達をもう一度彼女が呼び止めた。

「ね、あたいをどつかへ乗せてつて呉れない？、ね、お願ひ、明日九時の出航ね、ぢや行くわよ、左様なら。」

呆然と立つてゐる水夫達を殘して、谷子はチラくと降る雪の中を戻つて行つた。

その翌日から、小指のない彼女は、酒場ボストンに姿を見せなかつた。そして、海港のそんなどこの酒場にも……。

有港口的街市（3）昭和十四年七月八日

第一章（一）

　　讓咱們任意翻看一下船內日記：

　　「大正十六年二月十九日，星期六，晴朗、順風。本日下午三點入港，有人監視的有年谷子、乳木純兩人都沒有特別狀況。」

　　各位讀者可能馬上要提出抗議：哪來的大正十六年啊？不過，稍安勿躁，請把那一年的日記拿出來看一看吧，您可以看到封面和卷首耀眼地寫著「大正十六年」幾個字。

　　也就是說，大正十六年在日記上是真實存在的。

　　那悲涼的一年，是西元一九二七年的二月十九日。

　　在下雪的第二天早上，乘坐W號偷渡到香港的谷子，隔了兩年之後，風姿綽約地搭乘一萬三千噸的歐洲航路船N.Y.K的S丸，回到神戶了。

　　下午三點。

　　時間分秒不差，S丸緊緊停靠在第二防波堤的碼頭。船梯嘎吱嘎吱地被放下來，乘客人潮持續了一陣子，迎接船客的人們喧囂的歡呼聲，震天響地傳到船腹部的三等客艙裡。

　　三等客艙。

　　剛剛不久，才因登岸而歡欣熱鬧的人們，全都一窩蜂地走掉了，這裡雖然靜下來了，卻有種讓人受不了的冷清，穿著洋裝的谷子不耐地開口了：

　　「真是把人看扁了！在這種地方讓人一直等？」

　　說話的對象是小孩般的青年……（原文遺漏暫略）

　　「我說過好幾次了吧，不是這樣子的……。不過，要我跳船的話，我未必不敢跳。喂，不要再問那種事情了，橫豎都要

第一章（一）

　船内日誌。パラくとめくると、

　「大正十六年二月十九日、土、快晴、順風。本日午後三時入港　看視人付きの有年谷子、乳木純両人共別に異常なし。」

　讀者は早速抗議を申込むだらう。大正十六年といふ年があるものかと。だが暫く待って、その年の日記を取出して見給へ。その大部分が、麗々しく「大正十六年」の文字を、表紙に、巻頭に載いてゐるのを知らう。つまり大正十六年は日記の上では立派に存在したのだ。

　その涼闇の年。西暦年號にして一九二七年の二月十九日。

　あの雪の降った翌朝、W號で香港へ密航した谷子が、二年ぶりで嬋妍たる姿を、此の船──総噸数一万三千噸の欧州航路船NYKのS丸──に托して、海港へ、神戸へ、歸って來たのだ。

　午後三時。

　その時刻を少しも間違へずに船は第二突堤の岸壁へピッタリと横付けにされた。舷梯がギーッと降りて、乗客の流れがひと仕切りつゞいて、出迎への人達の歡聲がドドーッと、それがこの船お腹の中の三等船室にまで震へてきた。

　三等の客室。

　つひ今の先刻、上陸の喜びに囃やいでゐた人達が、みんなドヤくと去って仕舞って、此處はしーんと寂しく靜まり返ってゐたが、その寂しさに堪り兼ねたやうに唇を開いたのは、洋装の谷子だった。「ずゐぶん人を莫迦にしてるわね、こんなところで何時までも待たしてさ。」

　話かけられたのは、まだ子供々々した青年であった。（省略）

　「何度も云ったぢやないの、さうぢやないって……。でも、踊れといへば踊れないこともないわよ。ね、もうそんなこと聞きっこなし、それ

等，你要不要玩撲克牌？」

「好吧，那我就不再問了。不過，倒是要請妳告訴我妳家在哪兒？」

「你還講？我可是沒有家的。不過，我打算暫時待在神戶，將來有可能再見面。神戶可是個小地方呢！」

青年好像不滿意似地不發一言。

過了一會兒，谷子笑嘻嘻地說：「乳木先生，你很高興吧？能夠見到好久沒見的情人……你說她叫什麼？阿，對了，真綺子小姐……」

「我不喜歡她，我跟那個女人已經絕交了！」

「哎呀，那太可憐了吧。你好像說成都是那位小姐的錯，離家出走本來就是你不對，你要好好疼惜她，好嗎？以後千萬不要再離家出走了。……因為老是這樣，你會吃虧的，知道嗎？」

忽然谷子不說話了，因為聽到了堅硬的腳步聲。

叫這兩個人在船艙裡等的刑警，回來時變成兩個人了。

「乳木君，來這邊吧，我讓你跟你爸爸見面。」

谷子把戴著手套的右手輕輕伸向站著的青年面前。

「那麼，要離別了，多多保重。」

青年堅定地握住谷子的手，低聲跟她道別。

「再見……」

然後跟便衣刑警兩個人上了樓梯。

留下的刑警跟谷子說：「妳就是有年谷子嗎？」

「是……」

「要搜查全身，跟我來。」

「搜查全身？」

谷子雖然皺起了雙眉，卻一言不發地拿起身旁的行李箱，跟著便衣刑警走了。

よか、かうして待ってゐるあひだポーカーでもやんない？」

「えゝ、ぢゃもう、それは聞きません。その代り、あんたの家を教へて下さい。」

「まだ云ってるの？あたしに家なんてありゃしないわ、でも暫くは神戸に居るつもりだから、又どっかで逢へるわよ、神戸って、狹いところなんだもん。」

不服らしく青年が默り込んだ。

暫くして谷子が、にこやかに微笑んで、「乳木さん、あんた嬉しいでせう、久し振りで好きな人に逢へて……何とか云ったわね、あ、さうだ、真綺子さん……」

「嫌ひだ、僕はもうあんな女とは絶交だ。」

「あら、そりゃ可哀相よ、その。その人の所為のやうに云ってるけど、今度のあんたの家出も、元々あんたが悪いんぢゃない？可愛がってお上げなさい。ね、もうこれから家を飛び出すなんてお止し……だいち、あんたが損ぢゃないの、わかって？」

ふいと谷子が默った、堅い靴音が聞えたからだ。

二人を待たせて出て行った刑事が、二人になって戻ってきた。

「乳木君、此方へ来たまへ、お父さんに逢はせてやる。」立ち止った青年の前へ、谷子が手袋のまゝの右手をつと差し出して、「ぢゃ、お別れね、達者でお暮しなさい。」

それを思ひ切って握り返しながら、青年が低い聲で別れを告げた。「さよなら……」

そして私服と二人で階段を上って行った。

殘ったやっぱり刑事が谷子に、「有年谷子はお前か？」

「えゝ、さう……」

「身體檢査するからついて來い。」

「身體檢査？」

と、谷子は屹と眉を寄せたがそのまゝ默って、傍のスーツケースを持ち上げて、私服の後に從った。

第一章（二）

　　從晦暗的三等客艙出來，終於來到下層甲板，谷子深深吸進好久沒呼吸過的戶外空氣，心情一下舒緩過來，張望著離開了兩年令人懷念的海港。

　　谷子叫了一聲走在前面的便衣刑警：

　　「警察先生！」

　　「喂！到底爲什麼要搜查我呢？」

　　便衣刑警回頭說：「到了警察局妳就知道了。」然後習慣地聳聳左肩。

　　谷子看到這個樣子，咧著嘴微笑了。

　　「就憑老交情，告訴我什麼事也沒關係嘛！」

　　雖然換了語調，便衣刑警顯然地掩飾不了狼狽。

　　「別裝傻啦！不需要這樣。從剛剛看到你的時候我就知道了。」

　　「什麼？」

　　「你切了我的小指，沒錯，應該是你吧。欸，在丸大樓揚名噪一時的『達爾香』阿龍的情夫——」

　　「哼！」這個時候，嗤笑的是便衣刑警。「以前好像有過那麼回事兒呀！」

　　說得這麼不在乎，彷彿一切雨過天青了。

　　「現在你應該想跟我說，你改邪歸正了，但我可不會讓你這麼說的。」谷子也不認輸。

　　「不管妳怎麼說，到時候都會把妳這傢伙全部徹底弄個清楚。」

　　對方帶著敵意的眼神地……（原文遺漏暫略）

港のある街（4）昭和14年7月9日

第一章（二）

　　薄暗い船底の三等船室から、やっと下甲板に出て、久し振りの外氣を胸いっぱいに吸ひ込んで、谷子が人心地のついた氣持で、二年ぶりの、懷しい海港を見廻した。

　　先に歩いて行く私服を、谷子が、「お巡りさん、」と呼びかけた。

　　「ね、一體あたしを、どうして檢べるの？」

　　振り返って、「署へくればわかる。」

　　と、それが癖らしく、左肩をグイと上げてみせた。それを見ると谷子が二ッと微笑んだ。

　　「昔の好みで、その位のこたあ教えて呉れたっていゝぢゃないの？」

　　と口調を變へたが、私服は明らかに狼狽を隱せなかった。

　　「白っぼくれるなあ、お止し。さっき見たときから知ってんだから。」

　　「何だと？」

　　「あたいの小指を切って呉れたなあ、確か、お前だった筈だがね、そら、丸ビルで、一時鳴らしたダルヂャンのお龍の情夫（いろ）で――」

　　「フン、」と、この時鼻で笑ったのは相手の私服だったが、「以前は、そんなこともあったっけな。」と輕く流したのは、天晴れと云ひたいくらゐのものだった。

　　「今じゃ本心に立ち返ってと云ひたい所なんだらうが、さうは云はせやしないよ。」

　　と谷子は谷子で、ひけを取らなかった。

　　「まあ良い、そのうちに貴様の何から何まですっかり洗ひ浚ひし

「喂！我要唸了！」

「有年谷子，二十八歲，前波士頓酒吧的女服務員。兩年前在美國、加拿大汽船公司服務，坐總統W號偷渡到香港。二月十九日，搭N.Y.K汽船S丸到神戶。有走私寶石以及嗎啡的嫌疑。怎麼樣？對了，說到那個老交情，跟我坦白供認好不好？那就不用遭受脫光衣服被搜身的羞辱哦。」

不過，谷子沒有聽完這句話，就開始彎著腰大笑起來了。笑著笑著笑完了，她說：「啊！好難受！」

嘆了一口氣又說：「走私又偷渡喔，有沒有搞錯啊？」

谷子再次要笑起來的時候，對方喝道：「不要想用笑來裝蒜了！沒搞錯，證據確實在我們手裡。」

雖然他以為這樣就能給谷子致命的一擊而大聲起來，但谷子卻迅速而巧妙地推脫了。

「對不起！做走私能賺錢，那我當然知道，不過會有像你這種土包子來妨礙啊！因為你們這種人虎視眈眈地想討飯錢，所以我們不就無能為力了嗎？」

「哼！不會吧？」

「好了好了，反正脫光了就知道了嘛。」

便衣刑警鸚鵡學舌地說：「好了好了，反正脫光了就知道了嘛。」

「不過，希望把偷渡這個頭銜拿掉吧！」

「船客名單上沒名字就是偷渡啊！」

「可是，那個時候我並不是船客呢。是W號的火手，名字是……也忘記了，不過我可是以那個男人的新娘的身分上船的呢！」

「隨便妳說了，跟我來。」

他瞪了谷子一眼繼續往前走。

下了船梯，經過藍色混凝土的防波堤，兩人往行李檢查處

てやるから。」

　敵意のこもった眼をギロリと……（暫略）

　「そら讀むぞ」

　「有年谷子、二十八歳、元ボストン・バー女給。二年前、亜米利加、加奈陀汽船會社所属、プレジデントオブW號にて、香港へ密航。本二月十九日、N・Y・K汽船Sにて神戸着。寶石及びモルヒネ密輸の嫌疑。

　「どうだ？、ところで、その昔の好みだがな、一つ俺に綺麗さっぱりと白状（い）って仕舞はねえか、さうすりゃ、素っ裸になって身體檢査をされるやうな恥しい目にも逢はずに濟むって譯ぢゃねえか。」

　だが、谷子が、此の言葉の終わらない先に、背を曲げて笑ひだした。笑って、笑って、笑ひ抜くと彼女は、

　「あゝ苦しい、」

　とホッと息を吐いて、

　「密輸に密航か、呆れた話。」

　と、もう一度笑ひかけたが

　「笑ってごまかすな！適中だらう、種はちゃあんと上がってるんだぞ。」

　それで止めを刺した積りで、聲を荒らげたが、これにも谷子がスルリと云ひ抜けた。

　「お生憎さまだ、密輸をすりゃ儲かるってことぐらゐ、あたいだって知ってらあね。たゞ邪魔になるやなあ、お前さんみたいな野暮な人達さ。そんな人間が、鵜の目鷹の目で飯代にしようとしていらっしゃるんだから、あたい達にや手も足も出ないって訳ぢゃないか。」

　「ふん、さうでもなからう。」

　「まあ良いさね、どうせ裸になりゃ判るこった。」

　と私服が鸚鵡返しした。

　「だけどね、密航なんて肩書きは拂下げにして貰ひたいもん

走去。

　　而兩人的背後，有個男人隔著一定的距離，跟在他們後面。

　　這個男人使勁地豎起外套的領子，雙手插進口袋裡，踩著穩健的腳步。

　　便衣刑警跟谷子推開大門進去房裡時，這個男人就此站住，隨即開始抽起菸來了。

だ。」

「船客名簿に記入がしてなけりゃ密航だ。」

「所がさ、あたいはあん時船客ぢゃないんだよ。W號の火夫、…名前は、これも忘れたけど…その男の花嫁で出掛けたんだからね。」

「まあ何でもいゝ、ついて来い」

と、ヂロリと睨んで、歩きだした。

舷梯を下って、青い混凝土の突堤を、手荷物檢査場の方へ歩いてゆく。

その二人の背後から、一定の間隔を置いて尾行（つけ）て行く男があった。

外套の襟をグイと立てゝ、両手をポケットに突込んで、でも朗らかな足取りで。

私服と谷子が、扉（ドア）を排して建物の中へ這入って行くと此の男は立停って、さて、煙草を喫ひ始めたのだ。

有港口的街市（5）昭和十四年七月十日

第一章（三）

過了一小時後，谷子從剛才進去的房子裡，輕快地跑了出來。

她只提著一個行李箱一邊搖晃，用輕快的腳步穿過海關前面，忽然回頭看了一下，只看到一些停泊中的汽船的煙囪和桅杆，隔著櫛比成排的倉庫，好像是掉了葉子的竹林般林立，跟蹤的人似乎一個也沒有。

過了京橋，橫穿過柏油的大路，谷子沿著大路邊的街道走著，努力要抑制停不下來的笑容。

從街道旁成排的建築物與建築物之間，突然跑出一個人來，站在谷子面前，仔細一看竟是從剛才就等得不耐煩的穿外套的男人。

「哎唷！」谷子驚訝地站住。「你，聽誰說我會回來的？」

「我當然知道谷子姊回來了呀！」男人這才開了口。

「不過，這次我回來並沒告訴任何人呀！」

「谷子姊每次都不告訴任何人，跑去香港的時候也是。」

「別讓人著急了，快告訴我，到底是聽誰說的？否則我可不饒你唷。」

「是，我說。同昌，是同昌告訴我的。嗯，是，贓物牙行的那個中國人。」

「是那個豬頭喔。」

「是，是的。」

「不過這次很順利吧？」

「順利什麼？」

第一章（三）

　　それから一時間も經って、谷子が先刻の建物から、ヒラリと飛出して來た。

　　荷物と云へばたゞそれだけのスーツ-ケースをプランくと振り乍ら輕い足取りで、稅關の前を通り抜けてツイと後を振返ったが、見える物は、碇泊してゐる汽船の煙突と檣がずーっと屋並を連ねた倉庫越しに、まるで葉を落した竹の林のやうに立ってゐるだけで、尾行（つけ）て来る様な者は一人もなかった。

　　京橋を渡って、アスファルトの大通りを横切って、矢張り大通り沿ひの舖道を、谷子が、笑ひの止らない顔を、無理に怺へく歩く。

　　その舖道の傍にズラリと並んだ建物と建物の間から、ひょいと谷子の鼻先に飛出したのは、先刻から待ち草臥れてゐたあの外套の男だった。

　　「まあ！」

　　谷子が驚いて立止まる。

　　「お前、誰にきいたんだい、あたいの歸るってこと。」

　　「そりゃ判りまさあね、谷姉さんのお歸りだ。」

　　男が始めて口を開いた。

　　「だって、こんどはあたい内緒で歸ってきたよ。」

　　「姉さんは何時だって内緒でさあね、香港へ飛んだ時もさうで。」

　　「焦じらさないで、さあ、本当に誰なんだい？承知しないよ。」

　　「へえ、いひますよ。同昌（ドンチョン）同昌ですよ。あの、そら、臟品仲買商けいずかひ）の支那人。」

　　「あの豚野郎かい。」

　　「えゝ、さうですよ。」

「嘿嘿，這個我也知道啦。」

「哼，你也長進了。跟我來吧。」谷子開始走了。

「謝啦！」男人得意地微笑。

兩人並排走著。

「谷子姊！」

「什麼事！？」

「給我一根菸。」

谷子從外套口袋裡，拿出原封不動的罐裝外國菸。

「是kiriaji，像你這種人抽了的話，嘴唇可能會腫起來呢。」

「開玩笑吧。我也偶爾會抽抽高級菸了。不過，這也是走私貨嗎？」

「不要亂講，只有這個是公開的。」

「那麼，最重要的東西藏在哪裡呢？」

「這裡啊！」

谷子把鞋子砰地踩重了一聲。

「啊！在鞋子裡面嗎？」

「我的鞋子裡有後跟呢。」

「這麼說，是藏在鞋後跟裡了？」

「沒錯，裡邊是空空的。」

「哎呀！」男人不由得讚嘆了一聲。

「你覺得不可能吧？」谷子不禁得意洋洋。

「原來如此啊，不過，妳被全身檢查了吧？」

「那當然，從頭頂到腳尖都被搜了呢！」

「衣服也要脫吧？」

「那還用說？」

「很癢吧？」

「癢得不得了呢！」谷子一邊回憶，一邊皺起了眉頭。

「でも今度は巧く行きましたね。」

「何がさ。」

「へゝゝだ、それも知ってるんで。」

「ふん、お前も豪くなったもんだ。ついといで。」

谷子が歩き出した。

「有難い。」

と、男がニンマリ笑った。

並んで歩き乍ら、

「姉さん。」

「何だい？」

「煙草を一本。」

谷子が外套のポケットから、罐に入った儘の外國煙草を取り出し
た。

「キリアジだよ、お前なんかゞ吸ふと唇が脹れるかも知れない。」

「冗談でせう。これで、時には良い煙草も吸ふんですぜ。で、何
ですかい、これも脱税品で。」

「莫迦いっちゃ不可ない、これだけはおほっぴらさ。」

「でその肝腎の奴はどこに隠してあるんで？」

「こゝさ。」

と谷子がコツンと靴音を高めた。

「へえ！靴の中で？」

「あたいの靴には踵があるんだよ。」

「すると踵の中にでも？」

「さうさ、中ががらんどう。」

「へえゝ、」

と男が思はず嘆聲を洩らした、

「真逆と思ふだらう、」

と谷子は得意だった。

「當然，是個女的吧？」

「什麼呀？」

「哦，就搜查妳的傢伙啊！」

「你問那麼仔細幹麼，當然是女的。」

兩個人走到從東亞飯店一直通到海岸的大馬路——東亞路了。

男人抽完津津有味的菸，把菸蒂輕輕彈去，谷子就說：「對了，剛剛遇到可兒呢。那傢伙當上刑警了。」

「咦？」男人驚訝地說。

「成程ね、でも調べられたんでせう。」

「もち、頭のてっぺんから足の先まで捜したさ。」

「着物も脱ぐんでせう。」

「当り前ぢゃないか。」

「擽ぐったいでせう。」

「擽ぐったいの何のって……」

谷子がそれを思ひ出し乍ら顔を顰めた。

「勿論、女なんでせうね。」

「何がさ、」

「いえ、その調べる奴は、」

「いやに精しくきくぢゃないか勿論、女さ。」

東亞ホテルから、真ッ直ぐに海岸まで流れてゐる大通り、トアロードへ、二人は出た。

男がうまさうに煙草を吸ひ終って、ポンと吸殻を弾きとばすと、谷子が、

「さうだ、さっき、可見に逢ったよ。刑事(ポリ)になってるんだよ、彼奴は。」

「へえ？」

と男が驚いた。

第一章（四）

在元町路附近的某家咖啡廳裡，谷子跟與男人的談話還在繼續。

「那種人都能當刑警，這世道真的變了。」

「真的是。」谷子向他點了點頭。

「聽說大約兩個月前，他到同昌的店賣了好多東西，所以可能是最近才剛當上刑警吧。」

「所以我說你笨呢。那傢伙肯定是不會忘了過去，而且如果他真的洗心革面的話，首先被逮捕的應該是同昌。可是，同昌卻還活蹦亂跳地過日子。不，那不過是躲避政府注意的手段而已。」

「啊？是這樣嗎？」

「是啊！表面上是刑警，背地裡就不知道做什麼事了！否則那傢伙怎麼可能爲了四、五十圓的零錢，去做那麼小家子氣的事？」

「說的也是。」

「反正，那傢伙是個狡獪之徒。無論如何，再過不久應該會被揭穿真面目而遭開除吧，但如果真是這樣，那也還是個危險的傢伙……，總之，我們還是要小心爲上。」

谷子拿起香菸叼進嘴裡，男人很快地擦了根火柴。

她深深地吸了一口，呼一聲吐出紫色的菸氣。

在外人眼中，這兩個人究竟是什麼樣的關係呢？

銀色的外套、綠色的帽子……（原文遺漏暫略）

或許看起來是這個樣子吧。

谷子看起來還是像個女老闆，男的看起來則像她店裡養

第一章（四）

元町通り近くの、とある喫茶店で、谷子と男の話がまだ續く。

「彼奴が刑事になってるなんて、世の中も變れば變るもんだ。」

「本當だよ。」と谷子がコクリと首肯いてみせた。

「二箇月ばかり前、同昌のとこへしこたま品物を賣付けに來たさうだから、刑事になったのは、つひ此頃のことでせうね。」

「だからお前は莫迦なのさ。彼奴のことだ、仲々昔の味が忘れられるもんか。それになんぢゃないか、本當に身を入れ替へたのなら、先づ第一に同昌が擧げられさうなもんぢゃないか。その同昌がまだピンくしてるんだから…。なあに、お上の目を潜る手段さ。」

「へえ、さうですかね。」

「さうさ、表面は刑事、裏へ廻りゃ何をやってるか知れたもんか。でなきゃ、彼奴がどうして四十や五十の端た金に縛られてあんなけちなことをやるもんか。」

「さういへばさうかも知れませんね。」

「どっちにしろ、彼奴は曲者だよ。だうせそのうちにばれてお拂ひ箱になるだらうけど、さうなったらさうなったで危い奴だし…、まあ、氣をつけるに越したことはないさ。」

谷子が煙草を取り出して口に咥へると、男がサッと燐寸に火を點けた。それを深々と吸って、ほーっと紫に彼女が吐く。

傍から見れば此の二人は、一體どういふ風な關係の者に見えるだらうか。

銀色の外套、綠の帽子、（暫略）……

多分こんな風に見えはしないだらうか。

谷子はやっぱり見える通りの女將で、男はその店に飼はれてゐ

的，說明白點，是招攬客人的人。

不過，這不見得是個錯誤。

在香港的兩年，谷子第一年當舞孃和酒館的酒女，第二年雖然規模不大，谷子開始經營只賣酒的店。

最了解谷子的一切，從開始懂事的年齡到逃往香港的生活，令人感嘆的不幸的半生，就是眼前這個男人油吉，他的出身大概也好不到哪裡去。

「對了，那位小姐還好吧？」

突然谷子想起來似地問了。

「是，那可真有精神呢！」

說到這裡，他稍微中斷了話語，然後沉靜地說：

「沒錯，健康是健康，但還是似乎什麼地方洩了氣的樣子……有時候臉上顯得黯淡，閉著嘴一言不發……同年齡的女孩可能早就戀慕上某人了……，但是，那個女孩，可能因為曾經發生過那樣的事，所以我覺得她很可憐。她是個真正的孤兒，而且能依靠的姊姊竟然跑到香港去了……」

「不要再提那件事情了吧！的確是這樣啊！這也是理所當然的。她才十七歲，對，大概是十七歲了吧。」

「是，是的。」

「時間過得真快呢，儘管如此，阿朝也已經死了五年了。」

「啊？已經有這麼多年了喔？」

兩個人悄然地一言不發了。然後反覆地想起一樁樁往事。

谷子到底有怎麼樣的過去呢？

雖然想起來也沒什麼用，但是偶爾想起來也不錯，不是嗎？

る男、判り易くいへば、ポン引きに―。

　だがこれは強ち間違ひでもない。

　香港での二年間を、初めの一年は踊子と酒場の女に、後の一年間は、さゝやかではあるが、酒だけの店をやってきた谷子だ。

　その谷子の物心づいた年齢から香港へ出奔する迄の生活――ホッと溜息を吐かせる様な数奇な半生を一番よく知ってゐる者だと云へば、此の男、油吉の素性もほゞ察しが付かうといふものだ。

　「そりゃさうと、あの娘は達者なんだらうね。」

　ふと谷子が思ひ出したやうに尋ねた。

　「えゝ、そりゃもう、元氣なもんで。」

　と云ったが、そこで一寸言葉を杜切らして、今度はしんみり云ふのだった。「まあ、元氣は元氣だけど、やっぱりどっか張合い抜けのした態で…時々暗い顔して、黙りこんで……他の女の子なら、年頃だから、誰かに惚れたんだらうで位で濟むんだけど…あの娘は、あんなことがあったゞけに可愛想でね。本當の孤兒で、その上、頼りにする姉さんは、香港まで飛んでしまふし……」

　「それはもう云ひっこなし……やっぱりさうかね、無理もない話さ、まだ十七、十七だったねたしか――」

　「えゝさうで。」

　「早いもんだ、それでも。朝ちゃんが死んでから、もう五年にもなるんだから。」

　「へえ、もうそんなになりますかね。」

　二人がしんみりと黙り込んでしまった。そしてお互ひに、昔のことを、一つゞゝ繰り返し思ひ出して見るのだ。

　どんな過去を、谷子が持ち合わしたか。

　思ひ出しても詮もないことではあるけれど、偶にはそれもまた良いではないか。

第一章（五）

　　神戶市大約中央地帶有條宇治川，在「澡盆之谷」部落的一個早晨，修理木屐鞋齒的松吉老人在草叢中發現了一個嬰兒。

　　生下來還不到十天吧，躺在松吉充滿皺紋手上的，是一個精疲力盡、軟綿綿的嬰兒。

　　「糟糕！」

　　老人不由得呻吟了。他把嬰兒緊緊貼近他的鬍子臉，嬰兒好像還有呼吸的樣子，松吉感覺到彷彿絞死的雞般有一點點暖氣。

　　「太好了！」

　　他將一直扛著的修理工具放著不管，剛走了兩三步，突然想到，該拿這嬰兒怎麼辦才好呢？他開始感到為難。對於賺一天吃一天、只靠修鞋度日的人來說，要養個嬰兒實在是沉重的負擔。

　　況且，他老婆在三年前已經過世了。

　　回到家，也沒有人幫自己照料日常生活。

　　不合身分的慈悲心，可能反而會害了這孩子。

　　老人這麼想了。

　　考慮後，正要放下嬰兒時，一張紙片輕輕飄落在他的腳下。

　　他撿起紙片來看。

　　　　拜託您。因為某種緣故，不得不丟棄這個孩子。聽說這村子的人都很親切，所以才把孩子丟在這裡。拜託，

第一章（五）

　　神戸のまちのほゞまん中を流れる宇治川の中流。風呂の谷と呼ばれる部落の朝。下駄の歯直しの松吉老人が一人の赤兒を草叢の中に見いだした。

　　生まれてまだ十日と經って居まい。皺張った松吉の手に、赤兒はぐんなりと柔らかだった。

　　「いかん！」

　　と思はず老人は唸った。髭面にひたり赤兒を寄付けて見ると、どうやらまだ血が通ってゐるらしく、絞殺た雞のやうに、仄かな温味が、松吉に感じられた。

　　「占めた！」

　　今まで擔いでゐた、直し屋道具を其處に置いたまゝ、二歩三歩あるきかけたが、さてこの赤兒をどうしやう？はたと彼は當惑した。その日暮らしの直し屋渡世の身に、此の赤兒は重い負擔だ。

　　それに妻はもう三年前に死んでゐる。

　　家に歸っても、自分の身の廻りをして呉れるものも居ないではないか。

　　柄にもない慈悲心は却って此の子供を不幸にする。

　　さう老人は考へた。

　　考へて、さてもう一度赤兒を下へ置きかけたのだが、その時ハラリと紙片が足元に落ちた。

　　拾ひあげてみると

　　　　お願ひ致します。
　　　　或る事情で此の子供を捨てました。

請您扶養她。想要找到這孩子的父母是不可能了。因爲當您撿起這個孩子的時候，她的父母親大概已經不在世上了。請多多幫助。

棄嬰的父親上

「給仁慈的您。」這種交代的文字，不用說，松吉老人是看不懂的。

但無論如何，總得把孩子帶回去。

這份交代的文字，是從不適合這個貧民村落的唯一宏偉的檀那寺住持口中，大聲唸出來的。

松吉老人的性情就是這樣，對於被託付的事是從不拒絕的。

他下定決心，在找到了適當的領養人之前，他要自己把孩子養大。

幹修理的行業於是變成了蒸番薯的行業，因爲離家出外行走的生意，是沒辦法養小孩的。

得要別人的奶來餵孩子、洗尿布什麼的……。

從此松吉老人每天過著驚險奮鬥的日子。

過了一年後，松吉忽然想起了一件很重要的事來。

那就是——這孩子還沒有名字呀！

從「澡盆之谷」撿來的嬰兒就被命名爲「谷」。

然而「谷」到了六歲的時候，某天晚上，松吉老人竟因喝了大量燒酒而猝死。

就這樣，有年松吉老人結束了他的一生。

谷再次成了孤兒。在這村落裡，沒有人要領養這個孩子。

村落的人們雖然是松吉老人的親戚，但也是毫無關係的人。

不用說，在這種情況下，人們當然希望成爲後者。

　此の村の御方は皆親切な人達だと聞いて此處へ捨兒をしました。

　何卒、お育て下さい。

　此の子の親をお探しになっても無駄です。

　多分、此の子をお拾ひ下さった時には、此の子の親はもう此の世には居ないでせう。

　何とぞく宜しくお願ひ致します。

捨兒の父より、

　「お情深きお方へ。」こんな附文であったが、勿論松吉老人に讀める筈はなかった

　兎も角、子供は一度連れて歸らねばなるまい。

　此の附文は、部落のたった一つの、此の細民部落には不似合なほど廣壯な檀那寺の住職の口によって聲高らかに讀み下された。

　斯う頼まれてみると、頭を横に振れない氣性の松吉老人だった。

　良ひ貰ひ手のあるまで自分の手で育てようと彼は決心した。

　直し屋は蒸し芋屋になった。家を外に出歩く商賣では、赤兒を養育出來なかったからだ。

　貰ひ乳、襁褓の洗濯……。

　松吉老人が、毎日を目覺ましい奮闘ぶりで送った。

　それから一年經って、松吉はふと忘れてゐた大切なことを思ひ出した。

　子供には未だ名前がなかったのだ。

　風呂の谷から拾はれた赤兒は「谷」と命名された。

　餓鬼は「谷」となって、その「谷」が六歳になった時。

　或る夜、この「谷」の育て親はしたゝかに呷つた燒酎にコロリと殺された。

　かうして有年松吉老人は一生を終った。

　　而且，這個貧民村落裡，沒有任何一個家庭有餘力給六歲的小孩東西吃。

　　檀那寺的住持凝視這個小孩。這小孩的身世怎麼這麼像「孤兒院」的小孩啊！

　　這些小孩們在街頭上是這麼說的：「跟爸爸死別了，跟媽媽生別了，沒有家可以回去，也沒有錢……」

　　不久，住持的提議馬上被接受了。

　　六歲的有年谷，被送到宇治山的孤兒院，要跟別的孤兒們一起過日子了。

彰化學

　子供はもう一度孤兒になった、此の子供の貰ひ手は、だが此の部落には居合さなかった。

　部落の人々は、松吉老人の親戚でもあったが、また赤の他人でもあった。

　そして、こんな場合には、勿論人々は後者になりたがった。

　それに、此の細民部落には、六歳になる子供に、食物を與へる餘裕のある家は、一軒もなかったのだ。

　檀那寺の住職は、此の子供をしげぐと見まもった。なんと此の子供の身の上は、「孤兒院」と呼ばれる種の子供達に良く似てゐることか！

　其の子供達はかう云って街を歩くのだ、

　「おッ父さんには死に別れ、おッ母さんには生き別れ、歸るに家もなく金もなく……」

　住職の提議は早速聞き入れられた。

　六つになる有年谷は、宇治の山の孤兒院へ引取られて、他の孤兒達と共に日を送ることゝなった。

第一章（六）

　　谷子走進斜坡上面孤兒院的黑色橫木門後，很快已經過了九年的歲月。

　　那段期間，谷子當然出落得幾乎令人認不得，但是明顯的憔悴面容，正顯示她黯淡的生活。

　　繼承了頑固的松吉老人脾氣，谷子也是一派倔強而固執，不過卻擁有一種令人落淚的溫柔。

　　斷髮令老早就下了，海港的人們爭著誇耀外國人，把頭髮梳成七三分頭或背頭，用髮臘把頭髮梳得發亮，其中卻有一個反其道梳了一頭舊式髮髻的人——日本的馬鈴薯王村田新左衛門，他從美國進口馬鈴薯的種子，大規模地開始種殖馬鈴薯，不久之後，在海港一帶四面八方都是馬鈴薯田，而孤兒院的田裡，也種了馬鈴薯，豐富了孤兒院長的飯食。

　　某天晚上，院長在他的馬鈴薯田一角，目擊了一樁不可原諒的罪行。

　　「誰啊？過來這邊！」院長大聲嚷著。

　　其中一人被這聲大喝嚇得發抖。

　　「還不快出來！？好，我非抓到你們不可！」

　　院長好色的目光掃射全場，肥胖粗大的身體向前搖擺而來。

　　就在院長快跑到目的地時，谷子站起身來死盯著院長。

　　「是谷子吧？那傢伙是誰啊？哼！是油吉啊，好呀，你們做的事我全看到了，混帳！跟我來！」

　　院長開始往前走。

　　但是，谷子抓著油吉的手，彷彿長到地裡去了一動也不

港のある街（8）昭和14年7月13日

第一章（六）

　　坂の上の、孤兒院の真黒な冠木門を、谷子が潜ってから、早や九年の年月が經つ。

　　その間に、勿論、谷子は見違へるばかりに成人したが、眼に見えた面窶れが、彼女の暗い生活を表はしてゐた。

　　一徹な松吉老人の氣性を承けて、だから谷子も矢張り強情で意地ッ張りで、だがどこかにホロリとさせる優しさを持合してゐた。

　　斷髮令もとっくに下って、海港の人々は競って異人を衒ひ、七三にオール-バックにコスメチックでテラくと光らせたが其の中で、反動的に古風な丁髷を結った一人——海港の、いや日本の馬鈴薯王、村田新左衛門が、亜米利加から種子を取寄せて、大々的にその繁殖に努めて間もない頃で、海港は彼方を向いても、此方を向いても、馬鈴薯畑だったが、此の孤兒院の畑にも、當然此の種子は芽を吹いて、孤兒院長の食膳を賑はせた。

　　こんな頃の或る夜……

　　院長が、その畑の一隅に許すべからざる事を目撃した

　「誰だッ！こっちへ來いッ！」

　　院長が吐鳴った。

　　その聲に、相手の一人が震へあがった。

　「出て來ぬかッ？よしよし、引捕まへて呉れる。」

　　院長の眼が、好色に輝いて、脂ぎった巨躯が、前に揺れた。

　　近づいた院長の前で、あの谷子が、キロリと白く睨まへて立ち上った。

　「谷だな、其奴は誰だや？ふん油吉か、ようし、貴様達のしたことはみんな見たぞ、馬鹿奴！ついて來いッ！」

動。

這時候，谷子嚷出聲來。

「什麼！」

院長的威嚴彷彿遭到嚴重的破壞，氣得臉都通紅了。

十五歲的谷子跟十四歲的油吉，被院長拖拉進屋裡。

第二天，戴著佩劍、令人膽寒的警察和便衣刑警來到孤兒院拿人，在孤兒院一起渡過青少年時代的谷子與油吉，從此便被帶走了。

掛在孤兒院的火柴工廠門口旁的黑板上，寫著幾行鮮明的白字：

有年谷子、小野油吉兩人因行為不端，無法繼續寄食於本院，飭令今日出院。企盼今後大家各自律己，不可再有此種行為。

院長

留下來的孤兒們面面相覷。

他們兩個到底被帶到哪裡去了？

至於所謂的行為不端又是怎麼回事？

但是，沒有人能回答這些問題。

只是年歲最大的女孩這麼說：「小谷跟油吉模仿了大人做的事，所以……」

只是這麼說，大家都不了解。

不可以模仿大人做的事？

然後他們吞了吞口水，又面面相覷了。

那麼谷子與油吉後來怎樣了呢？

他們在威風凜凜的警察陪同下，坐了一小時左右的火車，然後被送到感化院。

と院長が歩きだした。

だが、谷子は、油吉の手を摑んだまゝ、生えたやうに動かなかった。

谷子が此の時叫んだ。

「何ッ！」

院長が、持ち耐へてゐた今迄の威嚴を、根元から崩されて、真赤に怒った。

十五の谷子と、十四の油吉が院長の兩腕にズルくと、屋内に引き摺り込まれた。

その翌日。

佩劍をぶら下げた、恐いお役人と、私服のお役人とが、谷子と油吉とを、二人の少年少女時代を過させた孤兒院から連れ出した。

孤兒院の燐寸工場の入口脇に懸った黒板に、こんな文字が白く浮いてゐた。

　　　　有年谷子、

　　　　小野油吉、

　　　　右二名の者此度不都合の所為ありたるに付到底當院に寄食致させ難く由て本日限り退院を命じたり。

　　　　就ては以後斯かる不所在なき樣各自戒むべき事。

　　　　　　　　　　　　　　　　　　　　　　院長

殘った孤兒達が、お互ひに顔を見合せた。

一體何處へ二人は連れ出されたのだらう？

そして、不都合な所為とはどんなことなのであらう？

だが誰も答へる者はなかった

たゞ一番年長者である娘がこんなことを云った。

「谷ちゃんと油吉さんとが大人の真似をしたんだよ、だから……」

從那時候起，每天有忙不完苦役等著他們。

只要累到疲憊不堪，就什麼事都沒法兒想了，把「小人閒居爲不善」這種中國道學式的思想，強加於感化院的小孩身上，也讓谷子和油吉吃盡苦頭，過著地獄般的生活。

同一時間，孤兒院院長也利用空閒時間拚命地調查谷子的身世。

有一天，院長急忙跑進電話室，說好號碼後過了很久，電話叮鈴叮鈴響起，院長馬上抓起話筒，急切地說：「請問谷、有年谷子在嗎？」

これでは彼等には判らなかった。

大人の真似をしてはいけない

で彼等は唾を呑んで又お互ひの顔を見合った。

二人——谷子と油吉とは？

いかめしいお役人に付き添はれて、汽車に一時間許り乗って……そして感化院へ送られた。

それから毎日苦しい勞役が二人を追ひ始めた。

働いてくたくに疲れてさへ居れば、考へることも考へないで濟む。「小人閑居為不善」と云った支那の道學者流の思想を、そのまゝ呑み込んで、感化院の子供達にそれを實行させた。

その頃。

孤兒院では、二人を放逐した院長が、暇に任せて、谷子の素性をせっせと調査してゐた。

その一日、院長が急いで電話室へ駆けこんだ。番号を云って大分時が經って、呼鈴がリリンと鳴ると、院長がせま込んだ。

「タニ、ウネ・タニは居ますか？」

第一章（七）

在谷子被松吉老人撿到的五天前，有個長期徒刑的囚犯從神戶市西端夢野的監獄越獄了。

他是大約三個月前，在關西一帶到處行竊、令人膽顫心驚、有「鐵絲強盜」之稱的竊賊。

他闖進人們屋裡，用鐵絲綁起受害者，而且他只要一根鐵絲在手，任何門鎖都能任意撬開。

他順著電線越獄了。

即使設置了嚴密的警戒線，他依舊巧妙地逃出警戒網。

但越獄後的他跑哪兒去了呢？

在警察的審問紀錄裡，載明他是單身，事實上卻相反，因為產期逼近的妻子在等他回來，他當然是跑回妻子身邊了。

第二天，妻子生了小孩，但同時她也停止呼吸了。

他把妻子留在床上，抱著嬰兒走了，然而劇烈的飢餓迫使他拋棄了嬰兒，而這名嬰兒就是谷子。

拋棄了自己小孩的囚犯跑到哪裡去了呢？

由於飢餓與疲憊，精疲力盡的囚犯當天深夜非正式地拜訪了山手地區教會的美籍傳教士。

雖然他反綁了異國老牧師的雙手，但老牧師卻毫不抵抗，只靜靜地這樣說：「停手吧！一旦做了這種事，一輩子就只能做這種事了。」

老牧師的聲音……（原文遺漏暫略）

老牧師傾聽棄兒的父親比手畫腳地說出自己的身世。

第二天，他回到逃脫了一天的監獄去。

而原本被政府草草埋葬的囚犯之妻，再次由老牧師給予

第一章（七）

谷子が、松吉老人の手に拾ひ上げられる五日前。

神戸市の西隅にある、夢野の監獄を、一人の長期徒刑囚が脱獄した。

つひ三箇月ばかり前まで、關西一圓を股にかけて荒し廻った兇賊で、人々は針金強盗と呼んで恐れた。

押入った家の人達を針金でくゝり上げたし、それに彼は、針金一本でどんな鍵をも自由にこぢ開けた。

それが電線を伝って脱獄した

非常線が張られたけれど、遂に彼は巧みに警戒網を脱出した。

脱出して何處へ？

警察の調書には、彼は獨身となってゐたが、それは違ってゐた。

臨月を控えた妻が、彼の歸りを待って居た。

もちろん彼は、その妻のところへ馳け付けたのだ。

其の翌日、妻は子供を産み落したが、それと同時に、彼女は息絶えた。妻を死の床に置いた侭、彼は赤兒を抱いて、彷徨ひ歩いた。

激しい飢ゑが、彼に、赤兒を捨てさせた。

此の子供が谷子だった。子供を捨てゝ、彼は何處へ往ったか？

飢ゑと疲れとにぐたくになった彼が、その夜、深更、山の手に教會を持つ亞米利加人の宣教師宅へ非公式に訪れた。

眼を醒ました異國の老牧師を羽交絞めに倒しに掛ったが、それに手向ひもせずに、牧師が云ふのだ、静かにこんな事を。

「お止しなさい。こんなことをしてゐると、何時までゞもこんなことをしなければなりません。」

老牧師の聲は……（暫略）

隆重的安葬。但要找回棄嬰對老牧師而言實在太難了。於是老牧師接受了八字胡的警察署長的意見，將這個難題交給警察處理。

形式上的搜索後過不久，這個問題便漸漸地被遺忘了。

經過老牧師的盡力奔走，又碰上好幾次特赦，幾年後，谷子的父親終於出獄，並且被老傳教士好心地收留了。

一年後，老牧師在拯救孩子的喜悅中光榮地死去。谷子的父親因此成為這個教會的繼任者。

就這樣，又過了幾年，現在的他，深深懷念老牧師的教誨，成為一個虔誠的神之使徒。

當然，他以盡力尋女的心情，將重新做人的歲月花費在尋找孩子上，然而一切卻彷彿只是徒然的努力罷了。

在一次偶然的機會下，因興趣而開始調查此事的孤兒院院長，懷疑谷子可能是當年被遺棄的女嬰。

對院長而言，這的確是樁有意思的事，因為院長最近認識了身為慈善家的谷子的父親，院長沒想到為了探索才十五歲就玷辱神聖孤兒院的庭院的谷子出身，竟牽扯出這樣的結果。

院長為了對這位受人敬重、一心想要重新做人的谷子之父盡忠，因此決定要把谷子從感化院找回來。沒想到谷子早已受不了日復一日的苦役和脅迫，和油吉一起逃離了感化院。

老牧師が耳を傾け、捨兒の父が身振り手真似で身の上話をした。

翌日、彼は、一日脱走した監獄へ歸って行った。

役所の手で假埋葬された彼の妻は、更めて老牧師に手厚く葬られた。

捨てられた子供は、だが、異國の老牧師には困難な仕事だった。

八字髭の警察署長の言葉に從って、此の問題は警吏の手に委ねられた。通り一遍の捜索の後、暫くして、此の問題は人々に忘れられて仕舞った。

老宣教師の盡力と、數度の特赦に逢って、數年後、谷子の父は出獄したが、その儘彼は老宣教師の許へ引取られた。

一年の後、老牧師が人の子を救った喜悦に輝しく死んで行くと、彼は、其の教會の後繼者となった。

斯うして、また數年經って……現在の彼は、老牧師の教示を深く身にしめて、敬虔な神の使徒だった。

勿論、彼は、草を分ける氣持で、更生の年月を、捨てた子供の捜索に掛けたが、いつもそれは空しい努力に過ぎなかった。

たまく、興味半分に調べはじめた孤兒院長の前に、谷子は敬虔な使徒の子として、登場し始めたのだ。

院長に取ってこれはたしかに興味深い事件でなければならない。谷子の父を、院長は孤兒院の有力な慈善家として、最近知り合ってゐたのだ。十五歳の少女の身で、神聖なるべき孤兒院の庭を穢した谷子の素性を知るための詮索がこんな結果を……。

併し、これは、人々の尊敬を集めて只管に更生の一途を辿ってゐる谷子の父への、一つの忠義立てになる、とさう院長は考へた。

そのためには、先づ谷子を感化院から呼び返さなければならない。谷子は、だが、その時にはすでに、激しい勞働と壓迫に耐へ兼ねて、油吉と一緒に、感化院を脱走した後だった。

彰化學

第一章（八）

當時神戶有兩大派不良少年少女的幫派。

其中一個是紅團，另外一個則是對抗紅團的幫派，叫做紫團。

紅團的團員大概有三百個。團長是有十幾次前科的罪犯，一到晚上穿上妖艷的女裝，幹盡了種種可怕的惡行。

跟他們互為對手的紫團，卻有一位溫柔可人的女團長，然而海港的男人卻接二連三像白痴一樣全被這女人騙了。

提起歌野八百子，喜歡看電影的人應該知道吧。

一九三〇年，堂堂進入東都的關西有力的電影製作公司、帝國電影株式會社的走紅女演員，又是最高幹部的女演員。這位最高幹部女演員歌野八百子，正是後期出現的紫團女團長呢！

當時十八、九歲妙齡的八百子，走在街上，她淡紫色上衣翩翩地飄動，斜視人們在背後的指責，冷哼地笑著，裝模作樣地走來走去。

逃出感化院的谷子和油吉偶然遇見了紫團的一個團員。

由於飢餓和疲勞，兩人一臉的頹喪與憔悴，谷子曾被遺棄在澡堂之谷──不，近來已經不這麼稱呼了──俯瞰宇治川村的安養寺山──對了，這個名字也變了──谷子與油吉沈重地坐在大倉山公園的松柏樹下，呆呆地思考著未來。

即使如此，兩人還是感覺得到腹中劇烈的飢餓。終於，年紀較小的油吉用手搗著眼睛，開始抽抽搭搭地哭泣起來……（原文遺漏暫略）……不讓眼珠轉動。

在五月還是涼颼颼的深夜裡，天上的星光特別閃耀。

港のある街（10）昭和14年7月15日

第一章（八）

その頃、神戸には、不良少年少女の大きな徒黨が二つあった。

その一つは紅團、いま一つはそれに対して、紫團と稱してゐた。

紅團は、團員凡そ三百人。その團長は、前科十數犯と云ふ箔付きで、夜は女裝も艶めかしく恐ろしい行為の數々を盡した。

その向ふを張った紫團は、これはまた優しい女團長で、だがそのために海港の男が次々に白痴のやうになって此の女に騙された。

歌野八百子と云へば映畫の愛好者は知って居やう。

一九三〇年度に、東都へ華々しく進出して來た關西の有力な映畫製作所、帝西キネマ株式會社の人氣女優であり、最高幹部女優であり、最高幹部女優である此の歌野八百子こそは、紫團女團長の後年の姿だった。

その當時の八百子は十八九の娘盛りで、その彼女が藤紫の肩衣をへんぼんと風に靡かせて、街を、人々の後指を尻目に、ふんと鼻で笑って、しゃなりくと歩いた。

その紫團の團員の一人に、感化院を脱出した谷子と油吉が出くはした。

飢ゑと疲れにがっかりと憔悴して、かつて谷子が其處へ捨てられた風呂ノ谷を──いや、此の頃ではもうそんなに呼ばない、──宇治川村を眼下に見下す安養寺山──さうだ、これも名前が變って──大倉山の公園の、松柏類の下へ、どしりと身體を落して、谷子と油吉は、ぼんやりと考へるともなく未來の事を考へてゐた。

だが、そんなあひだにも、ひしくと身にこたへてくるのははげしい飢ゑだ。到頭、年下の油吉が、掌を眼に当てゝ啜り泣いた。……（暫略）……んで、じっと瞳を動かさなかった。

突然有一個少年突然從這兩個人的背後跑出來。

但是，他們兩個早已精疲力盡，完全不為這個突如其來的少年所動。

「吔！男生跟女生喔！」

少年嘖嘖地咂著嘴：「喂，你們是在幽會還是姐弟？」少年賣弄聰明似地用大人的口吻問話。

兩個人都沒有說話。

「喂！說話啊！看你們怎麼回答，有事好商量啊！」

少年站在兩人前面，以敏捷的目光注視著他們。

「都不是啦！」谷子不耐煩地回答。

「不然，是什麼啊？」少年逼問。

油吉開始放聲大哭，谷子抬起一隻手肘用力推他的側腹，跟少年說：

「你有沒有帶錢啊？」

「別開玩笑了！」少年不加理睬地回說。

「這小孩！」谷子說，朝向油吉翹了翹下巴：「是肚子餓啦！」

「你們沒錢喔？吔！又要叫人家給你們飯吃啊？好啦，我到那邊想想辦法啦。」

少年一下子轉身離去，消失在黑暗裡。沒過多久，少年雙手抱著手掌形的大麵包回來了。

「喂！吃吧。」

谷子與油吉立刻把麵包個精光。

少年等他們吃完就問：「你們要去哪裡啊？」

「根本沒地方可去。」就連谷子也露出沉重的表情說。

「那麼，要不要跟我來？至少有地方可以睡。」

「去是可以，你叫什麼名字啊？」

「我嗎？我叫……」少年得意洋洋地笑了。

　　五月のまだうすら寒い頃で、殊に今は夜も大分更けて、空には星がキラくと深かった。
　　とそんな二人の背後から、一人の少年が身軽にひょいと飛出してきた。
　　不意のその出來事に驚かない程、だが、二人は疲れ切ってゐた。
　　「ちぇッ、男と女か、」
　　少年は舌打ちして、
　　「おい、手前達、媾曳か、それとも姉弟か。」
　　とこまっちゃくれた質問をした。
　　二人は默ってゐた。
　　「おい、何とか返事をしろい、返事の仕様で、話の付け方があらあ。」
　　素早い視線をキラリと投げて少年が二人の前に立ちはだかった。
　　「どっちでもないよ。」
　　と谷子が物憂く應えた。
　　「なら、なんでえ？」
　　少年が迫った。
　　油吉が聲を立てゝ泣きだした
　　それを谷子が片肘上げてぐんと横腹を押して、少年に云ひ掛けた。
　　「お前お錢持ってないかい？」
　　「ふざけんねえ。」
　　少年が空嘯いた。
　　「此の子は、」
　　と油吉の方へ顎をしゃくって
　　「お腹が空いてるんだよ。」

「游隼的俊平就是我！大家都知道呢！」

　　不過，這個不是很出名。倒是少年後來因爲另外一個原因成爲家喻戶曉的人物。

「手前達、文なしか。ちぇッ、おまけに飯を食はせろか……。まあいゝや、その邊で何とかして來ら。」

少年はくるりと背を向けて、闇の中へ見えなくなった。

暫くして少年が、掌の形をした大きな□パンを兩手に抱いて歸って來た。

「さあ食へ。」

谷子と油吉がそれを片っ端から貪り食った。

食べ終わると少年が二人に、

「手前達、どこへ行く？」

「行くとこなんかないよ。」

と谷子が流石に暗い顔をした。

「ぢゃ、俺と一緒に來ねえか、寝る所位あるぞ。」

「行っても良い、お前の名前は何てんだい。」

「俺か、俺は、」

と少年は誇らかに笑った。

「隼の俊平てのは、俺のこった誰でも知ってらあ。」

だが、これは、餘り知れてはゐなかった。その代り、この少年は別の意味で、後に有名になった。

第一章（九）

　　就這樣，谷子與油吉成為紫團的一份子了。

　　那一天晚上，施捨食物給他們兩個的少年，後來還成為東洋電影株式會社的走紅演員，以鳥人高井俊平而出名，優異的演技廣受歡迎。

　　這名少年和美貌的女團長歌野八百子一樣，都是紫團出身而成功的人。

　　谷子在紫團裡生活了兩年多，最後紫團遭到警察的逮捕。

　　紅團首先被搜捕，有十幾次前科的團長被判無期徒刑，然後在刑警、巡警四個人的護衛下，被押送到夢野的監獄。

　　不過，這對紫團來講是很幸運的事。

　　女團長命令團員說：「雖然紅團被逮捕是活該的，但是，我們也不能無所事事地待著。所以我想趁此機會解散紫團。如果有人沒地方去，暫時待我這邊也無所謂！」

　　團員聽從她的命令，暫時先解散了。俊平少年還有谷子、油吉都分散了。

　　分手的時候，俊平問了：「小谷，妳打算怎麼辦？」

　　「沒什麼打算呢。」

　　「那油吉你呢？」

　　「我也沒有。」

　　「你有啥打算呢？」換谷子問俊平了。

　　「我哥哥你也知道吧？他是無聲電影的解說員，我請他幫我，讓我成為東洋電影的演員，妳要不要也一起來啊？」

　　谷子默不作聲。

　　於是油吉在一旁說：「可以當演員？真的嗎？」

第一章（九）

　かうして、谷子と油吉とは、紫團員の一人に加はった。

　あの夜、二人に食物を惠んだ少年は、後に、東洋キネマ株式會社の矢つ張り人氣俳優になって、鳥人高井俊平と売り出されて、その身輕な演技が人氣を呼んだ。

　この少年は、あの美貌の女團長、歌野八百子と共に、紫團出身で出世した一人だった。

　その紫團での生活が二年許り續いて、そして、あの警察のお手入れだった。

　まづ一番に紅團が擧げられて前科十數犯の團長が、無期徒刑を宣告されて、刑事、巡査四人の護衛づきで、夢野の監獄へ送られた。

　これは、だが、紫團に取って幸運なことであった。

　女團長が團員に命令した。

　「紅團が擧げられたのは、良い氣味だが、斯うなると、あたい達も安閑としちゃ居られないよ。だから、今のうちに、みんな、分かれてしまった方が良いと思ふ。行くところのない奴は、暫くあたいん所へ居たって構やしない。」

　團員はその命に從って、一先づ解散した。俊平少年も、そして谷子と油吉も。

　別れる時、俊平が訊いた。

　「谷公、手前どうする積りだ？」

　「あてなしさ。」

　「ぢゃ油吉、手前は。」

　「俺も。」

（原文遺漏暫略）

「我嘛，一個人總可以勉勉強強地過吧。」

「這樣喔。」兩人聽谷子這麼說就不再勸進了。

如此說來，女人總能夠挨下去的。

至於被列在黑名單上的男人，大概找不到工作吧。三個人的內心裡都有這樣的默契。

「那麼，再見。」

「嗯，再見。」

三個人簡單地道別了。

俊平與油吉如願以償地成為東洋電影的少年演員，而谷子則當了酒館的女招待。

過了幾年之後，俊平以鳥人為藝名，成了走紅演員。

但是，油吉在這以前因為折斷了腰，辭掉了電影公司的工作。

谷子也在那期間不停地換工作，當舞娘、售票場的售票員，最後成了街頭的女人──也就是外國人口中「可愛的日本姑娘」了。

那時候谷子左手的小指，從第二關節後就斷了。

那大概是什麼時候呢？

現在，谷子有一個像自己的小孩一樣地疼愛的女兒，十七歲的支那子，大概是認識她母親朝子的時候──對了！那的確是谷子二十歲，當舞孃的時候呢！

朝子不但罹患肺病，而且必須在舞廳的亞麻油毯上，被男人摟著跳舞。當時朝子已有九歲的支那子。

支那子的父親是個貿易商人，雖然是海港有頭有臉的人士，有妻有子的身分，卻玩弄了像女兒一樣的朝子。

支那子出生後八年，她父親胖嘟嘟的身子，開始在谷子與朝子的舞廳進進出出了。

「お前どうする積りさ。」

とこんどは谷子が俊平に訊いた。

「俺の兄貴、手前も知ってっだろ、活辯の兄貴、彼奴から頼んで貰って、俺あ、東洋キネマの俳優になる、手前も来ねえか？」

谷子は默ってゐた。

すると横合ひから油吉が、

「なれるのか、本當に。」（暫略）

「あたいは、そしたら、一人さ。どうにだってして行くよ。」

「さうか。」

と二人は勸めなかった。

かうなると女はどうにでもやって行ける。

ブラック・リストに載ってゐる男は、まづ、奉公口などはないであらう。そんな氣持が、暗默の中に三人の胸にあった。

「ぢゃ、あばよ。」

「あゝ、あばよ。」

三人は、簡單に別れを告げた。

俊平と油吉とは、思ひ通りに東洋キネマの少年俳優に、そして谷子はカフェの女給に……

數年間が流れて……

俊平は、鳥人と宣傳されて、やがて人氣俳優に……。

だが、油吉はそれより以前に腰を折って、撮影所を飛び出してゐた。

豆子も、その間に轉々と轉がって、踊子、切符賣場の女、そして街の女──外國人の可愛いゝ日本娘になってゐた。

そんな頃、谷子の左手の小指は、第二關節の所からポツリと無くなってゐた。

あれは、何時の頃だったらう？

いま、谷子が自分の子供の樣に可愛がってゐる孤兒、十七の支

　　不知道在什麼時候，山川買下了舞廳，成為經營者，出現在她們面前了。

　　當時的某個晚上，大概十一點過後，朝子臉色蒼白顫抖地跑進了谷子的房間。

　　「谷子姐，救救我！我要把那傢伙殺死……」說完朝子就從房間裡跑出去了。

　　谷子跟在她背後追著跑，一路不停地拚命跑。

　　最後出現在谷子眼前的，是一棟黑壓壓的宏偉建築──舞廳的經營者山川太一郎的宅邸。

那子の母朝子知り合った頃だから――さうだ、確かそはれ谷子が二十歳でダンサ――の頃だ。

此の朝子は、胸を病んでしかも舞踏場のリノリュームの上を男に抱かれて踊らなければならなかった。朝子には九歳になる支那子があった。

支那子の父は、貿易商人で海港の有力者だったが、妻子のある身で、娘のやうな朝子を弄んだ。

支那子が生れて八年、その支那子の父が堂々と肥満して、谷子と朝子の居る舞踏場へ出入しはじめた。

それがいつの間にか、舞踏場を買入れて、その經營者として、彼女等の前に現はれた。

そんな頃の或る夜、十一時過ぎ、朝子が真青に顫へて谷子の部屋へ飛び込んできた。

「谷さん、助けて！殺してやる彼奴を……」

そして朝子が部屋を飛出した。

其の後ろから谷子が走った。

谷子は走った。

朝子を追って走る谷子の眼に廣壮な建物――舞踏場の經營者山川太一郎の邸宅が、黒々と映った。

有港口的街市（12）昭和十四年七月十七日

第一章（十）

　　當天傍晚，在舞廳的某個角落，懶洋洋地靠在椅子上的朝子收到了一封信。

　　朝子讀完信忽然臉色大變。寄信人是山川太一郎，信裡這樣寫著：「您好，前幾天，聽說您罹患了呼吸器官的疾病，敝人感到十分意外。

　　由於管區警察有指示，在敝人所經營的舞廳裡，絕對不能雇用罹患此一疾病的員工，所以很遺憾，敝人不能再繼續雇用您了。

　　想必您已經知道呼吸器官的病是傳染性非常強的疾病，所以請您立刻離職靜養為荷。

　　另外，附在信內的一筆錢，是本舞廳從來沒有的首例，特別致贈給您。

　　揣此。」

　　充滿揶揄與嘲笑的十圓退職津貼──這真是切合實情斷絕關係的贍養費。

　　朝子驚訝得差點要昏過去，對山川八年來的怒氣狠狠燃燒著她的心。奪取她童貞的色魔，讓支那子成為私生女的壞蛋，而現在又要奪走她的工作。惡魔！惡魔！

　　朝子把那些話跟剛剛接到的退職津貼一起扔到山川胸前。

　　「不要臉！」

　　「厚臉皮的傢伙！」

　　「沒人性！」

　　「妳要懂得分寸啊！分寸！妳這瘋婆子！」

　　在刻薄的對罵之後，朝子還是被山川的傭人們抓住手腳推

第一章（十）

　　その夕方、舞踏場の一隅で、ぐんなりと疲れた身體を椅子に恁せてゐる朝子の許へ、一通の封書が届いたのだった。

　　その文面を讀み下すと、朝子がサット顔の色を變へた。

　　差出人は山川太一郎でこんなことが書いてあった。

　　前略

　　先日不圖小生小耳に挟み候が貴殿に於ては呼吸器病との由驚き入り候。

　　小生經營の舞踏場に於ては所轄警察の指示も有之、絶對に同病の者を採用致さざる方針に候へば、乍殘念今迄通り貴殿を使用致し難く、

　　貴殿に於ても既に先刻御承知の如く呼吸器病は傳染力甚だしき病に候へば、即時職を退き折角御靜養の程ひとへにお勸め申候。

　　尚同封の金一封、當舞踏場には先例無き事に候共、特別を以て貴殿に贈呈仕候早々

　　揶揄と嘲笑の籠った廢業命令金十圓也の退職手當──その實態のいゝ手切金。

　　朝子は氣が遠くなるほど驚いて、そして怒った。

　　山川に對する八年間の憤りが彼女の胸を突いてこみ上げて來た。

　　處女を奪った色魔、支那子を私生兒にした惡者、そして、今又、職を奪はうとする惡魔、惡魔！惡魔！

　　その言葉を、今受取ったばかりの退職手當と共に、朝子は山川の胸に叩きつけたのだ。

　　「恥知らず！」

出門外。

這樣下去的話，最後……（原文遺漏暫略）

朝子哄支那子入睡之後，輕輕地站了起來。

朝子手上的海軍刀顯得冷酷而清澈。

朝子先到谷子家，然後再次來到山川的家。

谷子追著朝子跑來的時候，朝子在山川面前，雖然臉色蒼白，卻用力握著小刀，漸漸地逼近山川。

「危險！朝子，妳不必這麼做，我也知道妳想說什麼啊！」

山川身旁的妻子嚇得全身發抖。

朝子此舉就算殺不死山川，也可能會讓他負傷，就在此時，朝子忽然被從後面來的男人抱住了。

「放開我！」朝子不斷掙扎。

「妳這個瘋婆娘才要放手！」男人跟朝子相互爭奪刀子。

正當一陣你爭我奪的時候，谷子跑來了。

「朝子姐！」

雖然谷子叫了朝子，但朝子似乎沒有聽到。

谷子突然轉身，闖入了他們兩個之間。

「朝子姐，住手吧！」

結果變成三個人合搶刀子。

忽然，鮮紅的血飛濺到三個人頭上。

「啊！」喊叫的人是谷子。

谷子抱住眼看就要倒下去的朝子，橫眉怒目地瞪著男人的臉。

「是你？！」

谷子突然把左手伸出來，只見她的小指從第二關節以下的指頭已經不見了。

男人手上沾滿了血的海軍刀，令人毛骨悚然。

「あばずれ奴！」

「人でなし！」

「身の程を知れ、身の程を。この氣狂ひ奴！」

　毒舌の應酬で、だが結局朝子は山川の使用人達に手取り足取りで、表へ放り出された。

　この□□はとどのつまり……（暫時省略）

　支那子を寝せつけると、朝子はそっと立ち上った。

　その朝子の手に海軍ナイフが冷たく冴えてゐた。

　谷子の家へ……それからもう一度山川の家へ……

　谷子が朝子を追って馳けつけた時には、朝子は山川の前に、蒼ざめながら、しかしナイフを固く握って、ジリくと詰め寄ってゐた。

「危い！そんなことをせんでも話は判る、」

　さう云ふ山川の側に彼の妻が慄へてゐた。いま一足でたとへ山川を殺さないまでも、手傷を負はせたであらうと思はれた時、朝子は、しかし、いつの間にか後へ廻って來た男のために抱き止められた。

「離せッ！」

　朝子が身を藻掻いた。

「貴様こそ、そのナイフを離せ。」

　男と朝子が爭った。

　そんな所へ谷子が驅けつけて來た。

「朝ちゃん！。」

　谷子が聲をかけたが、朝子には聞こえないらしかった。

　突嗟に身を翻して、谷子は二人の間へ割って這入った。

「むえ、朝ちゃん、お止し」

　一本のナイフを中心に三人が爭った。

　その三人の頭上へ、真赤な血潮がサット飛んだ。

「あッ！」

　と叫んだのは谷子だった。

彰化學

這個男人的臉谷子記得很清楚。

到S丸號來接谷子的男人、當時山川的保鑣，就是可兒。

幾年後，支那子十二歲的時候，朝子留下遺書自殺了：「支那子的事就拜託妳了。得了這種病，我已經不行了，再留下來只會給妳添麻煩而已。」

　朝子がよろくと倒れ掛ったそれを谷子が抱き止めて屹と男の顔を睨み付けた。

　「お前だ！」

　谷子がツと左手を差出した。小指が第二關節からなくなってゐた。

　男の手に、血に染んだ海軍ナイフが、氣味惡く映えてゐた。

　谷子はその男の顔をよくおぼえてゐる。

　谷子をS丸まで迎へに来た男此の頃山川の用心棒だった男こそは、あの可兒であった。

　それから數年後。

　支那子が十二歳のとき、朝子は、遺書を殘して、自殺した

　支那子をお頼みします。こんな病気ではあたしはもう駄目、却って貴女に迷惑だから。

第二章（一）

　　一個晴朗的春天裡，一個青年走在街上。

　　有個穿水手裝的少女在他背後呼叫著：「哥哥！」

　　不過青年並沒有回頭。

　　「哥哥啊！」少女開始跑了。

　　於是，走在前面的青年也開始加快腳步。

　　「算了！」少女止步了。

　　「不然，我就把那張照片撕破好了。」

　　青年一聽，馬上轉過身去，急急往來時路走。

　　「喂，妳等等，等一下嘛！」這一下反成了青年開始追逐少女。

　　而開始追趕少女的青年是……啊！是那個乳木純。

　　少女是乳木純的妹妹美代子。再過三年就二十歲，跟乳木純差兩歲。

　　乳木純馬上就追上妹妹了。

　　於是美代子窩在在哥哥的胳臂裡，把自己圈了起來。

　　「千萬不要撕破！要是撕破了，我可饒不了妳！」

　　「我不撕，絕對不撕，但是妳要告訴我，這個女人是誰？」

　　「就算跟妳說了，妳也不認識！」

　　「那我去告訴爸爸！說哥哥有女人的照片！」

　　「要說就說，我又沒做什麼壞事！」

　　「那你跟我講一下又有什麼關係？」

　　「眞是個囉唆的女人！好啦！告訴妳好了，那是我喜歡的人啦！」

第二章（一）

　一人の青年が歩いて行く。

　晴れた春の一日。

　その後から水兵服の少女が

　「兄さん。」

　と呼び掛けた。

　けれど青年は振り返らない。

　「お兄さんったら、」

　少女が走りだした。

　すると、前の青年も早足になる。

　「ぢゃ、もう良いわよ、」

　と少女が立ち止った。

　「その代わり、あの寫真、破いてやっから、良いわ。」

　そしてくるりと足を返すと、今來た道を取って返した。

　「おい美い公、待て、待てったら……」

　反對に今度は青年が少女を追ひ始めた。追ひ始めた青年は、あゝ、あの乳木純だ。

　少女は純の妹、美代子。もう三年經てば二十歳、だから純と二つ違ひ。

　純はすぐ妹に追ひついた。

　すると美代子は、その兄の腕の中で、身體を丸くして腕いた

　「破るんぢゃないぞ、美い公！若し破って見ろ、それこそ承知しないから。」

　「破かない、破かないったら、その代り教へてよ、あの女、誰だか……」

「哎唷～」美代子做出誇張的驚訝表情。

（原文遺漏暫略）

美代子死盯著純的臉說：「哥，你還在生氣嗎？那時候是你不對啊，誰叫你突然抓著眞綺子小姐要她跟你一起離家出走，你這樣誰會答應啊？」

「那又怎麼樣？！」

「居然眞的就離家出走了，哥哥眞是素行不良啊！」

「對啊，反正我就是不良啊！」

純對自己的生活感到不滿，只想浪漫地隨著熱情做自己想做的事，喜歡堅持己見，當時純就是這樣的年紀。

這樣的純，不知道從什麼時候開始了放浪的夢想。

到香港去⋯⋯

跟眞綺子在那裡開始平凡的生活，將會有多麼美好快樂呢？

什麼！要養眞綺子一個人，有必要那麼拚命嗎？！如果萬一有閃失，兩個人一起工作不就好了？

純也是在海港土生土長的男孩。

「在神戶這種地方也沒什麼出路，小眞綺，一起到香港去吧。」某一天，純跟眞綺子這樣說了。

不過，眞綺子卻十分反對：「不要！爲什麼要去那種地方？與其那樣，倒不如你繼續升學入校，以後男人至少要有專門學校畢業的學歷吧？」

純不說話了。

過了兩三天之後，純離家出走，決定獨自到香港去。

但是，他在當地的免費住宿處被從神戶來查詢的刑警發現了。

他被帶回神戶了。

在被遣返的船上，純認識了谷子，她那華麗漂亮的影像，

「云ったって、お前なんか知りやしないよ。」

「お父さんに云ひつけてよ、お兄さんが女の人の寫真を持ってますうって……」

「云ったっていゝさ。別に悪いことがある譯ぢゃないし！」

「ぢゃ教へたっていゝぢゃないの？」

「五月蠅い女っちょだなあ。教へてやらうか、あれは、兄さんの好きな人さ。」

「まあ、」

と美代子が大仰に驚いてみせた。

（暫略）

と純の顔をまじくと見つめて。

「まだ兄さん、怒って？だってあん時はお兄さんがわるいわ。いきなり真綺子さんを攫まへて一緒に家出しようだなんて、誰だって、うんとは云はないわよ。」

「だからそれでいゝぢゃないか。」

「本當に家を飛び出すなんて、お兄さんも随分不良だわよ。」

「さうさ、どうせ不良だよ」

純にはこんなことが不服なのだ浪漫的にたゞ情熱に任せて、萬事を押し通して行かうと云ふ時代で、純もあったのだ。

そんな純が、いつかこんな途方もない夢を考へ始めた。

香港へ………

真綺子と其處で小さな生活を始めたら、どんなにか美しく樂しいことであらう。

なあに、真綺子一人位養ふのに、どれほどの努力が要るといふのだ。罷り間違へば、二人で共に働けばよいのではないか。

純もまた海港に生れて海港に育った男だ。

「神戸なんかに居たって仕様がない、真綺ちゃん、香港へ行かう。」

不時出現在不黯世事的純眼前。

　　「那個女人也跟我一樣被監視，她到底是什麼樣的人呢？」純心想。

　　丟下一言不發的哥哥，美代子一個人離開了。

　　於是，純從襯衫的口袋裡拿出一張照片。

　　純在船上收下谷子兩張照片，這是其中的一張，那是谷子的側臉照。

そんな風に、ある日、純が真綺子に云った。

だが真綺子は反對した。

「いや、そんなとこへ行くの。それより、あんた、どっか上の學校へ入んなきゃ駄目よ。これから男の人が、專門學校ぐらゐ出てなけや駄目ぢゃないの。」

純は默ってしまった。

それから二三日して純は一人で家出を企てたのだ。

香港へ……

だが、彼は土地の無料宿泊所で、神戸からの照會で来た刑事に發見された。

彼は神戸へ連れ戻された。

その船中で逢った谷子が、世間知らずの純の前に、華かに、美しく、思ひ出されて來るのだ

……あの女も、自分同樣に看視付きだったが、一體何者なのであらう……

默りこんだ兄を置いて美代子が其處を立ち去った。

すると純は、ワイシャツのポケットから一葉の寫真を取りだした。

船中で貰った谷子の二枚の寫真の中の一枚で、これは谷子の横顔であった。

第二章（二）

純把谷子的照片放進口袋之後，爬上漫長的緩坡。

在斜坡上頭有座哥德式的建築物，正是純父親的教會。

純站在教堂前面時，有人打開古式的門走了出來。

他雖然是五十歲出頭的中年人，但總令人覺得還存有壯年時代的活力。

純看到那個人就跟他打招呼了：「爸爸。」

他循這聲源看過去，灰白的頭髮下，有一臉溫和的表情。

「您要出去啊？」

「是，嗯，去夢野一下。」

「那麼，慢走。」

乳木氏走下坡去，隨即從純的眼前消失了。

純確認父親走遠後，便朝與教會並立的家中走去。

大門邊的會客室也是父親的書房，純走進了書房。

每天的郵件都被放在父親的書桌上。

純從那一疊信件裡頭，找出了寄給自己的兩封信。

一封是在京都準備考高中的中學同學宮田寄來的，另一封則是眞綺子寄來的。

雖然純那樣說，但還是先拆開了眞綺子的來信。

眞綺子在信裡像十八歲的處女似地寫著：「純，你每天到底是怎麼過的？

我聽小美說你回家了，我馬上……（原文遺漏暫略），我很討厭做出那種事的人。」

讀到這裡，純忽然不讀了。

哼，討厭我也無所謂啦！但心裡不是這麼想的。接著拿起

第二章（二）

　谷子の寫真をポケットにしまってから、純が、だらぐ坂を爪先上りに登って行った。

　その坂の上。

　ゴシック風の建物が、純の父の教會であった。

　純がその建物の前に立った時古風な扉を開いて出て來た人があった。

　五十の坂を越した中老人であったが、何處かのその壯年時代の元氣を想はせる様な何物かゞその身體に殘ってゐた。

　その人を見ると純が聲を掛けた。

　「お父さん、」

　聲に、その父が顔を向けた。半白の頭髪の下に、温和な表情が顔に漂ってゐた。

　「どっかへお出掛け？」

　「あゝ、うん、一寸夢野迄な。」

　「ぢゃ、行ってらっしゃい。」

　乳木氏が坂を下り切って、やがて純の眼に見えなくなった。

　それを見届けると、純は、教會と並んだ自宅へと足を向けた。

　玄關脇の應接間は又父の書斎でもあったが、純は其處へ這入った。

　毎日の郵便物は、その父の机の上に置かれてある。

　その一束の中から、純は自分宛の手紙を二通見いだした。

　一通は京都で高等學校の受験準備をしてゐる、中學時代の友人、宮田からで、今一通は真綺子からであった。

　その手紙を、純は、あゝ云ひ乍ら、やっぱり真綺子のから開封し

宮田的信來：「聽說在我來到京都的期間，你飛到香港去了，不過你總算回來了，太好了。話雖如此，你不跟我說一聲就離家出走，實在太不像話了。收到小美寫的信，我真的很驚訝。

這裡的講習快結束了，結束之後，我會回神戶一趟，到時候再聽你說吧。

你打算考哪個學校？要不要跟我一起去考九州或弘前的高中？如果是那邊的高中，我們兩個都會考上的。我想鄉下的高中生活也滿好玩的。」

純讀到這裡，想起了一向精力十足的宮田。

宮田從國中二年級時開始寫起奇怪的詩來，也創辦了同仁雜誌，不過很快就被他搞砸了。說是虧了十圓、二十圓啦什麼的，到了十九歲的現在，還是老樣子地做些沒建設性的事，從不記取教訓。

純一邊發呆沉思著宮田的事，一邊凝視著眼前的畫框。

皮膚潔白的年老外國人，一看就知道那是傳教士服裝的半身照，上頭用英文寫著：

送給親愛的乳木氏
你的朋友敬贈

這個老人到底是誰？

相信讀者已經知道他是誰了。

如果純的父親就是遺棄谷子的人，那麼讀者自然也知道這個老人的來歷。

身為純和谷子父親的乳木氏，就是因為這個老外國人而重新做人的。

老外國人死後不久，乳木氏雖然結婚了，但從那時候起有十年的時間，一直繼續著苦守節操的歲月。

た。

　真綺子は、その手紙の中に、十八の處女らしく、純に訴へてきた。

　純さま、

　毎日をどうしていらっしゃいますの、

　美いちゃんに貴方がお家へお歸りになったと聞いて早速出……（暫略）

　あんなことする人あたし大嫌ひ、

　其處で純がポツリと讀むのを止した。

　ふん、嫌ひで澤山だ、と心にもないことをちょっと考へて、宮田の手紙を取上げた。

　僕が一寸京都へ來てゐる間に香港まで飛んで行ったさうだが先づく早く歸って來てよかった。

　それにしても、僕に一言の挨拶もしないで、家出するなんて實に怪しからん。

　美いちゃんに手紙を貰って大いに驚いた。

　もう直ぐこゝの講習も終る。

　終ったら一度歸神するから、其時に聞かう。

　で君は何處か學校を受驗するか？どうだ、ひとつ僕と一緒に九州か弘前の高校を受けて見ないか。なあに、そんら二人とも通るよ。

　田舎の高校生活も一寸面白いと思ふ。

　そこまで讀んで、純は、相變らず元氣の良い宮田の顔を想ひ泛べた。

　宮田は、中学の二年頃から變な詩を作って見たり、同人雜誌を作って見たり、かと思ふとすぐそれをぶっこはして十圓損をしたとか、二十圓損をしたとかそして相も變らず、十九の今もそんな不生産なことを、性懲りもなく繰返してゐた。

　そんな宮田のことをぼんやり考へ乍ら、眼の前の額縁を見詰めて

　　只要他走到外面一步，人們就在背後指指點點──前科犯、鐵絲強盜。

ゐた。

　白皙の老外人で、一見して宣教師と判る服装の、上半身の寫真だったが、英文で斯う書いてあった。

　　親愛なる乳木氏に、
　　あなたの友より

　此の老人は誰であらうか。讀者は既に此の人を知ってゐる。

　純の父が、あの谷子を捨てた父であると云へば、此の老人も自づと知れやうといふものだ。

　純の、そして谷子の父である乳木氏は、此の老外人によって再生したのだ。

　老外人の死後、乳木氏は間もなく結婚したが、それから十年間、文字どほり苦節の月日が續いた。

　が一歩、戸外へ出ると、人々が後指をさした──前科者、針金強盗。

第二章（三）

　　吃了好幾年的苦之後，大女兒美代出生了，街上的人們開始對乳木氏另眼相看。

　　所謂惡念很強的人，善念其實也很強呢，像乳木氏這樣的人，可說是最佳榜樣。

　　現在乳木氏是海港裡有地位的宗教家。

　　從事宗教活動之餘，乳木氏不時在尋找被自己遺棄的孩子。

　　在那段漫長的歲月裡，僅僅有過一次微弱的希望。

　　就是從那所孤兒院長寄來的信上寫著：「直到最近才發現，孤兒院裡有個叫有年谷子的女孩，可能是您當年遺棄的孩子。關於這個問題，我很想跟您見上一面好好談談。」

　　乳木氏接到來信後立即趕到院長家，結果卻是敗興而歸。

　　當時谷子已經逃離了感化院，而且院長也沒說實話。

　　乳木氏從院長口中聽到的故事被篡改了很多。

　　首先，一定要抹煞那兩個孤兒的姦淫事件，以及把谷子送到感化院的事，於是乳木氏聽到的是這樣的故事：

　　谷子跟其他的孤兒不一樣，她是個溫順、相貌好的孩子，因此院長在眾多孤兒中，特別疼愛谷子，但是他親手撫養長大的孩子，幾天前不知道什麼時候從孤兒院裡消失了。

　　（原文遺漏暫略）

　　像這樣四處打聽，也不是辦法。

　　如果今天掉的是一條狗，用不著主人找，狗兒也會自己用鼻子嗅得回家的路，但失蹤的小孩就不一樣了。

　　即使同住海港一帶，但乳木氏連谷子是否住在這塊土地上

第二章（三）

　そんな受難の數年が經ってでも、長女の美代が生れた頃には街の人々は違った意味で、乳木氏を指し始めてゐた。

　惡に強い者は、善にも強いと云ふ。乳木氏の如きは、確かにその生きたお手本であった。

　乳木氏は、今では、海港の有力な宗教家であった。

　宗教運動の傍ら、だが、乳木氏は曾て自分の捨てた子供のことを忘れ兼ねて、八方に捜索の手を盡してゐた。その永い年月の間に、たゝ一度その曙光らしいものを見掛けたことがあった。

　知人であるあの孤兒院長からの手紙、最近まで孤兒院に居た有年タニと云ふ孤兒が、どうやら貴殿の捨兒をされたと云はれる子供であるらしく思はれる節がある。それに就て一度御面會を致したい。

　で、乳木氏は、早速院長の家へ駈けつけたが、結局失望して歸るよりほかなかった。谷子は感化院を脱走した後だったし、それに院長の言葉は要領を得ないものだった。

　乳木氏の耳に入るまでに、事實は院長の口の先で多分に變改されてゐた。

　まづ、あの忌はしい二人の孤兒の姦淫事件は抹殺されなければならない。それからタニを感化院へ送ったことも、序に赤筋を二本引いて……。こんな風に話された。

　タニは他の孤兒達と違って、温和しい顔立の良い子であっただから、澤山の子供達の中でもわけてタニを可愛がったのであるが、その自分の手鹽をかけた当の子供は、數日前、此の孤兒院から何時の間にか姿を消してゐた。やうに歩き廻っても、當の目的に達することは出來なかった。自分の捨てた犬なら、此方から探すまでもなく、向ふか

都不知道。而且十幾年的長久歲月，將這對父女隔出了天地之遙。

再加上乳木氏現在的地位大不相同，身邊人事物將他困住了，他根本分身乏術，無法專心尋找失去的愛女。乳木氏只好借助警方協助，希望能把女兒找出來。

有年谷子、有年谷子……

乳木氏反覆唸著院長告訴他的女兒的名字。

不過，這名字的主人真的是我的女兒嗎？

乳木氏的雙眉不禁深鎖了起來。

就這樣過了好幾年，乳木氏從未找到他的女兒。

但是，乳木氏的確是見過有年谷子的。

這也已經是很早以前的事了。

在海港的警察局裡，幾乎每天都有海港特有的產物：街頭的女人、賣淫婦被揪進來。

當時報紙的社會版上，不知道有多少秘密賣淫被逮捕的報導，尤其是在海港的報紙上特別多。

然而，如此無聊沒用的新聞，對當地而言，簡直成了無可救藥的催淫劑，當時有數不清的中學生因為那種報導，增加了不少一邊亂想一邊手淫的次數。當地的縣立中學甚至禁止學生看報紙。

而就在此時，有年谷子領養了過世的朝子之女支那子，從舞孃到街頭女人，不停地為生活奮鬥著。

ら匂ひを嗅き分けても戻って來やうといふものだが、此の場合はさうは行かなかった。

その間に、土地の違ひだけでなく、いや本當は、同じ海港に住む身ではあるのだが、乳木氏には、自分の子供が此の土地に居るか否かさへも判り兼ねたしそれに遠い十數年の歳月が、二人の――乳木氏と谷子との――間を、随分と隔てゝゐるのだ。

まだその上に、乳木氏の現在の地位が、嚴重な圍ひを乳木氏の周りにめぐらしてゐた。自然、乳木氏は、警察の手を借りずに娘を捜し出さなければならない。

有年タニ、有年タニ、

院長から教へられたその名を乳木氏は口の中で繰返して見た。

だが、此の名が、此の名の持ち主が、果して娘なのであらうか？

乳木氏の眉が、自づと深く刻まれてくるのだ。

深く、暗く、そしてそのまゝ數年、乳木氏はつひにその娘に逢へなかった。だが、いや、乳木氏は、有年タニには確かに逢ったことがある。これも、もう大分古い過去とはなった。

海港の警察署には、殆ど毎日海港地特有の産物である、街の女、賣笑婦が、引張られて来る。

その頃の新聞の三面に、どれほど密淫賣檢擧の報道が澤山あったことか。それは殊に海港の新聞に甚しかった。

そしてこれは、こんな我樂苦多新聞――土地の言葉で云へばしやうもない新聞――の實にパン種であった。

その頃の中學生は、そんな記事で變な妄想をしながら、自瀆行為の數を増したことを覺えてゐやう。

それを知ってか、知らないでか、土地の縣立中學校では、中學生に新聞を讀むことを禁止した位だったが、丁度そんな頃であの有年谷子が、死んだ朝子の子である支那子を引取って、踊子から街の女に、食ふ為の奮闘を續けてゐる時だった。

第二章（四）

　　撒在三合土的水都能結冰的拘留所裡，當然沒有暖氣，關在裡面的女人們，無不肩併肩、胯連胯，把手揣在懷裡，一群人圍成一圈互相取暖，就連呼出的一口氣都好像要結凍了。

　　幾乎每個人都把手揣在懷裡，但因為從懷裡把和服前方緊緊地合起來，所以一不注意，和服前方就會輕輕地敞開。

　　女人們的臉雖然是黑黑的，但只有這裡是像女人白白的。

　　剛剛也有一個女人難看地歪了臉，哈啾一聲打了個大噴嚏，和服前方立刻大開，乳房竟鬆弛地露了出來。

　　實際上，這裡的女人們或許是散漫的，但就算是散漫的女人，在這裡還是打扮得讓男人不由得遮住臉的嬌艷姿態。

　　由於和服腰帶可能成為自殺的用具，因此在她們被關進來前，腰帶都會被取走。

　　露出乳房的女子年紀大概十八歲左右，她感到鑽進來的冷風，不禁打了個寒顫而發抖了。

　　徐娘半老的女扒手看到女孩的乳房，開始講話了：

　　「哎呀，妳唷，我一直以為妳還是個小孩，沒想到卻是個壞女人！」

　　「為什麼？」露出乳房的女人轉過身來了。

　　「因為妳的乳房不是女孩的啊。」

　　「不管是不是女孩的，都不關妳的事吧？……（原文遺漏暫略）絕不可能被關在這種討厭的地方吧。」

　　「不管怎麼樣，妳很跩嘛！」女扒手傲氣地說，「我差不多跟妳一樣大時，可是個溫順的女孩呢，妳可真是前途無『亮』啊！」

第二章（四）

　　三租土に撒いた水が凍りついてゐる、うっそりと寒い留置場。

　　火の氣は勿論ない。だからその中の女達が肩と肩と、股と股と、寒々と壊ろ手で、みんなが一塊りになって僅かな暖を取ってゐる。時々白い溜息をホーッと吐く。それさへも眼の前で凍りさうな──。

　　壊ろ手はしてゐるけれど、その壊ろの中から、しっかりと、着物の前を合わせてゐるので、ふとぼんやりすると、ハラリと前がはだける。

　　顔はたとへ黒くても、こゝだけは女らしく白い。

　　今も一人の女が、醜く顔を歪めたが、ハ、、クショーとくさみを大きくした拍子に、前がはだけて、ダラリと乳房が出た。

　　實際のところ、此の中に居る女達はだらしのない者ばかりかも知れないけれど、だらしなくない女でよしあったとした所で此處ではこんなに、弱氣な男なら顔をふたがずには居られないやうな、艶めかしい姿態にならなければならないのだ。

　　何故なら、自殺の道具になりかねない帯は、こゝへ入れられるまでに、恐い小父さんに取上げられてしまふからだ。

　　乳房を出した女は。まだうら若い十八位の女だが、そこへつけ込んだ風をヒヤリと感じて、思はず胴震ひした。

　　その乳房を見て、年増盛りの萬引女が、それを話の緒口にした。

　　「おや、お前さん、まだ子供だ子供だと思ってたら、案外の食はせ者なんだね。」

　　「どうしてさ？」と乳房の女が向き直った。

　　「だってお前の乳房は娘んぢゃないぢゃないか。」

　　「娘だらうとなからうと、そんなこと、あたいの勝手ぢゃない……(暫略)んな厭な所へ放り込まれる筈がないぢゃないか。」

「哼，多管閒事！」

說到這裡，兩個人的對話突然中斷了。

旁邊有個老太婆嘆了一大口氣：「你們都很年輕，很有精神啊！像我這個老太婆，誰也不理我，悲哀啊！還是趁年輕的時候多存點錢吧！」

「對嘛！要活到五、六十歲那麼長壽，根本是錯誤的想法。年輕的時候做好事，等到臉上長滿皺紋時，就跟世間告別吧，這是最好的結局了！」

「哼，口氣還真不小，妳能死嗎？不能死嗎？真有好戲看了。」

有個噓聲制止了女人們的對話，突然有一陣女人跟男人的聲音，一邊互相爭論，一邊靠了過來。

「是新手吧？」有人低聲私語著。

「誰受得了被關呢？只要付罰款就好了吧……誰也不想進去啊。」

「太吵了！不老實點，會自討苦吃的！」

「所以，你放我出去我就付罰款嘛……我現在沒帶錢，但是我會馬上拿過來，剛才就一直說了嘛……」

有一個年輕的女人被警察帶進來，出現在鐵欄杆前。

和警察一身厚重的黑色呢絨警衣比起來，穿著不合時令的薄衣的女人，激烈地扭動著身體。

她銳利地瞪著鐵牢裡的女人們，那眼睛看起來濕淋淋的。

她在哭嗎？

　「何しろ、お前さんは豪いもんだよ。」と、萬引女がツンと云って、「お前位の頃にや、あたいは音無しいお娘さんだったんだがね、末恐ろしいってのは、お前の話さ。」

　「へえん、大きなお世話ですよ。」

　そこで、二人の話がプツンと切れた。

　横合ひから一人、これはもう良いお婆さんで、それがフーッと大息を吐いて、「お前さん方は皆若いから元氣が良いね。あたいみたいに、婆さんになっちゃ、誰も構っちゃ呉れないし、哀れなもんだよ。まあ、せいぐ若いうちにしこたま金を貯めとくんだね……」

　「さうともさ。だいたい、五十六十まで永生きしようなんて、不量見な話さ。若いうちに良いことをしてえ、皺が寄りゃ、世の中におさらばをするんだね、それがいちばん良いぢゃないか。」

　「ほう、豪い權幕だね。まあ、死ねるか、死ねないか、良い見物だよ。」

　誰かがシーッと女達を制した。

　女の聲と、男の聲と、それが云ひ爭ひながら、近づいてきた。

　「新入りだね。」と一人が低い聲で囁いた。

　「入れられてたまるもんか。罰金さへ拂へば良いんだらう……誰が、誰が、這入るもんか。」

　「八釜しい！おとなしくしないと、貴様の為にならんぞ。」

　「だからさ、放して呉れりゃ、罰金を拂ふぢゃないか……そりゃ、今は持ってないさ。だけど直ぐに持って來るって、さっきから云ってるぢゃないか……」

　鐵格子の向ふに、一人の若い女が警官に連れられて現はれた

　羅紗の厚い警官の黒服の中で季節はづれの寒々とした薄物を着けたその女が、激しく身悶えしてゐた。鐵格子の中に居る女達を、屹とその時見つめたが、その眼がしっぽりと濡れてゐる様に見えた。

　泣いてゐるのかしら。

第二章（五）

　　恰好在這個時候，有位中年紳士推開警察署的門走進來了。

　　不用說，這位紳士看到了正在抵抗警察的年輕女子。

　　這個年輕女子終究還是像枯草般低著頭，正要鑽進鐵門，不知道什麼時候來到她旁邊的中年紳士，悄悄地對帶女人來的警官說；

　　「這個女人怎麼了？」

　　聽到了這聲音警察轉過身來：「啊，是乳木先生？」

　　這位紳士就是時常來拘留所教誨囚犯的乳木氏。

　　「這，啊，她是賣淫的現行犯。」

　　「是嗎？不好意思，可不可以暫且讓我跟她講講話？」

　　「好的，您請。」

　　「請幫我跟署長先生說一聲吧！」

　　「不，如果是乳木先生的話，應該沒關係。」

　　「這樣啊。那麼就只一會兒。」

　　「五號室空著。」

　　「是嗎？」

　　年輕的女人跟著乳木氏進去了五號室。

　　「請坐。」

　　乳木氏讓女人坐下，接著問她：「請問一下，妳今年幾歲了？」

　　「二十三歲。」

　　女人餘音繚繞地不多做回答。

　　「還是單身嗎？」

第二章（五）

　恰度、こんな時、此の警察署の扉を押した中年の紳士があった。

　此の紳士の眼に、警官に抗ふ若い女の姿が映ったことは云ふまでもない。

　その若い女が、でも結局、水の涸れた草のやうに、俛首れ乍ら、鐵の扉を潜りかけたとき、いつの間にか傍に来てゐた中年の紳士は、靜かに、女を連れてきた警官に話しかけた。

「どうしたのですか、この女は。」

　その聲に振返って、

「あゝ、乳木さん、」

　紳士は、時々此の留置場へ教誨に來る乳木氏その人であった。

「いえ、なに、蜜淫の現行犯です。」

「はあ、濟みませんが、暫く、この女と話をさせて呉れませんか。」

「はあ、どうぞ、」

「署長さんに、さう云って呉れますか。」

「いえ、乳木さんですから、構わんだらうと思ひます。」

「さうですか。ではほんの暫く、」

「五號室が空いてゐますが、」

「あゝさうですか。」

　その五號室へ、乳木氏の後に若い女が從って這入った。

「お掛けなさい。」

　乳木氏が女に椅子をすゝめた。

　女が腰を下すと、

「失禮ですが、あんたは幾つですな。」

「二十三。」

女人默默地點頭。

「父母還在嗎？」

對這個問題她搖搖頭。

「不在了？」

「是沒有。」

乳木氏皺起了眉頭。……（原文遺漏暫略）

「大概在嬰兒的時候被遺棄的吧。」

這話讓乳木氏大吃了一驚。

「名字，妳的名字叫什麼？」

對這個問題，女人遲疑了一下，接著馬上回答：「木本朝子。」

不過，真正的木本朝子已經過世了。

那麼，這個年輕的女人是有年谷子囉？

內心有隱情的谷子，直覺性地對乳木氏說了謊。

「能不能請妳談一談妳以前的事？」過了不久，乳木氏問道。

「如果有我幫得上忙的，妳就儘管說吧！」

「有關我的身世，講了也沒有用吧？如果你是慈善家，還不如把我從這裡救出去，求求你，你是個有錢人嘛，只是二、三十圓的罰款而已啊！」

「我不是有錢人，但是看情況，說不定可以把妳救出去。總之，請妳先把妳的身世告訴我。」

「那好，我講，不過，沒什麼大不了的事——」

雖然谷子開始講了，但那當然只是一個可憐女人編出來的老套假話而已。

可是谷子一邊努力編造假話，卻還是在某些部分加進了一點身世的實話。

「我只記得我小時候只有一個阿公——」

餘韻を殘して言葉少なく女がこたへる。

「まだ獨り身ですか。」

默って頷く。

「兩親はありますか。」

これは首を横に振って、

「ありません。」

「無い？」

乳木氏が眉を上げた。……(暫略)

「大方、赤ん坊の時位に捨兒されたんでせう。」

この言葉は乳木氏の胸をギクリと突いた。

「名前は、あんたの名前は、何といふんですか。」

この質問に女は一寸ためらったが、すぐ、

「木本朝子。」

と、さう答へたが、ほんたうの木本朝子は、もう死んでゐる。

では？

此の若い女は、有年谷子であった。

脛に幾つかの傷を持つ谷子だ乳木氏の質問に、彼女は、突嗟に變名を使ったのだ。

「ひとつ、私に、あんたの今までのことを話して呉れませんか。」

暫くして乳木氏がかういった。

「私に出來ることなら、又何とかお話に乘りませう。」

「あたしの身の上話そんなこと話したって仕樣がないぢゃない？それよか、若しあんたが慈善家なら、あたしを、此處から出して呉れない？ね、お願ひ、あんた、お金持ちなんでせう、たった二十圓か三十圓の罰金なんだもん。」

「金持ちではないが、事情によっては、出して上げないこともない。兎も角、あんたの身の上話を聞かせて下さい。」

「ぢゃ話すわ、つまんない話だけど――」

　　她指的是松吉老人，離開松吉老後，一次又一次地輾轉流浪到現在。

　　最後乳木氏讓警察把谷子放出來了。

　　兩人要離別時他說：「有困難就來找我吧，我隨時願意幫妳。」

　　然後把名片給了谷子。

　　不過，由於谷子的謊言，乳木氏終究不知道那個女人就是谷子。

　　谷子終究還是忘記了乳木氏了。

　　過了好幾年，她始終沒有找過乳木氏。

　　但是乳木氏卻一直記得谷子。

　　谷子小指被切斷的鮮明傷痕，關於谷子的一幕幕記憶，有時會不斷在乳木氏心中盤旋。

　　唉，可憐的街頭女人！

　　谷子が話しはじめたが、勿論これは、一人の哀れな女の型に嵌った作り話にすぎなかった。

　　だが、谷子が、そんな型に嵌った話をしようと努力しながらやっぱりどこかに、本當の身の上話を、ちょっぴり盛ってゐた。

　　「あたしがおぼえてゐるのは、たった一人、小さい時に、お祖父さんがあった事だけ――」

　　これは松吉老人で、その人に別れてから、人から人へ、轉りながら現在へ――と、こんな話であった。

　　乳木氏は、谷子を警察から出してやった。

　　別れる時から云った。

　　「困ったときにはいらっしゃいいつでも相談相手になりませう。」

　　そして番地を入れた名刺を手渡した。

　　が、谷子の虚言で、乳木氏はつひに、その女を谷子とは知らずに過ぎた。

　　谷子は、此の乳木氏を忘れてゐるのであらうか。

　　その後数年が經過したが、彼女が、乳木氏を訪ねることは到頭なかった。

　　だが乳木氏は、此の谷子をよく憶えてゐる。

　　小指の切れた生々しい傷痕と共に、生木を裂いた樣な谷子の記憶の香が、時々胸にのぼってくる。

　　おゝ、哀れな街の女！

第二章（六）

「為了救助苦難的人們！」懷著這樣的心願一路走來，乳木氏數十年的仁德值得感佩，但同時也必須肯定乳木夫人之功。

但是，長處有時也可能是短處。對別人儘量寬大，對自己的小孩卻要求嚴格。純很討厭母親的嚴格，乳木夫人卻認為純會變成這樣，是被父親寵壞了的結果。

所謂「變成這樣」是什麼意思呢？回頭看看純的中學時代吧！每個學期，夫人看了純的成績單就感到失望：數學完全不會，所以化學、物理等科目經常遠在標準分數以下。只有美術科的分數鶴立雞群特別突出。

就是這樣讓乳木夫人很擔心純的前途。學校好幾次都寄來令人擔心的灰色信封，警告純的成績不佳，每次接到信時，乳木夫人都會向乳木氏提出商量，但總是得到這樣回答：「哪裡不好？比起什麼都不會要好多了，到時候真的沒工作，也可以當畫家啊。」

乳木氏並不強迫純任何事情。尤其是對純的將來的職業，連一句話都沒有說過。

但是乳木夫人就不是這樣了。她希望純繼承父業，打算叫他讀當地的神學院。

不過，現在這個希望是愈來愈渺小了。

去年，將結束中學四年級……（原文遺漏暫略）

有指望嗎？」

「有。」

「好，那麼，就努力去完成吧。」

第二章（六）

苦しむ人々の為に！

さう念じて來た乳木氏の數十年の慈徳と共に、乳木夫人の内助の功を、吾々は認めなければなるまい。

が、長所はまた短所でもあり得る。

他人には出來るだけ寛大に、そして自分の子供には嚴格に。

此の母の嚴格を、純は嫌ひであった。

その父に甘やかされ過ぎた結果、斯うなったのだと夫人は解釋した。

斯うなったとは？

純の中學時代にかへって見よう。

學期毎に、夫人は純の成績表を見てがっかりした。

數學がからっきし出來なかったし、從って化學、物理などはいつも標準點を遥かに下だった

たゞ圖書だけが雞群の一鶴だった。

これでは、夫人には純の行末が案じられた。

學校からは不氣味な鼠色の封筒が、純の成績を注意して幾度も舞ひ込んだ。

その都度、夫人は、乳木氏に相談を持ち掛けたが、

「なあに、なまじつか、何でも出來るといふより、この方が良い。愈々、やることがなきゃ、畫家にでもなるさ。」

といつもこんな返事だった。

乳木氏は、純に何事も強ひなかった。わけても純の將來の職業などには、一言も口を出さなかった。

が乳木夫人はさうではなかった。夫人の希望としては、純を將來

「是，我會做到的。」

從此以後，純每天拿畫筆，專心致意地開始學習畫畫。穿著油污的襯衫，帶著顏料臭味的純，讓乳木夫人皺了眉，沉重地嘆著氣。

對乳木夫人來說，純是個不折不扣的不肖子。說得更難聽一點，是繼承了父親血統的不良兒子。

剛好在這個時候，真綺子華麗地出現在純的眼前。

這一年，在似乎已窮盡的日本西洋音樂界裡，發生了一件大事。那就是保羅·惠特曼（Paul Whiteman）創造出的爵士樂渡海而來。時至今日，惠特曼也好、海倫凱勒（Helen Keller）也罷，他們的名字幾乎成了常識，但在當時，只有某部分人知道而已。說到爵士樂，很多人認為那不過是背離音樂之道的狂躁喧鬧聲而已。而為了宣傳爵士樂，菲律賓的carton爵士樂團第一次在神戶登陸了。

純與美代子在神戶第一的電影院松竹座聽了爵士樂的演奏。

在移動式的七色灰光燈之下，跟日本人相似的菲律賓人，比手畫腳有趣地配合樂隊唱著：

Tina Tina my Tina
I'm from Palestine to London and Peru

把班卓琴（banjo）放在腿上的男人、抬起薩克斯管的男人都用腳打拍子，從頭到尾愉快地演奏著。

最後的〈瓦倫西亞〉結束時，觀眾席慢慢地亮起來，閉幕的時候，美代子說：

「哎呀，小真有來啊？」

「啊？」

父の後を繼がせるために、土地の神學校に入れる積りだった。

　それも併し今は望み少ないものとなった。

　昨年、中學の四年級を修了す……(暫時省略)

　いふ目當てはあるか」

「あります。」

「よし、ぢゃ、それを、一生懸命にやり遂げるんだぞ。」

「えゝ、やります。」

　それから、彼は、毎日繪筆を握って、一心不亂に畫家修業をはじめた。

　油に汚れたブルーズを着込んで繪具臭い純。

　夫人が顏をしかめて、重々しく溜息を洩した。

　夫人に取って、正しく純は不肖の兒であった。もっと惡く考へれば、父の血を承けた不良の兒であった。

　丁度そんな頃、純の前に、真綺子が華かに登場しはじめた……。

　殆ど行き盡した觀のあった日本の洋樂に、一つの飛躍が、此の年に起った。

　海を渡った國の人、ポール・ホワイトマンが創り出したジャズ音樂がそれであった。

　現在では一つの常識として、ホワイトマンも、ヘレン・ケラーも、その名を憶えられてゐるが、此の頃は勿論たゞ一部の人しか知らず、ジャズと云へば音樂道を外れた狂躁なドンチャン騒ぎ位にしか受け入れない人が多かった。

　そのジャズが音樂の宣傳のために、比律賓のカルトン・ジャズバンドの一行が、初めて神戸に上陸した。

　純と美代子が、それを神戸一の映畫常設館、松竹座で聞いた

　移動する七色のライム・ライトの下で、日本人に似通った比律賓人が、身振り入りで、面白く樂隊に合せて唄った。

「在那邊，一定是吧。」

美代子指向的地方，有一群梳著辮子、穿紫色和服的少女，一看就知道是寶塚歌劇學校的學生們。

兩人花了不少時間才從當中找出眞綺子，闊別六年之後，純才見到了眞綺子。而在這六年之間，眞綺子變得既高雅又美麗，簡直教人快認不出來了。

　ティナティナ、マイテイテイナ、
　アイブビンフロム
　パレステイナ、
　ツウロンドンアンド
　ペルー、

　パンジョーを膝に載せた男もサキソフォンを持ち上げた男もみんなが足拍子を取って、始終愉快に演奏した。
　最後の「バレンシア」が終つて觀客席が序々に明るくなつて、幕が下りたとき、美代子が、
　「あら、真あちゃんが來てる？」
　「え？」
　「あそこんとこ、屹度さうよ。」
　指した所に、一樣にお下げにして紫の袴を着けた女の子の一團が居た。
　一見して、寶塚の歌劇學校の生徒達と判る。
　その中から真綺子を探し出すには、ずゐぶんと暇取った。
　何故なら、純が彼女に逢つたのは、實に、六年ぶりだつたしそれに、その六年間に、真綺子は、見違へるばかりに美しく洗練されてゐたのであつたから。

第二章（七）

那一年的十月。

日本的科尼島——純他們這麼稱呼的寶塚歌劇場裡，日本最初的歌舞劇《我的巴黎》隆重上演了。

那次公演是眞綺子初登舞台，扮演一名舞女。

從百人一首紙牌裡，模仿一首歌名叫「霜野白」之名。

純兄妹都去觀看了。

當然，眞綺子被分配的舞女角色，只是一個換幕之間補場的小角色而已，然而這個舞女的姿態卻在純的腦海中留下了深刻的印象。

從此以後，純跟眞綺子，不用說，開始了柏拉圖式的戀愛。

這場戀愛原本可以順利地進行的，沒想到當年二月純竟離家出走到香港，從此戀情無疾而終。

對於熱戀中的男女來說，「不見面」是最大的致命傷。而這兩個人正在這麼做。

而每逢有事，谷子的音容就強烈地銘刻在純的腦海裡，相反地，眞綺子可愛的舞孃姿容，正一天比一天淡薄中。

那麼眞綺子又如何呢？

難以忘記青梅竹馬之友、現在的戀人。

這個少女沒有收到來自純的任何音信，內心非常寂寞。

東洋人的美德——死心——這位少女怎麼也做不到。

走出華麗的歌劇場一步，她的腳就自然而然地沉重起來。

在家裡——唉，有那個討厭的女人隨便躺著。

眞綺子並沒有母親。

第二章（七）

その年の十月。

日本のコニー・アイランド——純たちがさう云つてゐる寶塚歌劇場で、日本初のレビュー「吾が巴里」が、華々しく上演された。

その公演に、真綺子が、初舞臺を踏んで、踊子に扮した。

百人一首加留多の中から、その歌をもぢつて付けられた「霜野しろき」と云ふ名で。

それを、純兄妹が觀に行つた。

勿論真綺子に振り當てられた踊り子の役は、ほんの場つなぎといってよい程の端役に過ぎなかつたが、純の頭の中に、此の踊り子姿は、烙き付けたやうに鮮明に殘つてゐた。

それから、純と真綺子の、云ふでもなく、プラトニックな戀愛がはじまる。

順調な此の戀愛の進行は、だが、今年の二月、純が香港へ家出をしてから、ハタと止つたかと思はれた。

戀愛してゐる男と女に取つて一番いけないことは、二人が逢はないといふことだ。

此の二人が、いま、さうなりつゝある。

純の頭のなかに、あの谷子の印象が事毎に強く刻み込まれて行くと反對に、真綺子のあの可憐な踊り子姿は、日にく薄れて行きつゝあつた。

その真綺子は？

幼な友達、そして現在の愛人を忘れ兼ねてゐる。

此の少女には、純から何の便りもないことが淋しいのだ。

東洋人の美徳とする——あきらめ——は、どうしても此の少女に

（原文遺漏暫略）

一天到晚，這個女人烈酒不離口。

喝酒、睡覺，酒一沒了就開始大聲哭叫：「沒有酒了！快拿酒來啊！」

這個女人完全是個酒精中毒者。

想不到這個女人竟是曾在丸大樓展現過精幹能力的達爾香的阿龍。

不過，這是事實。只有手腕上的刺青，證明了過去的榮光。

把那女人硬拉進來的，正是眞綺子的父親——讀者也已經知道的，可兒利吉。

某個春日，眞綺子前往坡上的教會。

乳木氏一個人正在挖著五、六坪的地，準備播植花種。

「您好。」少女打了招呼。

「啊，是眞綺子小姐。請進來吧。」

「那是什麼種子呀？」

「啊，這個嗎？這是雛菊啊。大概七、八月的時候會開花吧。開花的話可以給妳很多喔！」

然後乳木氏哈哈笑了起來。

「今天純、美代子都不在，妳特意光臨，有什麼事嗎？」

「沒有沒有，是因爲我來掃墓，所以順便過來這邊。」

但，這是謊言。

「啊，那麼——」少女對自己撒的謊，過意不去。

「請跟伯母問聲好……」她小聲地說。

「妳要回去了嗎？那麼遠來一趟，可惜他們不在家也沒辦法。只好請妳下次再來了。」

眞綺子突然想要實踐自己撒的謊言。

母親的墳墓離這裡不遠。說墳墓是名過其實，事實上只是

は出來ない。

　華やかな歌劇場を一歩出ると、彼女の足は、ひとりでに重くなる。

　家には──あゝ、又あの厭な女が寝そべってゐる。

　少女には母がないのだ。

　（暫略）

　四六時中、此の女は強いアルコールを、口から離さない。

　飲んで、寝て、アルコールがなくなると、ヒーッ泣き叫ぶ、

　「お酒がないぢゃないか。さあ早く持っといで。」

　この女は、完全なアルコール中毒患者であった。

　此の女が、かつて丸ビルで凄腕を揮ったダルジャンのお龍だとは思へない。

　だが、これは本當なのだ。腕の刺青だけが、昔の面影を今に殘してゐる。

　その女を引きずり込んでゐる父──讀者は既に此の父も知ってゐる。

　真綺子の父は、あの可兒であった……。

　春の一日。

　坂の上の教會を、此の少女が訪れた。

　乳木氏がたった一人、五六坪の土を鋤いて花の種子を蒔いてゐる。

　「今日は。」

　少女が聲をかけた。

　「あゝ、真綺子さんか。まあ、お這入んなさい。」

　「それは何の種ですの。」

　「あゝ、これかな、これは、シヤスター・デージー。七八月頃に咲くでせう。咲いたら上げますぞ、澤山。」

　それから乳木氏が、ハ、、、と笑った。

彰化學

一座寒酸的墓碑罷了。

少女在墳前跪下來祈禱。

墓碑周圍雜草叢生。不過，正因春天，一切顯得綠意盎然又生氣勃勃。

合掌的少女彷如古代宗教畫家所愛畫的姿勢。

閉著眼睛，想像這樣的場面，的確是一幅令人感傷的情景。

如果頭上有鳥兒叫的話，就是更切合題意的作品了……。

「今日は純も美代も居ませんがね、折角來て下さったが、何か用かな。」

「いゝえ、一寸お墓詣りに来たもんですから、」

だが、これは謊なのだ。

「あゝ、それや——」

少女が、自分の吐いた謊に氣を咎められてゐる。

「小母さんに宜しく……」

と小さく云ふ。

「もうお歸りかな。遠い所から來て貰っても留守じゃ仕樣がないな。ぢゃ、またいらっしゃい。」

真綺子は、不圖、自分の吐いた謊を實行する氣になった。

母の墓は此處から餘り遠くない。墓といっても名のみで、たゞ一基貧しい木標があるだけだ。」

その前に跪いて少女が祈りを捧げる。

木標の周圍はひどい雜草だ。だが、春だけに、綠色が生きくと新鮮だ。

掌を合してゐる少女。

昔の宗教畫家が、好んで描く様な姿勢……。

目を瞑ぢて、此の場面を描いて見たまへ。

これは確かに、一つのセンチメンタルな情景だ。

頭の上で、鳥でも鳴けば、もう一つ、此の場にふさはしく、出來上らうと云ふものだが……。

第三章（一）

在靠山的地方有神戶一流的飯店——東亞飯店。

在關東大地震之後，從東京跑到關西的有名作家，在其創作中如此寫道：「神戶街頭柏油路很多，但這是最漂亮的路。」

這就是從東亞飯店筆直到海岸的東亞路。

因爲山與海幾乎近在咫尺，神戶有很多斜坡，東亞路也是從山手往下通到海岸一條很舒服的坡道。

這裡不只是路好，也是外國人散步的好地方。

您不妨也試著在這條路上走一段看看吧。

應該會遇到穿著清爽衣服的外國男女三三兩兩地上下這斜坡吧。

裝模作樣地挽著胳膊的外國老夫妻、年輕美麗的未婚夫妻，臉上毫不寂寞、以及傲氣走著的單身者等。

眷戀異國的人們，至少暫時可以在此享受異國風情呢！

如果，更想沉醉在這樣的氛圍裡的話，那麼你就得在深夜快步往斜坡邁進。

到達東亞飯店時，右轉過去一點，偶爾還能夠聽到年輕男女的接吻聲。

不過，從這時候開始，也是牛鬼蛇身胡作非爲的時刻。

如果遇到了過分親暱打招呼的女人，「哈哈」地點一點頭，摸一摸口袋看看，假如有兩三張多餘的十圓鈔票，盡快地拉住那個女人的手吧。

「來，我們走吧！」

在一座很有氣派的宅院，使喚著兩個女傭的這種女人。

第三章（一）

　　山の手にある、神戸一流のホテル——東亞ホテル。

　　かつて、關東の大震災で、關西落ちをした有名な作家が、その創作の中で、斯う書いた。

　　「アスファルトの道路の多い、神戸の街の中でも、一番綺麗な道路……」

　　これが、東亞ホテルから真直ぐに海岸迄流れてゐる東亞ロードだ。

　　山と海とが殆ど目と鼻との間にあるだけに、神戸は坂が多いが、この東亞ロードも、山の手から海岸へ下るに氣持のいゝ坂道である。

　　たゞ道路が良いといふだけではない、此處はまた外人の散歩場でもある。

　　試みに、此の道路を一町ばかりも歩いて見給へ。

　　すっきりした衣裳を着けた外人の男女が三々五々、この坂を上下するのに逢ふだらう。

　　鹿爪らしく腕を組んだ老外人夫婦、若く美しい許婚者達、淋しくない樣な顔をしてツンと歩く獨身者、等々。

　　異國を戀ふ人達が、せめても暫し異境に居る氣持になれやうといふものだ。

　　若し、もっと、そんな氣持に浸りたいなら、夜更けて此の坂道をぐんぐんと上って行き給へ。

　　東亞ホテルに突當って、右へ少し行けば、偶には、若い男女の接吻の音も聞けやう。

　　だが此の頃からは、百鬼夜行の時刻だ。

　　猂々しく聲を掛ける女が居たら、ハハンと頷いて、懷中を探って

彰化學

（原文遺漏暫略）

如果沒有那個寶貝東西的話，那，很可惜，還是離開吧。這種時候，還是要老實講比較好：「今天沒錢，所以……」

「那麼，改天可以來嗎？有錢的時候，我把名片給你。」

那個女人大概會這麼說，然後把寫上地址的名片給你。

當然在這附近出沒的女人，絕不會接近沒錢的男人。若不是身穿流行的西裝、看起來很有錢的窮光蛋，她們會立刻端出年輕夫人或千金小姐的架子，對他們嗤之以鼻。

這些女人十個當中有八九個是船員的妻子，要不就是窮途末路的寡婦。

一年當中，船員丈夫只有十天或二十天左右在家，船員妻子要找到這麼好的副業是不必花什麼工夫的。

丈夫也可能正那樣摟著某個海港的某個女人吧。

關於這種事，海港現在還流傳的一個傳說。

那是歐洲航線的客船進神戶港的時候。

這艘船在海港只過一夜，隔天一大早就要啟航前往橫濱。

船員們於是有了一夜的自由。

就說這艘船的一個船員，他的名字姑且叫做A吧。

A如果趕快回到他那可愛的妻子身邊就好了，但是A因為好久沒有踏上這塊土地了，所以他這麼想：「難得上了岸，離開了這麼久，何不去好玩的地方看看？」

A叫住了沒精神的攬客車夫，命令對方說：「帶我去好地方。」

車子在深夜的街頭跑著，過了不久就停下來，車夫走進一間房子裡。

然後跟一個女人一起出來了。

「請進。」

A聽到這個聲音，輕輕地推開車篷的時候，看到男人的女

見給へ。

あり餘った十圓紙幣が二三枚もあれば、早速その女の腕を取り給へ。

「さあ、行かう。」

立派な門構へで、女中を二人も使ふこの種の女。

（暫略）

若し、その虎の子がなかったら、殘念ながら退却し給へ。さういふ時には、正直に話すことだ。

「けふはお錢がないんだよ、だから……」

「ぢゃ、いつか來ない？お錢のできた時に。あたしの名刺上げとくわ。」

さう云って多分、その女は番地入りの名刺を吳れるだらう。

もちろん此の邊に出沒する女は、けちな男は決して近づかない。流行の背廣でも着込んでたんまりと持って居さうな男でなければ、彼女達は、どこかの若奧樣か、御令嬢の樣に、つんと澄まして眼も吳れない。

これらの女の十中八九までは船員の妻君の內職か、でなければ、未亡人のなれの果てだ。

一年のうち、十日か二十日位しか家に居ない良人を持つ船員の妻が、こんなよい內職を探し出すのに、さう暇はかゝらない。

良人だって、どっかの港の、どっかの女を、あゝいふ風に抱くだらう、かういふ風に抱き緊めるだらう。だから……。

これについて、海港に今もなほ一つ話の樣に語り傳へられてゐる話がある。

歐洲航路の客船が、神戶へ入った時のことだ。

船は、一夜をこの港で過して翌朝早く橫濱に向けて出帆することになってゐた。

一夜の自由が、乘組みの船員達に與へられた。

人、看到女人的男人都訝異地說不出話來，原來那女人竟是Ａ的妻子。

　　題外話就到此為止，再一次回到東亞路吧。

　　剛好正是這種女人快要出現街頭的時候了。

　　有兩個男女從東亞路下來了。

　　「喂！你們在商量些什麼啊？」說這話的正是那個面熟的曾經帶著油吉的谷子！

　やっぱり此の船の船員で、假に名前をAとして置かう。

　Aの可愛いゝ妻の所へ早速歸ればよかったのだが、久しぶりで土を踏んでAは考へた。

　折角の上陸だ。久しぶりで面白い目に逢って見ようではないか。

　流してゐる朦朧車夫を摑まへてAが命じた。

　「良い所へ連れてけ。」

　車が深夜の街を走って、やがて停って、車夫が一軒の家の中へ這入って行った。

　そして女と二人で出てきた。

　「どうぞお入り、」

　さう云ふ聲に、Aがハラリと幌をかきのけたが、男を見た女も、女を見た男も、アッと聲を呑んだ。

　女はAの妻であった。

　廻り道はこの位にして、もう一度、東亞ロードまで歩いて行かう。

　ちゃうどこんな女がそろく街に現はれやうといふ頃だ。

　東亞ロードを下りてくる二人の男女があった。

　「さあ、どんな相談なんだらうね？」

　かう云ったのは、確か、見覺えがある、油吉を連れた谷子に違ひない。

第三章（二）

從東亞飯店到海岸的路上，有三條穿過大街的鐵路。

第一條是從大阪神戶電車快車終點站上筒井前往須磨的市營電車山手線，第二條是東海道線的鐵路，再走一個町段左右又有一條鐵路，這就是神戶市的第一條市營電車鐵路榮町線。

頭一段到山手線是所謂神戶的山手地帶，過了這條鐵路後的東亞路，是以外國人為主要客群的商店街。

陶器店、販賣日本式號衣，在上衣下擺有淡白色櫻花花樣的和服等店、珍珠店。

還有，帶女人進去的那種外國小旅店式的山坡飯店。

把鏡子和佛像陳列在櫥窗的古董店、古貨幣店等。

在這斜坡的山腰，有中國人同昌所經營的古貨幣店。

店主同昌是將近五十歲的胖男人，看起來似乎有點遲鈍，但是對非法勾當卻很有手腕，大概只要是壞事都做盡了。

從陳列在櫥窗的古貨幣來看，就很可疑了。可說一半以上的古貨幣都是同昌偽造的。

不只這樣，有很多男女頻繁出入同昌的店。

這些人把拿來的物品換成現金。

有時候聚在一起擲骰子，押骰子寶。

厭煩了之後，就抽一下鴉片，也是格外舒服的。

同昌開的就是這樣的店。

今晚好像早一點關了門，他們一家好像都去了什麼地方似的，然而事實並非如此。

這個家到底出了什麼事？……（原文遺漏暫略）

那時候，拜託莫洛若夫從江戶大樓把失業外國人帶過來。

第三章（二）

　東亞ホテルから海岸迄に、その大通りを横切る線路が三線ある。

　　一番最初の線路は、大阪神戸急行電車の終點上筒井から須磨まで行く市電の山手線で、その次は、東海道線の鐵路、それから一町許り歩いて又線路があるが、これが神戸市の最初の市電線路で、榮町線だ。

　　最初山手線迄が所謂神戸の山の手地帶で、此の線路を越えてからの東亞ロードは、外人相手の商店街だ。

　　陶器店、日本趣味の法被上衣裾に白く櫻模樣を暈した紋付衣服等を賣る店、真珠店。

　　さては、女を連れ込む外國の木賃宿と云った風のヒル−サイド・ホテル。

　　鏡と佛像を飾窓に陳列した骨董品商、古貨幣店、エトセトラ

　　此の坂道の中腹に、支那人同昌經營の古貨幣店があった。

　　店主の同昌は、五十近い脂ぎった男で、いかにも鈍感らしく見えたが、暗い方の仕事にかけては至って銳敏で、凡そ悪いことなら大抵はやってのけた。

　　飾窓に列べた古貨幣店からしてすでに怪しいものなのだ。その半ば以上は同昌の手に成ったまやかしの古貨幣といってよい。

　　そればかりではない。

　　同昌の店には大勢の男女が出入する。

　　これらの男女は、持って來た品物を。金に代へて行く。

　　偶には集って骰子を轉ばして丁半をやる。

　　それに飽きれば、阿片の一服は又格別といふ譯だ。

　　そんな同昌の店。

然後把他們裝扮成紳士。這樣也是也許一種方法呢。」

同昌這麼說。

「嗯，那很好。但是，『毛唐』會同意嗎？」

雖然年輕，但是不像中國人相貌凶惡的東泰歪著頭說：「事在錢為、事在錢為！」

同昌落落大方地點了點頭。

「那麼，一張要多少錢？」插嘴的人是油吉。

「一張兩圓怎麼樣？」

「兩圓喔，原來其他八圓是工錢囉？」

「不錯吧？不過，每個人非要收購二十張以上，否則就很為難了。」

「二十張以上？」這時開口的人是谷子。

「那可要考慮一下了。」

「為什麼？」

同昌把有谷子兩倍大的脖子遲鈍地轉向她。

「什麼為什麼，你想想看，假設我買了那二十張，那其中有幾張能順利賣出去呢？能賣出個三四張就不錯了，你也知道過不了多久警察就會有反撲動作的。」

「那就看谷子小姐的本事和膽量了，不是嗎？」

「那當然！我會把我買的部分乾淨利落地使用給你看，但是這種……」

她指著油吉說：「有很多笨手笨腳的男人，就像油吉這傢伙，大概連一張都用不出去吧！」

同昌露出不悅的神色沉默著。於是谷子站起來說：「老闆，抱歉！這種事我還是不做為妙。油吉，我們走吧。」

同昌叫住就要離開的谷子和油吉。

「谷子小姐，妳這樣未免太不講義氣了，以往妳拿來的東西，我可是跟妳買了不少呢！」

　今夜は、早く店を閉ぢて、家の者は皆どこかへ出掛けたらしい様子だが、さうではない。

　今、此の家の中では、何事か……(暫略)

　い、その時は、モロゾフに頼んで、江戸ビルから失職外人を連れて來る。其奴等を紳士に仕立てる。といふのも一つの方法かも知れん。」

　かう云ったには同昌である。

　「うん、それはよい。けど、その毛唐がうんと云ふかな。」

　と、若い、だが支那人らしくない、人相の悪い東泰が首をかしげた。

　「金次第、金次第」

　同昌が鷹揚に頷いた。

　「で、一枚どの位に買ふんで？」

　と傍から口を出したのは、やはり此處に集ってゐた油吉だった。

　「一枚二圓でどうだ。」

　「二圓でね、すると後の八圓がその手間賃てわけか。」

　「悪い話ぢゃなからう。その代り一人當り二十枚以上引受けて呉れんと困る。」

　「二十枚以上？」

　とはじめて口を開いたのは谷子だ。

　「そりゃ少し考へ物だね。」

　「どうして？」

　と同昌が谷子の二倍もありさうな首筋を鈍重に彼女に向けた

　「どうしってって、考へてもごらんな。例へばあたいがさ、その二十枚を買ったとして、さて、そのうち、何枚が巧く行くか、まあ、せいぐ三四枚も使へりゃ良い方さ、そのうちに、警察の手が廻るのは知れたことさ」

　「そこは谷さん、あんたの腕次第、度胸次第ぢゃないか。」

聽完這話，谷子回過頭說：
「那又怎麼樣？不要說那些五四三了！」
然後，哈哈哈地笑了。

「そりゃ、あたいは買ったゞけのものは見事使ってみせるさ。所がこんな──」

と油吉を指して、

「こんな不器用な男も、こん中にゃ随分と居るんだから。まあ油吉なんかにゃ、一枚だって使へやしないよ。」

同昌が苦り切って默り込んだすると谷子が立上って、

「おやゞ、あたいは折角だけどこの仕事は斷るよ。油吉、歸らう。」

歸りかけた谷子と油吉を、同昌が呼び止めた。

「谷さん、そりゃ少し義理が惡い。今までに、あんたの持ってきた物品は、ずゐぶん買った筈だ。」

それを聞き終ると、谷子は振り向いて、

「だから、どうなんだい？變なことは云いっこなしにしようぜ。」

そしてハ……と笑った。

第三章（三）

「聽妳這麼說，好像被照顧的人只有我，但我可不這麼認為，我們把東西拿來賣，你也才能夠做生意，不是嗎？就像上次的寶石一樣，你不也什麼都沒做就賺了兩三百塊嗎？從比例上來講，你划算多了嘛。東西拿到你這裡來，我可是很辛苦呢，你那麼想跟我算人情的話，那以後我不會再拜託你了。另外還有兩三個人，可是低下頭請求我賣給他們呢！反正我要拒絕參與這件事，你們儘量不要鬧，好好幹吧！」

谷子臉不紅氣不喘地說完這麼長長的一串台詞。

谷子還是紫團團員時，就大略練習過這樣的開場白：「敝人，生在關西、關西攝津的神戶──」

這種拘束呆板的口吻，也是跟歌野八百子重複好幾次學來的呢。

現在，谷子不斷地回想當時的往事。

從那以後，經過了漫久的歲月。

現在，當時的女團長已是實力雄厚的帝西電影株式會社的人氣女演員呢。

那麼，當時游隼的俊平少年呢？

那個敏捷的青年，一直到兩三年前，還是很高人氣的男演員，卻突然下落不明、完全不見蹤影，不知道在什麼地方幹什麼呢！

谷子忽然回想自己的事來。

（原文遺漏暫略）

谷子周圍瀰漫著險惡的氛圍，怒目而視的東泰憤憤不平，而同昌也不客氣地說：「谷子小姐，妳確定要這麼做嗎？妳今

第三章（三）

　「だってさうぢゃないか。お前さんの云ふことをきいてると、お世話になった方は丸であたいの方ばかりの様に聞えるけど、あたいはさう思っちゃゐない。あたい達が品物を持ってくるんで、お前さんの方も商賣になるんぢゃないか。こないだの寶石にしたって、お前さんはじっと坐ったまんま、二三百の金を手に入れてっぢゃないか。割から云や、お前さんの方がずっと良いやね。お前さんとこへ持ってくるまでにゃ、随分とあたい達も苦勞してんだから。それほど恩に着せたがるんなら、これから何もお前さんに頼みゃしないよまだ他に向ふから頭を下げて賣って呉れってのが、二人や三人はあるんだから。兎も角この仕事は、まあお斷りだ。せいぐ暴れないやうに上手にやんなよ。」

　長々としたこんな科白を、谷子はすらくと云ってのける。

　かつて紫團員だった頃に、彼女は一通りこんな口上の稽古をしたものだ。

　「手前、生國は關西でござんす關西は摂津の神戸でござんす──」

　こんな切り口上も、あの歌野八百子から、何度も繰返し教へられたものなのだ。

　今、谷子は、その頃のことをひしくと思ひ出す。

　あれから随分の年月が經つ。

　今では、あの女團長は、押しも押されぬ帝西キネマの人氣女優だ。

　そしてやっぱりあの頃の隼の俊平少年は？

　けれど、此の敏捷な快青年は二三年前迄の素晴らしい映畫界の人氣を、今は影も形も失ってどこにどうしてゐるのであらう？

天講的話──」

「講的話怎麼了？」

谷子重覆了這話：「別說廢話！我沒什麼話不能說，我對我的左手小指發誓！」

然後默默地推著油吉走出房間。

走在柏油的路上，谷子仰望天空，在深夜的藍天裡，月亮顯得更加蒼白。

而跟谷子相反一直低著頭沉思的油吉，突然往上看了。

「姊。」

「……」

油吉仍然無言地向上看。

「如果是以前的谷子姊的話，對那麼好賺的工作八成會高興地撲過去吧。」

「以前是以前啊，不過，要是淪落到僞造假鈔的地步，那同昌也完了，腦袋差不多秀逗了吧？！」

「咦？」

「這麼說，你想做那麼卑鄙的工作嗎？」谷子怒形於色。

「不，我什麼也不……」

「那就好！最好不要做那種事！」

「是這樣嗎？」油吉有點依依不捨的樣子。

走到東亞路的盡頭，在飯店的前面左轉，兩個人不知什麼時候，來到了諏訪山公園的登山口。

這公園的另外一個名字叫「金星臺」。

園名的由來是因爲美國的天文學者曾在此努力研究過天文學問之故。爲了紀念此事，在公園的角落，豎立了用英文刻成浮雕的紀念碑。

有無金星不得而知，但因爲這裡是高崗，能夠一目了然地瞭望神戶整個街市。

ふと谷子は、こんどは我が身を振返ってみる。

（暫時省略）

その谷子の眼の前には、険悪な空気が轟々と渦巻いてゐる。

下から凝乎と睨みつけてゐる東泰。

それからこんな風に口を利く同昌。

「谷さん、あんたは、確かに、これを話す積りかな？話すと──」

「話すと？」

それを繰返して谷子が、

「馬鹿云っちゃいけない。憚り乍ら谷姉さんだ。左の小指にかけて誓はあね。」

それから黙って油吉を押して部屋を出た。

アスファルトの道路に出て、打ち仰ぐと、胸のすく様な青空に、月が蒼白い。

谷子とは反対に、下を向いて考へ込んでゐた油吉が、突然、顔を上げた。

「姉さん、」

「……」

無言で顔を向ける。

「昔の姉さんならあんな仕事には喜んで飛び付いたもんだがなあ。」

「昔は昔さ。だけど、贋造紙幣を作るやうになっちゃ、同昌もお終ひだね。そろく焼きが廻って來たのかなあ。」

「へえ？」

「といふと、お前、あんなけちな仕事がしてみたいのかい。」

谷子が氣色ばんだ。

「いや、俺あ、何も──」

「そんならいゝけど。まあくあんな仕事は止すに限る。」

「さうかなあ、」

在那登山口微亮的燈光下，谷子突然停下來了。

「哎唷！」她輕輕地發出驚訝聲。

她的眼睛正注視著電線桿上貼的紙片。

と油吉はまだ未練があるらしい。

東亞ロードを上り切って、ホテルの少し手前で左に折れて、いつの間にか、二人は諏訪山公園の登り口に來てゐた。

此の公園は、もう一つの名を金星臺といふ。

その理由は、かつて亞米利加の天文學者が金星の研究に不亂な努力を此處で續けたことがあるからだ。

それを記念して、公園の一隅には、英文を浮彫にした石碑が建ってゐる。

金星はいざ知らず、此處は高台だけに、神戸の市街が、一目にして瞭然と見渡せる所だ。

その登り口の、ほの明るい電燈の下で、谷子がはたと立止まったが、

「おや！」

と輕い驚きの聲をあげた。

その瞳が、じっと、電柱に貼られた紙片に注がれてゐる。

第三章（四）

> 星期天禮拜大會
> 佈道者：乳木牧師
> ××教會

不過是簡單的幾行字，谷子的心卻揪了一下。

谷子好不容易才轉開視線問道：「明天是星期天嗎？」

「是的。」

油吉看了谷子的表情一眼：「谷子姊，妳怎麼了？」

「沒什麼，只是偶然看見這個東西，我想明天去教會看看。」

「嘿！那種地方，無論如何還是不要去比較好吧？」

「哼！」谷子冷笑著：「偶爾聽人說教也不錯啊！」

「不要、不要，最近谷子姊真的有點怪怪的！」

谷子對這話並不反駁：「也許吧。油吉，我最近不再像以前那樣有膽量了！」

谷子的肩膀無力地垂下來，深深地嘆了口氣。

「那是因為這裡有位叫乳木氏的牧師，說起來他就是原因呢。」

「咦？」

「我還沒有跟你說過……那已經是五、六年前了，不，」谷子想了一下：「小支那十三或十四歲的時候，是四、五年前吧，當時我在鐵路旁的屋子賺錢的時候，有一個晚上，在帶男人進場時遭到了警察臨檢，那事你知道吧？」

「（原文遺漏暫略）……寄住在我家……如果我離開的

第三章（四）

日曜禮拜
講話乳木牧師
××教會

　これだけの簡單な文言に過ぎないのだが、谷子の胸にこれはギクリと應へた。

　やっとそれから眼を放して、

　「明日は日曜だったっけね？」

　「え、さうで、」

と谷子の表情をチラリと見て、

　「何うしたんです姉さん、」

　「何でもない、たゞ、今ふとこれを見て、明日は一つ教會へお説教でもきゝに行かうかと、さう思ったんだがね。」

　「ちえッ、そんなことなら、まあく、止した方がいゝですぜ。」

　「ふん、」

と鼻で笑って、

　「だけど、偶にはお説教をきくのもいゝもんだよ。」

　「厭だ、厭だ、この頃は、姉さん、本當にどうかしてますぜ！」

これには逆らはないで、

　「さうかも知れないよ。油吉、あたい、このごろはもう以前の様な度胸は、どっかへ素飛んだ形だよ。」

　がくんと肩を落してあゝっと深い溜息を吐く。

　「それといふのが、こゝにある乳木って牧師さんだがね、これがまあ、元と云へば元さ。」

話，姑且不論你會如何，但是我覺得小支那很可憐……被揪到警察局的路上，心裡不知道有多焦急呢！」

「不過，那種事繳個罰款不就了事了嗎？」

「笨蛋！繳得起罰款的話，就用不著擔心了，那時候很不景氣，每天三餐都有問題了！」

「妳這麼一說，我好像也記起來了……」

「我被揪到警察局去，以為自己完蛋了，不過，那時候幫我繳罰款、把我平安從警察局救出來的人，就是乳木牧師。」

谷子嘆了一口氣後，又繼續說：「從那之後，就再也沒見過他，仔細一想，托他的福，小支那還有你才沒餓死，不是嗎？」

「原來如此啊──」油吉懇切地點了頭。

現在乳木氏的身影生動地湧現在谷子的腦海裡。

同時，最近和谷子一塊兒從香港回來的乳木純的形影──因為這是最近發生的事，所以更鮮明地浮現出來……。

「不過，」谷子仍然繼續說著：「不只這樣，說出這樣的事雖然有點奇怪──」

兩人踏著石板路，走到公園的廣場。

「へえ？」

「お前にはまだ話したことがないけど……もう五六年も前、いや、」と一寸考へて、「支那ちゃんが一三か四だったから、やっぱり四五年前かなあたいが鐵道側の變な家で稼いでゐた時のことだけど、……或晚、男を連れ込んでる現場へ踏み込まれてさ。それはお前も知ってるだらう。」

「……(暫略)んであたいの居候だったし……あたいが居なくなりゃ、お前は兎も角もさ、支那ちゃんが可哀想だと思ってさ……どれだけ、引っ張られて行く途中で氣を揉んだか知れやしない。」

「だけど、そんななあ、罰金で濟むんぢゃないのかな。」

「莫迦！罰金が出せる位なら、心配しやしないよ。何しろあの頃はひどい時化標で、三度のおまんまが碌に喉を越さない位だったんだから、」

「さういふとそんな氣もするけど……」

「警察まで引っ張られて、もう駄目だと思ったけど、そこへ來て、あたいの罰金を拂って呉れて、兎も角無事に、厭なとこから出して呉れたのが、此の乳木って牧師さ。」

そこで息を入れて、谷子が又話しつづける。

「それから一度も逢はないけど考へて見りゃ、此の人のお蔭で支那ちゃんもお前も、餓死しないでそんだって譯ぢゃないか。」

「成程ね――」油吉はしんみりと頷いた。

……谷子の記憶の中に、今乳木氏が生きくと浮んでくる。

それと同時に、香港からの航路を共にした、乳木純の面影も――これはつひ最近のことだけに、一層鮮明に蘇ってくる……

「所がさ、」と谷子が尚も話し續ける。「話はそれだけぢゃないんだよこんなことを云ひだして、變だけど――」

二人は、石疊を踏んで、公園の廣場へ出た。

第三章（五）

能夠俯瞰山下萬家燈火的街頭。

市內電車時而發出青白色的火焰，在夜深人靜的街上穿梭。

電車轟隆轟隆的震動聲傳到這裡來。

明亮燃燒著的南邊天空，是神戶的淺草、湊川新開闢的市區。

模仿了地震前淺草一二樓的神戶鐵塔，被天鵝絨肥皂的廣告燈照得明亮而聳立。

越過眼前街市的另一邊，白天能夠眺望到紀州半島與淡路島一帶的海，但現在只能看到海港中漂浮的船隻燈火，像遍布的星星般閃耀，連船的影子都看不到。只是隔著黑暗，汽笛的聲音，微微地顫動著，緩緩地傳遞過來。

大略張望了街市的谷子，將視線停在那裡說：「這次從香港回來的時候，在船上認識一個男孩，才剛從國中畢業，他就是乳木牧師的兒子。」

「他有十八、九歲吧？」

「嗯，好像是十九歲吧！」

「我知道那個男孩啊。不，也許認錯了人。那個谷子姊跟可兒一起出來前，好像還被刑警帶著——」

「嗯，那就是他了。我記得的確是那個牧師來接他的。」

「聽妳這麼說，好像有那樣的人吧！」

「那個男孩仔細地問我家在哪裡、做什麼工作。但我們不能說出來吧。……（原文遺漏暫略）……沒多久他也會知道我們是幹什麼的，如果他真的墮落下去，那我豈不是恩將仇報了

第三章（五）

燈の這入った街々が眼下に見おろせる。

時々、市電が、青白い火をボッと上げ乍ら、寝静まった街を走り抜ける。

その響音がゴーッと此處まで聞えてくる。

明るく空の燃えてゐる南の方角は、神戸の淺草、湊川の新開地である。

その淺草の震災前の一二階を真似た神戸タワーが、ベルベット石鹼の廣告電氣で、明るく高く聳えて見える。

眼の前の街を越えた向ふは、昼ならば、紀州半島と淡路島を浮かせた海が眺められるのだが今はたゞ、港に浮んだ船々の燈が、撒いた星の様にチラく光る位で、その船の姿も見えず、たゞ闇を隔いて、氣笛がボーッと微かに顫へながら聞えて來る。

街を一通り見廻した谷子の視線が、そこで停って、それを見詰めた僅、

「こんど香港から歸たとき、船の中で知り合った、まだほんの坊ちゃんで、中學校を出たばかりの年頃の人なんだけど、それが乳木って人の息子だったって話なのさ。」

「ぢゃ、十八九で？」

「あゝ、九とか云ってたっけ。」

「その子、知って、ますよ。いや違ふかも知れないが、ほら、姉さんが可兒と一緒に出て來る少し前に、やっぱり刑事らしい男に連れられて──」

「うん、ぢゃ、それさ。確かその牧師さんが迎へに來てた筈だけど。」

彰化學

嗎？」

「嘿！不難想像，結局應該就是這樣吧。」

「所以，我始終沒有說什麼就跟他分手了，事情就是這樣。」

「原來如此。」

「因為這樣，剛剛我一直沉思不說話。今晚同昌說的提議，雖然我覺得還可以，但說實話，我已經一點都沒有做那種事的膽量了。」

「谷子姊會那麼說也沒辦法啊，我們能做的只有這種工作了……那麼，姊妳另外有找到好的工作嗎？」

「就是嘛，這次帶回來的寶石還剩一個，如果能夠想辦法把它處理掉的話，至少可以籌出酒吧的資金……除此之外，也沒有別的東西可以帶去同昌的店，可是又不想去同昌的店，你有沒有什麼地方能依靠的？」

說到這裡，谷子向油吉轉過身來，不過，油吉也好像沒有什麼地方可去：「不知道。」

兩人挽著手臂，沉思起來了。

這時候，兩個前面的草叢沙沙地搖晃，那不是被風吹發出的聲音，而是從那裡站起了一個男孩，那男孩說：「阿姨！」

他這樣招呼了谷子。

さう云や、そんな人も居たやうで」

「その子がさ、あたいに、家を教えろとか、何商賣だとか、くはし
く訊くのさ。だけど、云へやしないぢやないか、そんなこと……（暫略）
のうちにゃ、あたい達の變な職業も知らうし、若し墮落でもしやうもんな
ら、それこそ、恩を仇で返す樣なもんぢやないか。」

「まあ、さうなるのが落ちでせうな。」

「だから致頭云はずじまひでお別れさ、とまあこんな話なのさ。」

「成程ね。」

「そんあことで、すっかり、あたい考へ込んぢやったんだよ。今夜
の同昌のあの話にしても、満更わるい氣もしなかったけど本當のことを
云や、もうあたいにゃ、あんな仕事をやる度胸なんか少しもないよ。」

「そんなこと云ったって姉さん仕樣がねえや。これしか俺達にや
する仕事はねえんだし……ぢや、他に、姉さん、いゝ仕事でも見つかっ
たんでんで……」

「さあ、それさ、今度持って歸った寶石がもう一つ殘ってるからそ
れをどうにか處分できたら、酒場の資本位は出來るんだけど……同昌
にはあゝいったものゝ他に持って行く當てもないし、といって同昌のとこ
ろへ行くのは厭だし、お前、どっかに當てはないかい？」

とこゝではじめて油吉の方へ向き直ったが、油吉にもその目當が
ないらしく、

「さあね、」

と仰々しく腕を組んで、考へ込んだ。

考へ込んだ二人の前の草叢が此の時ざわぐと揺れたが、それは
風に鳴る草の音ではなく、その中から立ち上ったのは一人の男の子
で、その子供が、

「小母さん、」

と谷子に呼び掛けた。

第三章（六）

　　正在商量壞事的兩人，根本沒想到有個小孩會躺在草叢裡，由於事出突然，兩人大吃一驚，還禁不住倒退了，但知道對方只是個屈指可數的小孩後，才鬆了一口氣。

　　「你是誰啊？」谷子張望週遭了，嚴厲地問：「剛才阿姨說的話，你……」

　　少年從草叢中跑到廣場上來了。

　　「你全部都聽到了嗎？」谷子又問。

　　「嗯，我假裝睡著，全都聽到了！」

　　谷子突然抓住少年的手腕。

　　「好痛呀！」

　　少年為了甩開谷子的手苦苦掙扎，但谷子緊抓不放。

　　「放開我！我告訴你們一件好康的。」

　　「沒問題嗎？」谷子轉身看油吉。

　　「應該沒問題吧，就算跑了也會追回來的。」

　　谷子終於把抓緊的手放開了。

　　於是，少年用食指做了個鉤狀給他們看：「妳是這個嗎？」

　　「笨蛋！」谷子罵了他一頓，卻對那動作忽然露出微笑。

　　「說實話吧，那麼我就告訴你一個不錯的地方。」

　　「什麼不錯的地方？」

　　「你們兩個剛剛在講的，帶東西去賣的地方啊。」

　　「咦？你知道啊？」谷子不由得著急了。

　　「我知道啊。」少年得意洋洋地笑了。

　　「欸？告訴我，在哪裡啊……（原文遺漏暫略）

第三章（六）

　　悪い相談の最中で、それにこんな子供が草の中に寝轉んで居やうとは元より知る筈もなく、それが餘りに不意だった゛けにどきりと驚いて二人は思はず後退したが、相手が手の指だけで數へられる位の子供と知って、吻と息がゆるんだが、

　「何だい、お前は？」

　と谷子があたりを見廻して、屹と訊ねた。

　「小母さんが今云ってた話、」

　云ひかけて、少年が、草の中から廣場へとびだした。

　「お前、みんな聞いたのかい？」

　「うん、寝たふりをして、みんな聞いちゃったい。」

　谷子がいきなり、少年の手首を摑んだ。

　「痛いぢゃないか！」

　と少年がその手を振放さうともがいた。が、谷子がしっかりと摑んだま゛放さない。

　「放してよう、良いことを教へてやっから。」

　「大丈夫だらうね。」

　と谷子が油吉を振返った。

　「大丈夫でせう、逃げ出せや追っかけたって知れてらあ。」

　谷子がやっと手首を摑んだ手を放した。

　すると少年が、いま放された手の人差指で鍵形を作って見せて、

　「お前、これなのかい？」

　「馬鹿！」

　と谷子が叱りつけたが、その仕草にひょいと微笑が浮んだ。

　「本當のことを云へよう、そしたら良い所を教へてやらあ。」

「只不過是個小混混，賣弄小聰明的傢伙。我給你十圓吧，一張十圓鈔票。」

「眞的嗎？」少年張大的眼睛炯炯發亮。

「是眞的！」谷子加重了語氣。

「不要那麼多啦。現在鈔票不好用，還不如給我兩分錢的硬幣吧，嗯……給我兩個吧！」

「哎唷！」谷子與油吉面面相覷地笑了。

「不貪心的小孩，那麼給你三個吧。」

「謝謝你唷！」少年徹底地賣弄小聰明。

「你沒有在說謊吧？」油吉難以相信少年所說的話。

「那當然囉，你是這個女人的囉嘍吧？不要在旁邊插嘴！」

少年因爲被懷疑，生氣地鼓起腮幫子來。

「好了好了，我知道了。不過，你怎麼知道有那樣的地方呢？」

「我嗎？啊，我也有時候要賣點東西呢！」

少年跟谷子講話的時候很高興。

「谷子姊，不行啦，那一定只是以小孩爲對象、買賣些亂七八糟東西的地方啦。」

「這……」谷子歪著頭問少年：

「那裡是像你一樣的流氓去的地方嗎？」

「不是啊！」少年立即搖頭：「大概只有我跟八公是小孩，其他都是大人啊！」

「是嗎？」谷子點了頭。

「你們現在就要過去嗎？」少年好像打算要現在就帶路。

「今晚不行。明天晚上可以帶我們去嗎？」

「嗯，好啊！那麼，八點左右我會在新鐵塔那邊等你們。」

「良い所って？」

「さっき二人で云ってたろ、品物を持って行く所さ。」

「え、お前知ってんのかい。」

と谷子が思はず急ぎこんだ。

「知ってるよ。」

と少年が誇らかに笑った。

「お？、教えて、どこだい、そ……(暫略)

「チンピラの癖に、こまっちゃくれた奴。十圓呉れてやるよ、十圓札を一枚、」

「本當かい、」

と少年が眼を丸々と輝かせた、

「本當さ、」

と語尾に力を入れる。

「そんな要らねえよ。たいち、お札ぢゃ、費ひ悪くっていけないよ。それよか、二分玉をさうだな、二箇呉れよ。」

「おや、」

と谷子が油吉と顔を見合せて笑った。

「欲のない子だねえ、ぢゃ、三枚あげるよ。」

「有難いな。」

と少年はどこまでもこまっちゃくれてゐる。

「嘘ぢゃないだらうな、」

と油吉が少年の言葉を信じ兼ねた。

「當りめえよ、手めえは此の女の子分なんだらう。傍から口を出すねえ。」

少年が疑ぐられてぶっと脹れっ面をした。

「よしく、判ったよ。だけどお前、どうして知ってんだい、そんな家」

「俺か、あゝ、俺も、時々買って貰ふんだよ。」

と少年は谷子には機嫌が良い。

　　苦笑地聽著谷子與少年對話的油吉，拿出香菸來，喀嚓地點了火。沒想到那個未滿十歲的少年看了，竟伸出手來說：「老兄，也給我一根吧！」

　「姉さん、駄目ですよ、そりゃたかが子供相手のけいずかいなら。」

　「さあね、」

　と首を傾げて、今度は少年に、

　「お前の行く家ってのは、お前みたいなチンピラ許りが行くのかい？」

　「うゝん、」

　と言下にかぶりを横振にって、

　「俺みたいなのは、八公と俺位なもんだ。他はみんな大人だよ。」

　「ふうん、」

　と谷子が頷いた。

　「今から行くかい？」

　と少年が今からでも案内するつもりらしい。

　「今夜は駄目さ。明日の晩にでも連れてって呉れるかい？」

　「あゝ、いゝよ。ぢゃ、新開地のタワのとこで、八時頃居らあ。」

　谷子と少年の會話を苦笑しながら聞いてゐた油吉が、煙草を取り出してチッと火を點けたがそれを見ると、その未だ十歳足らずの少年が手を出して、

　「兄貴、俺も一本呉れよ。」

第三章（七）

「你，只是個小孩，居然還抽菸？」油吉感到十分錯愕！

「不要小看我，抽菸只是小事一樁！」

接過油吉遞過來的菸盒，少年竟說：「什麼？是蝙蝠！哼，抽這麼不值錢的東西喔！」

「不懂香菸味道的小鬼，還在這裡說大話？」

「這麼說是失禮了點，但要是連這點事也不懂還能幹嘛？」

少年從菸盒裡抽出一根來，好像自己有帶火柴，於是用手搜了搜口袋，找到了火柴便拙笨地點起了火，尖著嘴巴噗地吐了煙。

「原來如此，真不錯啊！但是你如果被警察發現的話，那可就慘囉！」

「沒問題啦！」

然後少年跟谷子說：「那麼，我先回去囉。明天晚上一定要來，可不能放我鴿子喔。」

「嗯，等一下！」

谷子想要遞五十錢銀幣給少年，卻被他撢掉了：「今晚不用，明天再跟妳拿。」

「別這麼說，拿去吧！」

「那我就不客氣囉！」

少年收了錢後說：「再見啦！」

他才開了步，但谷子又說：「等一下！等一下！明天你要帶我們去的地方，還做什麼別的生意嗎？」

「嗯，一六銀行啊！」

第三章（七）

「手前、子供の癖に、煙草を吸ふのかい？」
と油吉が呆れた。

「嘗めんねえ、煙草位吸はあ。」
油吉の出した煙草の箱を受取って、

「何だ、蝙蝠か、ちぇッ、けちなものを吸ってやがら。」

「煙草の味もわからねえくせに何云ってやがんでえ。」

「ポンく乍らだ、その位のことがわからなくてどうする。」

箱の中から一本取出して、燐寸は自分で持ってゐるらしく、ポケットを探って、見付けると不器用に火を点け、口を尖らせて煙をふーっと吐く。

「成程ね、うめえもんだ。だけど、お前、お巡りにでも目つかったら、ひどい目に逢ふよ。」

「大丈夫だい。」

それから谷子に、「ぢゃ、俺、歸らあ。明日の晩きっと來いよ、すっぽかしちゃ厭だよ。」

「あゝ、一寸待ちな。」
と五十錢銀貨を一枚少年の手に握らせようとしたが、その手を拂って、「いゝよ、今夜は。明日貰はあ。」

「まあいから取っときな。」

「ぢゃ貰っとかうかな。」と受取って、「あばよ。」

と歩きかけたが、谷子が「ちょっと、ちょっと、で明日お前に教えてもらふ家ってのは何か他に商賣をやってるかい？」

「あゝ一六銀行さ。」

「あゝさうか。それから、お前の名前を云っときな！」

「是嗎？還有，告訴我你的名字吧！」

「我叫小新。」

「小新？是嗎？好了，你走吧！」

「那麼，真的再見啦！」少年轉瞬間混入黑暗中，不見人影了。

油吉說：「谷子姊也真是的！」

（原文遺漏暫略）

「怎麼樣？」

兩人各自想著事情，陷入沉默了。

過了一會兒，谷子說：「如果事情進行順利，我要改邪歸正，你也該洗手不幹了。」

「問題又嚴重了！」油吉默默地笑著。

「不是開玩笑的，是真心話，這也是為了支那子……」谷子是真的這麼想的。

至少要讓被朝子委託的支那子過幸福的人生。朝子與自己都過得太不幸了。

忽然想起了有關朝子的種種回憶，谷子心中不由得百感交集。

看到谷子突然轉變的表情，油吉驚慌了起來：「谷子姊在發什麼呆啊？」

谷子焦急地想要克服突如其來的寂寞。

「妳怎麼了？谷子姊怪怪的，我們趕快回家……」

她打斷說：「回家？還不如在這裡，來！油吉，抱我吧！」

谷子全身充滿了強烈的興奮與激動，猶如火球一般的熱情，衝向呆立的油吉懷裡，她乾燥的嘴唇強烈地渴望男人的吻。

「新ちゃんって云ふんだよ。」

「新ちゃんだね。もう良い、行きな。」

「ぢゃ、本當のあばよだ。」少年は忽ち暗闇の中へ紛れ込んで見えなくなった。

油吉が、「姉さんにも呆れたもんだ。」……（暫略）

「どうだかな？」

二人は勝手に別々のことを考へて、黙り込んだ。

暫くして谷子が「これがうまく行きゃ、あたいはもう堅氣になるのさ。お前もいゝ加減に足を洗ひな。」

「えらいことになったもんだ。」と油吉がニヤニヤ笑ってゐる。

「冗談ぢゃないよ。本當の話なんだよ。支那子のためもあるから……」谷子は本當にさう思ってゐるのだ。

朝子に頼まれた支那子だけは幸福な人生を送らせてやらう。

朝子も、自分も、餘りに不幸であり過ぎた。

ふとおもひだしたその朝子の記憶が、ひしくと谷子の胸に迫ってきた。

突然に變った谷子の容子に、油吉はどぎまぎしてゐる。

「何をぼんやりしてんだい、」

と谷子が、迫ってくる寂しさに、どうにかして打ち克たうと焦る。

「どうかしてますぜ、姉さん。家へ歸って──」

それをさへぎって、

「家へ？ふん、それよか、油吉野天さ、さあ抱いとくれ！」

谷子が激しい昂奮に身を燒きながら、つゝ立ってゐる油吉の胸の中へ、火の玉の樣な情熱となって飛込むと、その乾いた唇が、男の唇を烈しく求めるのだ

第三章（八）

湊川之歌，兩三首：

> 湊川的波面很快地滑過，連退潮時都混濁的梅雨季，
> 在日暮天未黑的湊江上，風飄蘆葉陣陣涼，
> 水門川上划來的夜船，連鹿聲也順風傳來，
> 湊川正不知夏天就要過去，卻是急忙流向淺灘的缺口。

湊川從前的這種面貌，現在是一點都看不到了。

很久以前，大楠公盡忠戰死的古戰場，現在是神戶的熱鬧街。

酒館、電影院、曲藝場、小吃料理店，在兩旁有這些店的柏油路，從前曾經是波濤滾滾的濁水流過的湊川的河床。

連作夢都沒想到，這裡就是曾經一度使這附近的福原妓館區，被捲進了水災的漩渦。

神戶的淺草、湊川新開闢的街市。

在那湊川公園的一角，巍然地聳立的摩天大樓——號稱東洋第一的塔的神戶鐵塔。

在那下面，有兩三個男孩，各自手中拿著木劍，正在扮演劍劇。

「再靠近就砍你！」

三個人這麼異口同聲，全身在注意四周的態勢。

「八公，你在那裡會被我砍的。」

說這話的是昨晚的少年小新。被叫八公的少年說：

「不要胡說，你才會被我砍，我是阪妻呢！」

第三章（八）

湊川の歌、二三首、

　　　湊川うは波早くかつこへて汐まて濁る五月雨の頃
　　　夕方のまた過ぎやらぬ湊江の蘆の葉そよく風の涼しさ
　　　水門川夜船こき來る追風に鹿の聲さへせと渡るなり
　　　湊川夏の行くとは知らねとも流れて早き瀬々の結して

　そんな昔の面影は、今の湊川には少しも見られない。
　その昔大楠公盡忠戰死の古戰場は、今は神戸の歡樂境だ。
　カフェと、活動常設館と、寄席と、手輕な料理店と、そんな店を兩
側にしたアスファルト道路が、かつては滔々たる濁水を流したといふあ
の湊川の川床だ。
　これが曾つて一度は、此の附近にある福原遊郭を、水難の渦に
巻き込んだなどゝは、夢にも想はれない。
　神戸の淺草、湊川新開地。
　その湊川公園の一角に巍然と聳え立つ摩天樓——東洋一の塔
と稱する神戸タワー。
　その下で、二三人の男の子が手にゝ木刀を持って、いま、劍劇の
真最中だ。
　「寄らば斬るぞ！」
　と三人が、口々にさう云って、四邊に氣を配ってゐる態よろしく。
　「八公、手めえ、そこんとこで俺に斬られるんだぞ。」
　と云ったのは、昨夜の少年新ちゃんで、八公と呼ばれた少年が、
　「馬鹿あ云へ、手めえこそ斬られるんだ、俺あ阪妻なんだぞ。」

「要是你是阪妻的話，那我是大河內傳次郎啊。」

於是另外一個人，不認輸地說：

「我是小百呢！」

「什麼嘛，小百，還不如阪妻強呢！」

這樣互相不肯讓步。

這樣過日子的街頭的小孩……（原文遺漏暫略）……小混混。

在公園的長凳、店的屋簷下，被太陽照得醒過來的這孩子們，臉洗都不洗地各自出去工作。要是冬天的話，去撿空草袋子，撿光的時候，就搜索垃圾桶。

這也只是限在早上，下午要闊氣一下看電影。

他們當然是不會付入場費的，服務員說：「小混混！」

被大聲斥責的時候，他們敏捷地鑽過她的腋下，很快就混入看台了。

看完了電影後，他們絕不會空手出來。

把空瓶子換成二錢或三錢的現金，然後計畫買點心吃呢。

所以他們都喜歡看電影，所以現在也是三個人一起玩　劍劇遊戲，來到這裡聚會為的就是等谷子和油吉。小新看到他們　個，一直拿著木劍，一副像是教授劍術的表情，向他們倆個走過去。」

「晚安啊！」

全不像個小混混地低下頭：

「昨天謝謝你。」

對昨晚的五十錢銀幣，看來相當高興的樣子。

「現在可以帶我們去嗎？──」

谷子問了。

「好啊，馬上去吧。」

於是二話不說，站在兩個人的前頭開始走了。

「手めえが阪妻なら、俺あ大河内傳次郎だ。」
するともう一人が、負けぬ氣で、
「俺あ、百々ちゃんだい。」
「何でえ百々ちゃんなんか、それよか阪妻の方が強いぞ。」
と互ひに讓らない。
斯うして日々を送る街の子供、、チンピラ。
……(暫略)で送る。
　公園のベンチで、店の軒下で照りつける太陽に眼をさますと此の子供達は、顏も洗はずに、銘々の仕事に出掛ける。冬ならば空俵拾ひに、それがなくなれば塵芥箱漁り。
　それも朝のうちだけで、午からは活動見物と洒落込む。
　勿論木戸錢なぞ拂ふ筈がなくお茶子が、
「チンピラ！」
と呶鳴りつけたちきには、素早く彼女の腋の下を潛って、早くも見物席に紛れ込んでゐる。
　活動見物が終れば、彼等は、そのまゝでは出て來ない。
　空鑵を二錢か三錢の金に替えると、それで駄菓子を買はうといふ寸法だ。
　だから、彼等は皆活動好きでさてこそ、今も、三人で劍劇ごっこをやってゐたのだが、其處へ來合したのが谷子と油吉であった。二人を見ると、新ちゃんが木刀を提げたまゝ、まるで劍術の指南番といふ顏で、二人に近づいていった。」
「今晚は、」
とこんなチンピラらしくなく頭を下げて、
「昨日はありがたう。」
昨晚の五十錢銀貨がよくく嬉しかったものらしい。
「今から行って呉れるかい？──」
と谷子が訊ねた。

「別拿著木刀吧！」

谷子一邊笑著這麼說，雖然小新不答應，不過，自己也覺得似乎不好，於是使勁插在皺皺的腰帶裡，反而讓谷子覺得很好笑，不由得從內心笑起來。

這以後過了一個月左右，在三宮車站附近、在沿著鐵路的馬路上，谷子開起了小酒吧，但是連一個女服務員都還沒找到。

「誠徵女服務員」的紙片，被風吹得四處翻飛。

從這時候開始，在神戶到處開始頻繁地出現偽造的十圓鈔票。

「あゝ直ぐ行くよ。」

と受合って、二人の先に立って歩き出した。

「木刀はおよしよ、」

と谷子が笑ひ乍らいふとうゝんと受付けなかったが、流石に自分でも、持って歩くのがきまりわるいらしく、よれくの兵兒帶にグッと差し込んだが、それが却って谷子には可笑しく、ひとりでに笑ひが腹の底からこみ上げてきた。

それから一月許り經って、三宮驛近く、鐵道線路に沿った通りに、谷子の小さな酒場が出來上ったが、まだ一人の女給も居ず、

「女給さん入用」の紙片が、風に吹かれてくるくと舞ってゐた。

その頃から神戸のそちこちで、贋造の十圓紙幣が頻々と出始めた。

第三章（九）

也是當時的某個晚上。

在湊川新開闢的街市附近福原的茶樓酒館「夢・巴黎」。

福原在治承四年的時候，被如此歌頌：「拋棄花開的京城，風吹荒原的未來會有危險。」這裡曾經留下了平相國清盛的福原京的痕跡，現在卻成了妓院區，的確是紅燈籠的港口。

鱗次櫛比的房子，不只是出租的宴會會場，這裡亦是酒館的密集地帶，壓倒三絃的琴音，是到處入耳的流行爵士樂，唱得行人的腳步都亂了。

不過，年輕人即使穿得西裝畢挺，也不得不到這種酒館去吧。

剛好這時候，〈紅燈、藍燈〉的道頓堀進行曲風靡市井，在這酒館「夢・巴黎」也是如此，從方才就一直重複演奏同樣的進行曲。

早在一小時前，酒館裡就有兩個罕見的女客人，隔著一個包廂分別坐了下來。其中一個女人一副海量的模樣，才剛喝掉了第五杯艾酒，她好像終於受不了進行曲，站起來搖搖晃晃地走近留聲機，突然把那圓盤拿起來摔在地上。

不用說，這個女人一開始就遭人側目，因此對她這種行為客人十分不滿，所有人一起站了起來，開始隨便嚷，這樣的吵鬧卻使她更加興奮，隨手摸到了什麼就拿起來，使勁往地上猛摔。

（原文遺漏暫略）

「你竟敢打我？」女人摀著漲痛的臉頰。

「打妳又怎麼樣？」男人又要打一次，結果被人阻止了。

第三章（九）

　矢張りそんな頃の或る夜。

　湊川新開地に近い福原のカフェ・キャバレー、モン・パリで──。

　此の福原は治承四年の昔、

　「咲き出つる花の都をふり捨てゝ風吹く原の末そあやふき」

　と歌はれた、平相國清盛のあの福原京の名殘りをとゞめた處だが、今や遊郭地帶で、文字通り赤燈の港であった。

　　軒をちらねたのは、そんな貸席ばかりでなく、此處はまたカフェの密集地帶で、だから三絃の音を壓して、此の頃流行のジャズソングが、あちらからもこちらからもきこえて、行人の足を迷はせた。

　　だが結局若い者は、背廣の手前でも、カフェに足を延ばさなくてはなるまい。

　　丁度此の頃はあの「赤い燈、青い燈」の道頓堀行進曲が、市井を風靡してゐたが、此のカフェ、モン・パリでも、先刻から何度も同じ行進曲を、繰返しく奏してゐた。

　　もう一時間も前からカフェには珍しい女客が二人、ボックスを一つ違ひに一人づゝ腰を下してゐたが、その一人の方は女だてらに盛んな酒豪ぶりで、今五杯目の強いアブサンを呑み干した所だったが、それが、その行進曲に到頭たまりかねたといふ風に、立上って、よろくと蓄音機に近づくと、いきなりその圓盤を取上げて床に叩きつけた。

　　無論この女は初めから人々の注意の中心で、だからこの行為に客といふ客は總立ちになって口々と勝手なことを喚きはじめたが、その騒がしさに餘計この女は昂奮したらしく、手近の物を手當り次第に取上げてはガシャンと力まかせに床に叩きつけた。

　　（暫略）

　　兩人隨即被拉開，但雙方都很激動，為了要打對方拚命掙扎。

　　此時有個女人把狀況緩和了下來：

　　「好啦，回去吧，憑女人的力量怎樣也敵不過男人的！」

　　「妳以為我是誰啊，是誰？──」

　　她終於還是同意了，於是，為了結帳而拿出嶄新的十圓紙鈔，但是收了錢的女帳務員忽然沉下臉說：「假的！這是假鈔！」

　　果然，這十圓鈔票是製作精巧的假鈔。

　　結果鬧得更嚴重，這時坐在隔壁包廂正在喝紅茶和甜雞尾酒的另外一個女人說話了：「交給我處理可以吧？她都已經喝醉了嘛！」

　　「可是……」女帳務員才剛開口，那女人很快交給帳務員一樣東西，沒人知道是什麼東西。

　　「那麼，就請多關照了！」說完之後，那女人就把搗亂的女人帶出去了。

　　兩人來到人煙稀少的地方，帶人的女人說：「振作點吧，這不像以前的妳啊！」

　　被勸的女人用混濁的眼睛凝視對方。

　　「妳忘了嗎？我是是波士頓酒吧的谷子。」

　　「啊，是谷子姊！」

　　之前這兩個人還是死對頭，但不可思議的，現在這兩個人，互相用親密的眼神望著對方。

　　「妳現在過得怎麼樣？」谷子問道。

　　「我嗎？一直被可兒那個傢伙欺負！」

　　「哎！這我還是第一次聽說呢！」

　　「求求妳，帶我去妳的地方吧！」

　　「妳要來啊？那就來啊！」

「毆ったね、よくも、」
とその痛い頰っぺたを抑へる。
「毆ったがどうした？」
と男がも一度毆りに掛ったがでもかうなると屹度誰かゞ止め役に
出て來るものだ。
で二人は兩方に引き離されたが、二人とも亢奮して、どうにかし
て相手をと焦って腕く。
それを女の方から宥めて、
「な、もう歸んな、女の力で男に敵ひっこはないから、」
「あたいを誰だと思ってやがんだい、誰だと──」
それでもやっと承知して、さて勘定を支拂ふために取り出したの
が、手の切れさうな十圓紙幣だったが、それを受取った勘定係の女が
さっと顏色を變へて
「贋、贋札！」
成程、この十圓紙幣は巧妙な贋札だ。
そこで又々騷ぎが大きくなりかけたが、その時はじめて口を出し
たのが、一つ違ひのボックスに居て、紅茶と甘いカクテルとをちゃんぽ
んに呑んでゐた、もう一人の女で、
「こゝんところは、あたしに委してお呉れ、ね、何しろ、酔っぱらっ
ちゃてんだから、」
「でも、」
と勘定係の女が云ひかけたがその時素早くその女の手が動い
て、勘定係の手に渡したものがあったが、それを知ってゐるのは、遣り
取りした二人だけであった。
「そいぢゃ、まあ何分宜しく、」
さういって亂暴を働いた女を連れて外へ出た。
人氣の少ない所まで來ると、連れだした方の女が、
「しっかりしなよ、昔のお前にも似合はない、」

就這樣阿龍跟著谷子走了，從那天晚上開始住進了谷子家。

云はれた方が、どんよりした眼を据ゑて、相手を見つめてゐる。

「忘れたのかい、あたいを。ボストン-バーの谷子だよ。」

「あゝ、谷さんか、」

本來ならば、この二人は仇敵同志なのだ。だが不思議と今の二人は、互ひに相手を、親しみの眼で見てゐる。

「お前、今どうしてんだい？」

と谷子。

「あたいかい、可兒の奴に虐められ通しさ、」

「へえ、そりゃ初耳だ。」

「お願にだから、お前ん所へ連れてって、」

「來るかい、ぢゃお出で、」

お龍が谷子に連れられて、その夜から谷子の家へ──。

第三章（十）

這裡有幾件事情非交代不可，其中一件是乳木純到東京的事。東京是個巨大的磁鐵，它不斷地把所有人事物都吸引過來，而純也成了微小的鐵粉被吸過去了。

純從遠方凝望著東京的方向，嘟囔地說：「好！我一定成為了不起的人物！」

純坐的是從神戶開往東京的二三等快車，車停在三宮車站時，玻璃窗砰的一聲關上後，分離了九個月的谷子竟出現在純的眼前，她跟分手時一樣穿著那件銀色外套，身邊帶著一個少女。

「哦！」純情不自禁地叫出聲，谷子也看到了他，就朝窗邊快步走去。

「好久不見！你要上哪兒去？」她露出了微笑。

「東京。」純因輕微的興奮而紅了臉。

「哎呀，去東京喔！你變了很多，現在完全像個畫家呢！」

這時候，開車的鈴聲急切地響起。

「好不容易見了面，又要分別了。那你路上小心，多保重喔！」

「謝謝妳。」純輕輕地點了頭，不經意地看了谷子身旁的少女，少女好像從剛才就一直凝視著他，被發現後顯得驚惶失措，試圖要掩飾，但還是失敗了。

不用說，那少女就是支那子……（原文遺漏暫略）

列車要啟動了，谷子和純再次說了些離別的話，沒多久列車吵響了月台，駛離了車站。

第三章（十）

こゝに書き忘れてはならないことが二三ある。

そのひとつは乳木純の上京だ、大東京は巨大な一つの磁石だこれはあらゆる地上の存在物を絶えず吸収しようとしてゐる。

いま、純が、微細な鐵粉のひとつとなって、吸ひ付けられてゆく。

その大東京の方角を遙かに睨んで、純が呟いた。

「よし！俺は屹度偉くなってみせる。」純の此の門出を、吾々はその成功を祈りながら、見送ってやらう。

純を乗せた神戸發東京行の二三等急行列車が、三宮驛に停車した時だ。

窓硝子をバタンと落した純の眼に、九ヶ月振りのあの谷子の姿が、別れた時のまゝの銀色のオーバで、一人の少女を連れて映った。

「おゝ！」と思はず叫んだが、谷子もこちらを認めて、小走りに窓際に近付いてきた。

「お久し振り！何處へ？」と彼女は微笑み掛けた。

「東京。」と純は輕い昂奮にボッと赧くなった。

「まあ、東京へ！さういへばあんたずゐぶん變ったわね。すっかり繪描きさんらしくなって。」

だがこの時、發車のベルがけたゝましく、鳴きひゞき渡った。

「ぢゃ、お別れね、折角逢っても。氣を付けて行ってらっしゃい。」

「有難う。」輕く頭を下げて、ふと連れの少女の方を見たが、少女は先刻からずっと彼を凝視めてゐたらしく瞬間に狼狽して、それを押しかくすのだが、かくし切れなかった。

いふまでもなく、少女はあの支那……（暫略）

純在東京開始學畫。

到東京去的還有兩個人，一個是谷子帶回家的阿龍，在同年的八月，好不容易才從戒酒成功，喜悅的眼淚盈眶，回到故鄉東京。

離別的時候，她握緊谷子的手：「谷子小姐，我一定會報恩的！」

「不用啦！不過，要記取教訓，不要再喝酒了。」

然後兩人便分手了。

大概一年半多之前，在海港的原居留地出現一個小小的團體。

每個星期六晚上，幾個年輕人聚在一起，若無其事地吵鬧。集會的場所設在被團長板井正二上班的商館樓上，每個星期偷偷聚會。

團員當中，只有一個年輕又美麗的小姐，名叫山川漾子。

這位年輕女孩就是像玩具一樣玩弄朝子的山川太一郎的獨生女，三名團員爲了攄獲漾子的芳心，開始了一場戀愛爭奪戰。

結果三個人之中年紀最小的宮田洋介，輸得一敗塗地而脫離了團體。

那已經是去年的事了，洋介爲了脫離這一團混亂，以準備考試爲藉口，在京都待了幾個月。

今年四月，他雖然投考了地方高中，但不用說，他當然沒能把書讀好，所以沒考上高中，而進入了東京私立大學的預科班。

海港就這樣地，把三個人捲進了東京的漩渦裡了。

　　列車が動きはじめて、谷子と純がもう一度別れの言葉を交して、轟て構内を響かせながら、列車は驛を離れた。

　　純は、東京で、畫家としての修行を始めた。

　　東京へ出た者が、他にまだ二人ある。一人は曾て谷子が連れ戻ったお龍で、同じ年の八月にやっと酒から放たれて、嬉し涙を湛へて、生れ故郷東京へ歸って行った。

　　その別れる時に、彼女は谷子の手をしっかりと握りしめた。

　　「谷さん、屹度このご恩返しはする。」

　　「いゝんだよ。だけど、これに懲りて、お酒だけはもうお止しよね。」

　　そして二人は別れたのだった。

　　もう一年半許り前から、海港の元居留地に一つの小さなグルッペがあった。

　　毎週の土曜日の晩に、數人の若い人達が集って、何事ともなく騒いでゐるのだった。集會場に當てられたのは、グルッペの棟梁と目される板井正二の勤めてゐる商館の階上で、秘やかに行はれた。

　　この數人の人達のなかに、たった一人、若く美しい令嬢が居たが、その名を山川漾子といった。

　　この佳人こそは、あの朝子を玩具のやうに弄んだ、山川太一郎の一人娘だったが、この漾子を中心に、グルッペの中の三人が、戀愛合戰を始めたのだ。

　　だが最初に、三人の中の最年少者である宮田洋介が、先づ一敗地にまみれて、グルッペから脱け出した。

　　それがもう昨年のことで、洋介は、そんな煩雑さから解放されるための幾月かを、京都で、受驗準備の名目の下に送った。

　　今年の四月、地方の高等學校を受驗したが、勿論勉強が出來た筈がなく、だから高校を失敗して、東京の私立大學の予科へ。

　　海港は、かうして、三人の人を大東京の渦の中へ送った。

彰化學

第四章（一）

　　正月元旦。到處拜年的各位，到神戶的街市走走吧，首先就從山手開始吧！

　　話是非從這靠近山區的某個宅邸開始說起不可。在巨大的門牌上，一眼就可以看到寫著粗大的「山川太一郎」的字眼。在進去這棟房子之前，我們得先了解山川太一郎的地位。

　　他是山川汽船股份公司董事長、東邦紡織股份公司董事、其他兩三家公司的大股東，山川太一郎，可說是關西金融界的大人物。

　　然而這個儼然不可一世、有錢有勢力的山川宅邸，雖說是元旦，卻靜寂得連一點笑聲都聽不到，也就是說根本沒有人來拜年，除了一個人以外。

　　太概一小時之前，有個男人潛進宅邸，到現都還沒出來。

　　那個男人現在正和山川在會客室談話。

　　「當然，我還有很多想要做的事。」

　　「應該是吧，所以請不要說要離開金融界什麼的——」

　　「啊，那也得考慮社會興論，如果我不暫時隱退的話，人言可畏呀！」

　　「雖然您這麼說，但是令嬡的事也不是真的就傳遍了街頭巷尾啊……」

　　「不，不是這樣的。報紙登出來的即使是假名，但說是山川汽船的社長，人家馬上就知道是我啊！事實上，就像今天吧，我都嚇呆了，每年正月，到家裡來拜年客人絡繹不絕，但是……（原文遺漏暫略）

　　男人習慣縮著肩膀，左肩還使勁地往上歪斜。

第四章（一）

　正月元旦。

　廻禮旁々、神の戸街を歩いて見よう。先づ山の手から。

　話はその山の手の、ある邸宅から始めなければなるまい。

　筆太に書かれた大きな標札で一眼に山川太一郎と讀める。

　此の家の中へ這入って行くまでに、吾々は山川太一郎の現在の地位を知らなくてはならない。

　山川汽船株式會社々長。

　東邦紡織株式會社取締役。

　その他二三の會社の大株主。

　山川太一郎といへば、關西財界の大立物。

　が、その飛ぶ鳥を落すやうな勢力のある山川の邸宅が、元旦だといふのに、笑ひ聲ひとつ聞えない靜けさだ。

　さういへば、その元旦の挨拶に來る者もない。

　たゞ一人、彼是一時間も前に此の邸宅の門を潜った男が居るが、今になっても、まだその姿を現はさない。

　その男は今、山川と、應接間で對談してゐる。

　「勿論、儂にはまだぐやりたいことがある」

　「でせう、ですから何も、財界から身を退くとか何とか仰言らなくとも——」

　「さあ、そこがぢゃよ、世間の手前でも、一時は身を退かんことには、人の口がうるさい」

　「さう仰言いますが、お孃さんのことがそれほど、知れ渡ってるわけでもないのですし……」

　「いや、さうでない。新聞に出た名はたとへ變名であったとして

　　這個男人就是可兒利吉，讀者應該知道可兒和山川的關係了，可兒曾經救過面臨危機的山川。

　　經過朝子的事件後，可兒晉昇為山川的秘書，走路時總是大搖大擺，但不知什麼時候竟成了刑警，背後一定是有什麼不為人知的原因。

　　而今天山川汽船會有如此龐大的企業體，一定也有其原因。總之，這幾年來，山川擁有了難以估計的財產。

　　可是災難卻突如其來：山川有一個二十三歲的女兒，去年接近年底時，女兒漾子因為素行不良被警察拘捕了。為了漾子而跟宮田洋介競爭的板井正二也一起被逮捕了。資產家的女兒亂倫！報紙的報導讓山川看得目瞪口呆。社會的壞心眼一起轉向他了。

　　再加上全球的經濟不景氣隆隆地逼近山川，更糟的是，昭和空前大貪污案件爆發之後，人民對資本家監控得十分嚴格。牽一髮動全身，拉了個小小響鈴，鳴響器就會尖聲地響徹雲霄，而心中有愧的山川，當然會對這些事情擔心不已。

も、山川汽船の社長といへば儂ぢゃといふぐらゐはすぐわかる。現に今日なんか、儂は呆れた位ぢゃよ。毎年正月には、年始の客が引きも切らずといふ有樣ぢゃったのが、どうぢゃ、も……（暫略）……を下げた。がこの男の癖で、肩を窄めながら、左肩が矢張りグイと上ってゐた。

男は可兒利吉で、讀者はすでにこの可兒と山川の關係を知ってゐる。山川の危いところを、かつて救ったことのある男で可兒はあるのだ。

その朝子の事件以來、可兒は山川の秘書格に昇進して、左肩で風を切ってゐたが、それが何時の間にか、一介の刑事巡査になったが、これは何か理由がなければならない。

こゝに、こんにちの山川汽船尨大さの原因がなければならない。

兎に角、この數年のあひだに山川は計り知れない程の財産を作りあげた。

だが災難が意外にも、内部から突然に湧き起ってきた。

山川には二十三になる娘が一人あったが、その娘漾子が、昨年の暮ちかく、風紀紊乱の廉で警察へ拘引された。

漾子を宮田洋介と爭った板井正二も一緒に檢擧された。

資産家の娘の亂倫。新聞の報道。山川が呆然とした。社會の意地惡い眼が、一斎に彼に向けられた。

それに加へて、世界的の大不況が山川の身邊にも轟々と迫らずにはゐなかった。

惡いことには、昭和のあの空前の大疑獄が發表された直後のこゝて、資本家に對する世間の眼は鋭く光って居た。

ひとつところを引っ張れば鳴子はカランくと鳴り渡るものなのだ。

後暗い所を持つ山川が、それを恐れてゐるのはいふまでもなかった。

第四章（二）

　　過了三個小時之後，可兒利吉在山川家喝了不少屠蘇酒，離去時收到了一筆過年錢的紅包，十分高興，酒醉的可兒搖搖晃晃地從山川家出來，街上到處都是這種搖搖晃晃的醉漢。

　　雖然腳步令人擔心，但還是要趕快回家。如有萬一，那麼故事似乎就要若無其事地結束了。所以，我們何不悄悄地跟蹤這個男人，看看他要幹什麼呢？

　　可兒的小小房子應該離這裡不遠吧。跟有年谷子在孤兒院時不一樣，神戶市的人口不尋常地增加，如今已看不見當時的馬鈴薯園，當初的山地被闢為住宅區、池塘也被填成住宅地。

　　孤兒院正後方的小坡宇治山地現在也全都變成住宅區了，在這裡聽得到叮叮咚咚的鋼琴聲、留著短髮的少年開始唱起「手牽手……」的歌來，可兒的家就在其中一角。

　　簡陋的兩層樓是租來的房子，卻是朝東通風良好，早上初昇的太陽從海而來，陽光直接撒滿屋子。

　　只不過是一介刑警的可兒，絕不可能住得起這樣的房子，但如果他背後有宇治山般可靠的山川支持的話，那就另當別論了。只要有山川做靠山，就不會受到強風吹襲，可兒的生活基本上絕無問題。

　　此時，有個女子在靠在可兒房子二樓朝東的窗旁，凝視著大海。

　　（原文遺漏暫略）

　　那天以後，過了段很長的日子，真綺子連一次都沒見過純。她寫的信好幾次被紅色的郵筒消化，如同石沉大海，從沒收到任何回信。

第四章（二）

　　可兒利吉が、山川の邸宅で馳走されたお屠蘇に酔っぱらって歸りがけに握らされたお年玉の金一封に機嫌よく、ふらりと山川邸を出たのは、それから三時間も後で、街にもそんな酔っぱらひが、あちこちにふらりくと泳いでゐた。

　　危い足取りで、でも自分の家へ歸って行くらしい。

　　若し萬一のことがあっては、この話は餘りにあっけらかんと終ってしまひさうだ。だから、吾々は、そっと此の男の跡から尾けて行ってやらうではないか

　　確か此處から左程遠くない處に可兒の小さな家はあった筈だ

　　有年谷子が孤兒院に居た頃とは違って、神戸市は、異常な人口増加で、其の頃の馬鈴薯畑など勿論見られる筈がなく、山は切り開かれて住宅地に、池は埋められてこれも住宅地になってゐた。

　　あの孤兒院の直ぐ背後のなだらかな傾斜を作ってゐた宇治の山も、今はすっかり住宅地になってしまって、ピアノの音がポンくと彈んだり、お河童の少年が「お手々つないで……」と歌ったりする樣になってゐたがその一角に可兒の家はあった。

　　粗末な二階建の借家に過ぎなかったが、東向きの、風通しのいゝ家で、朝ならば海から擴大されながら昇る太陽が直接にサッと射し込んだ。

　　そんな家に、一介の刑事巡査にすぎない可兒が住める筈はないのだが、その背後に、宇治の山を背負ふ樣に、山川の手があるとすれば、ふんと頷かなければならない。

　　山川の背景さへあれば、宇治の山があるために強い風を受けない樣に、まづ可兒の生活に支障が起ることはあるまい。

只要一次就好，眞綺子很想跟純的妹妹見個面，問問純的情況。雖然這麼想，但是閉塞的她就是開不了口。眞綺子也曾想，就這樣當做回憶，永遠收藏在心裡。然而只要想到了那件事就想掉眼淚。

寂寞、寂寞、寂寞……無止盡的寂寞。

她因激烈的舞台工作而得了肺病。在整天的咳咳聲中，寂寞地過日子。

眞綺子覺得自己很像某個人，就像《茶花女》中的瑪格麗特。

咳咳咳地咳嗽著，要是窗邊有綠色鸚鵡在的話，或許也會模仿這個咳嗽聲吧。

多像小說一般異想天開啊，可憐虛弱、逐漸要結束短暫一生的女孩……。

「是啊，我就是這樣啊！」眞綺子輕輕地微笑。

她的眼眶裡浮出了眼淚：「那個人現在在做什麼呢？」

　その家の二階の東向きの窓に倚って、一人の娘が、じっと海を見つめてゐる。

　(暫略)……れない。

　あれからもう随分と年月が經つ。

　その間に一度とて彼女は純に逢ったことがない。

　彼女の手に書かれた手紙は、幾度となく赤いポストの口に消化されたが、それっきりで、一度も返事の來たことがない。

　純の妹に逢って、あの人のことを、たった一度でもいゝから訊ねて見よう。

　さう思ひ乍ら、氣の弱い彼女は何とも口に出せないのだ。

　此の儘、思ひ出として永久に胸にと……さうも思ふ。

　が、それを考へると、泣きだしたくなる。

　寂しい、寂しい、寂しい、

　彼女は、激しい舞台の勞働で胸を痛めたのだ。

　コホン、コホン、と空咳きをして、終日を佗しく暮す。

　真綺子は、自分の身を、誰かに似てゐると思ふ。

　椿姫のマルグリットにも似てゐる……とさう思ふ。

　コホン、コホン、と咳きがでてくる。

　若し此の窓に、緑色の鸚鵡でも居たら、コホン、コホンとこの咳きを真似るだらう。

　何と小説的な思付きであらう、

　哀れに、か細く、短い一生を終ってゆく女主人公……。

　「さうだ、あたしがさうなのだ！」

　真綺子がホッと微笑む。

　その眼に、涙がホロリと浮んでくる。

　「あの人はどうして居るのか知ら？」

第四章（三）

當地人稱湊川神社為「楠公」，神社中奉祀的是南朝的忠臣楠木正成公，是官方奉納幣帛的神社。由於楠木正成公是海港的守護神，因此新年的頭三天此地可說是人山人海。

招呼香客的樂隊雜技、狗的表演、吞蛇的白子病女人、腳踏車的雜技表演、吞下嬰兒的大蛇等。

今年二十歲的少女、身高只有一尺二寸、只有臉部非常漂亮。

請請！請進！請進。看完再付錢，不好看不收錢。

當然，客人即使覺得不好看也會乖乖付錢走人。

那是新年表面上的榮景。

客滿了！客滿了！要進去就趁現在了！混在人群中企圖幹點什麼的正是名叫小新的少年，當然，跟那當時比起來，小新大概長了兩倍大，他巧妙而輕快地穿過人潮。

接著有人大叫：「哎呀，被偷了！」那人慌慌張張地往懷裡一摸，被偷的是個四十歲左右的商人。偷錢的當然是小新，如今他人卻連個影子都沒有。

小新在一町段多的地方伸伸舌頭，慢慢走開了。

小新一本正經地在祭壇前合掌，從剛剛偷來的錢包裡頭，抽出一錢銅幣，投進到香油錢箱裡，聽到叮噹一聲後，小新從西門走出院落外。

「小新！」有人叫住了小新。

（原文遺漏暫略）

「你，是誰啊？」小新築起了警戒心。

「咦？你忘了嗎！是我啊，你仔細看吧！」

第四章（三）

　土地の人達が「楠公さん」と呼ぶ、湊川神社。

　南朝の忠臣楠木正成公を祀る。別格官幣社。その境内。

　此處は海港の氏神だけに、正月三日間は人の波だ。

　あちらは、樂隊で人を呼ぶ輕業、犬芝居、蛇を呑む白子の女

　こちらは、それに負けずに、自轉車の曲乘りとござい。

　赤子を呑んだ大蛇。

　本年二十歳の乙女、身長僅かに一尺二寸、顔だけは頗る別嬪。

　さあさ、お這入り、お這入り。代は見てのお歸り。

　見て、面白くなかったらお代は頂きません。

　見て面白くなくともお代はちゃんと拂って歸る。

　お正月の空景氣だ。満員、満員、這入るのは今のうち。その雑沓
に紛れて一仕事を企んでゐるのはあの新ちゃんと呼ばれた少年で、
勿論あの頃となら、大分倍になったといひたい位に大きくなってゐる。
人波を巧みにすいくと泳いで行く。

　「あッ、盗られたツ。」と懷中をそゝくさと探ってみる。掏られたのは
四十がらみの商人風の男。

　掏ったのはもちろん新ちゃんだが、その邊には影も形も見えな
い。一町許り向ふで、ペロリと舌を出して、ゆっくりと歩いてゆく。

　殊勝に、祭壇の前で、掌を合して、今掏ったばかりの財布の中か
ら、一錢銅貨を出して賽錢箱へく。

　チャリンとその音を聞いて、西門から境内を出て行く。

　「新ちゃん。」……（暫略）

　「お前、誰だい？」と少年が警戒する。

　「おや、忘れたかい！あたいさ、よくごらんな。」

「啊，我知道了！」少年這才緩和表情。

「原來是妳！」

「你這孩子記性眞差！」谷子笑了笑。

「嗯，我有話要跟你說。」

「什麼事？」

「到那邊去，邊走邊聊吧！」

於是兩人併肩走著。

「不過，小新，你可眞有能耐。」

「什麼呀？」還在裝蒜，眞不敢想像他只是個十二、三歲的小孩。

「我有看到你扒了人家的錢呢！」

「哼，妳看到了？」

「看到了！所以才跟蹤你到這邊來嘛。」

「然後呢？要我分點給妳嗎？」

「別胡說了！」谷子鄭重否定。「你啊，別再做那種事了，好嗎？」

「什麼？」少年聽到這話十分意外。

「如果被抓到的話，你就慘了！」

「嗯。」少年點了頭，看來幹這種事還是滿可怕的。

「像今天也是，你以爲沒人知道，但我卻看到了，還有其他什麼人看到，那就不曉得了。」

少年低頭認了，谷子覺得這模樣很惹人憐愛。

「怎麼樣？你知道自己做的是壞事吧？」她溫柔地問。

「嗯。」少年總覺得谷子令人害怕。

「不要再做那種事了，做點兒有用的工作吧！」

「是怎樣的工作？」

「好，跟我來吧！」少年默默地跟著谷子走了。

「あゝ、判った。」と少年が、始めて顔を□らげた。

「なんだ、お前か。」

「物おぼえの悪い子さ、お前は。」と谷子が笑った。

「ところで、お前に話があるんだがね。」

「何だい？」

「まあ、そこまで歩き乍ら話をしよう。」

と肩を並べて、「だけど、新ちゃん、お前凄い腕におなりだね。」

「何が？」とこちらはとぼけてゐる。十二三の子供のことゝは思へない。

「あたい、見てたんだよ、お前の掏るところを！」

「ちぇッ、見てたのかい？」

「見てたさ。だからこゝまで尾けて來たんぢゃないか。」

「ふん、そいで分前を出せってのかい？」

「馬鹿あ云ひな。」と打ち消して、「お前、もうあんなこと止して呉れないかい？」

「え？」少年にはこれは意外な言葉で、

「もし目つかったら、お前、非度い目に逢ふよ。」

「うん。」と少年が頷いたが、やはりそれは怖いことであるらしい。

「今日にしたって、さうだろ。新ちゃんは知らないと思ってるけど、ちゃあんとあたいが見てたんだし、他に誰が見るか知れたもんぢゃない。」

少年が俛首れた。谷子にはそれがいぢらしく、「どう？お前のしてることが悪いってことはわかるだろ？」と優しく訊ねる。

優しく訊ねられて、「うん。」と少年が、何とはなしに、谷子が恐ろしくさへなる。

「あんなことを止して、もう少し為になる仕事をしな。」

「どんな？」

「まあ、あたいについといで。」少年が、默って谷子の從った。

第四章（四）

　　我們已經看到長大了的可兒眞綺子和流浪少年小新，不過還有幾個要看看的人物。

　　就像東京人不能沒有銀座，神戶人也有同樣離不開令人懷念的街市。

　　我想各位都有這樣的經驗吧：在銀座大街上，洶湧的人潮當中，有人從後面拍了一下你的肩膀說「哎呀，好久不見了！」

　　如果希望碰到這樣跟你打招呼的朋友，那就到銀座去吧。同樣的情形，神戶人就要到神戶的銀座元町大道去。

　　這條大道在故事的開頭，讀者已經約略看過了。

　　五年前，緊追著企圖吃喝玩樂而不付錢的四個美國人，與當時二十六歲的有年谷子橫穿過這條路。

　　現在我們開始走走這條元町大道吧，說不定會碰見你想要遇見的人呢？

　　大約是在元町大道兩邊的鈴蘭形裝飾燈亮的時候，今天是新年頭三天的最後一天，街上的女孩們明天起就得脫下令人依戀的盛裝，至少今晚要痛快地玩玩有詩句的紙牌。

　　晚飯也吃得匆匆忙忙，只想要快點玩，根本沒法好好吃飯。慌慌張張地放下筷子跑出去了。這個時候街上人潮擁擠，有一對男女沒入元町大道的人潮裡了。

　　擦肩而過的人，看了那女孩……（原文遺漏暫略）

　　「哼，還害羞什麼呀？」純尖酸苛薄地說。

　　「妳長得這麼漂亮，我們兩個走在一起，看起來像什麼？」

第四章（四）

　吾々は、最早、成長した可兒真綺子と、浮浪少年新ちゃんとを見た。

　だがまだ他に、逢って見たく思ふ人物が二三ある。

　銀座が東京人になくてならぬものである様に、わが神戸人もやはりそんな離れられない懷しい街をもってゐる。

　諸君の誰もがこんな經驗をもって居はしないか。

　銀座通りを端から端まで、流れる人波を分けてゐる最中に、ぽんと後ろから肩を叩かれて、「やあ、久しぶりぢゃないか。」

　と聲を掛けられる様なことが久し振りで逢ひたいと思ふ友があれば、銀座へ出給へ。

　神戸人はこんな場合、神戸の銀座元町通りへ出る。

　此の通りを、讀者は既に此の物語りの冒頭に、チラリと瞥見してゐる。

　五年前。

　無錢遊興を企てた四人の亞米利加人を追って、當時二十六の有年谷子が、たしか、此の通りを斜に横切った筈だ。

　吾々は、その元町通りを、これから歩いて見よう。

　若しかしたら、その逢ひたい人達に、逢へるかも知れない。

　元町通りの両側に並んだ鈴蘭型の裝飾燈に灯の這入った頃で今日は正月三ヶ日の最後の日で街の娘達が、明日から脱ぎ捨てる晴着を懷しんで、せめて今宵は、思ひきり加留多を遊ばうと考へてゐる。

　夕御飯も忙しく、早く遊びたいとばかり考へて、碌々御飯が口へ這入らない。そこくに箸を置いて、表へ飛び出す──そんな頃で、街は可成りの人出だったが、その元町通りの人中を一組の若い男女が

「像什麼？當然是像兄妹。」

「是這樣嗎？」純中斷一下話又說：「看起來不像情人嗎？」

「不像。」

對話告了個段落。

「不像？是妳走路的樣子不對啊。妳應該要走得更害羞，這樣看起來才像情人啊。」

「討厭的哥哥，那麼想要情人嗎？」

「不要胡說！」

不過，純不知爲什麼忽然感到寂寞起來。

「那麼想跟情人走路的話，那就找小眞一起走好了。」

「哼！」純雖然笑了，但是聽見了好久沒聽到的那名字，突然覺得很懷念。

兩人默默地走了一半的路。

「聽說小眞這裡不好哦！」美代子壓著胸口給純看，純仍然沉思著不說話。

美代子突然停下來：「哎呀，你又來了！」

隨即伸出食指指向廣告燈閃耀之處。

國際馬戲團。表演場地：原居留地江戶町。

這個馬戲團大概五年多前來過海港，後來環繞地球一周，又來到這裡的吧。

純兄妹對這馬戲團記得很清楚，「小可愛，咱們明天就去看看吧。」

歩いてゆく。

　擦れ違った人がその娘の方を見て……(暫略)

　「ちえッ、照れてやがら、」と純は口が悪い。

　「美しい公、かうして二人で歩いてると、どう見えるだらう？」

　「どう見えるって、やっぱり兄妹に見えるわよ。」

　「さうかな。」と言葉を切って、「戀人同志に見えないかな。」

　「駄目。」

　區切りを打つ。

　「駄目って、お前の歩き方が悪い。もっと恥しさうに歩いてゐろ、そしたら、戀人同志に見えるから。」

　「厭あな兄さん、それほど戀人が欲しいの。」

　「莫迦あ云へ。」

　と打ち消す。が純は何がなし不圖淋しい氣持になる。

　「そんなの戀人と歩いて見たいんなら、真あちゃんと歩くといゝわ。」

　「ふん。」と笑ったが、久しぶりで聞くその名を、純は懐しいと思ふ。

　默って半町ほど行って。

　「真ちゃん、こゝんとこがいけないんですって、」

　と美代子が胸を壓へてみせる純は考へ込んだまゝ、默ってゐる。

　と、美代子が不意に立停って、「あら、また來たのね。」

　と人差指を伸ばしたが、その指す方に明るく廣告電燈が煌めいてゐる。

　國際曲馬團。場所元居留地江戸町。

　此の曲馬團は、五年ばかり前この海港を訪れたが、それから又地球を一周して、やって來たのであらう。

　純兄妹はこの曲馬團をよく憶えてゐる。

　「美い公、明日でも見に行かう。」

第四章（五）

　　這是個世界主義者的馬戲團，團員大部分由白俄羅斯人，馬戲團的最紅的人是舞蹈演員歐利加·斯蒂華約娜，這位二十七歲的美女是俄國革命時，被趕出祖國的俄國貴族。

　　純兄妹走進搭成圓形帳篷的馬戲團時，歐利加顫動著聲音、優雅地唱著故鄉的語言。

　　　　母親伏爾加
　　　　讚！
　　　　在無盡頭的河流
　　　　狂風大做
　　　　大風刮不停
　　　　我的眼淚這麼汪汪橫流……

　　從美麗的歐利加的口中，唱出了哀傷的曲調。

　　獨唱完了之後，歐利加在眾多觀眾的掌聲中退場，消失在華麗的布幕後。但由於掌聲不止，她再次出現在舞台上，向全場的觀眾獻上飛吻後又退下了。

　　接著是三個小丑登場，併著肩要彈木琴。噼啪、砰砰砰，左邊的小丑啪的一巴掌打了中間小丑的頭，打完又噼啪、砰砰地彈木琴。

　　過了一陣子，被打的小丑彷彿想起來似地哇哇大哭了起來。於是，右邊的小丑歪著脖子，窺視夥伴哭泣的臉。被窺視的小丑哭得更大聲了。

　　哭著哭著便有氣無力地往後臺去了。……（原文遺漏暫

第四章（五）

コスモポリタン・ヒッポドローム。

此處の曲馬團は、白系露西亞人ばかりで組織されて居る。

一座の花形は、踊り子のオーガ・ステフアヨーナで、此の二十七歳の美女は、露西亞革命で本國を追はれた、貴族の出身であった。

純兄妹が、圓形に天幕を張り渡した曲馬場に這入った時、オリーガは、咽喉を顫はせて、美しく、故郷の言葉を唄ってゐた。

　　　母なるヴォルガ

　　　噴！

　　　果てなき流れに

　　　風吹きまくり

　　　吹き捲くり

　　　わが涙かく狂ふ……

美しいオリーガの胸から哀しい調べが溢れでた。

獨唱が終って、ぎっしり詰まった客席からの拍手に送られてオリーガは、綺羅びやかな幕の中へ消えたが、なほやまない拍手に、再びその姿を舞臺に現はして、萬遍なく客席に接吻を送って戻ると、

今度は三人の道化者だ。仲よく肩を茲べて、シロフォンを搔き鳴らす。ポロン、ポンポンポン、

左端のピエロが、真中のピエロの頭を、ピシャッ！と平手で叩く。

叩いてまたシロフォンをポロン、ポンと打つ。

大分間をおいて、思い出した様に、叩かれたピエロー、ウオーンと大聲を上げて泣く。

略）……三個人現在剩下兩個人，其中一個滴溜滴溜地翻著筋斗回到幕後去了。

剩下的小丑比手畫腳地示意沒法像其他兩個人那樣翻筋斗，然後就輕快地走回去了，觀眾笑得肚子都痛了。

接下來是小熊的滾桶，小熊讓觀眾看了脖子上的弦月花紋，有好幾次小熊從木桶摔下來，最後，小熊滾桶滾得非常熟練，嘰哩咕嚕地滾轉，博得了全場喝采。

接著是中場休息，有人吆喝著：「要不要冰咖啡？要不要冰紅茶？也有蘇打水，口味有檸檬、橘子、草莓、鳳梨、哈密瓜，什麼都有啊！」

「是！馬上過去，是！謝謝您。」

純一邊飲用冰涼的咖啡潤喉，一邊掃視了一下觀眾席，竟意外地認出了認識的人。

他稍微右轉了一下，就看到同一條直線前面坐著的谷子。

罕見的樸素服裝，對於剪著短髮、身穿和服的谷子來說，一點也不奇怪。那種整潔而顯得漂亮的樣子讓人驚豔。谷子正跟坐在旁邊的小姐聊天，等等！那個小姐很面熟，啊！是那個女孩沒錯！

純帶著燃燒的野心到東京去時，在三宮車站遇到了谷子，當時同行的少女，一定是眼前那女孩吧？不過，若是真的話，怎麼會變那麼多呢？當時黯淡的表情現在跑哪兒去了呢？現在跟谷子聊天的女孩，在純的眼中十分耀眼明朗，徹頭徹尾的明朗。

從少女長成小姐，在那麼短暫的期間，女性竟有這麼令人驚訝的變化，法國文豪雨果在其傑作《悲慘世界》裡說的，而純也還不知道名字的那位小姐——支那子——也剛好出現在這樣的時代呢！

　すると、右端のピエロが、首を傾けて、泣いてゐる仲間の顔を覗き込む。覗き込まれた方が餘計に聲を張りあげて泣く。

　泣きつゝ樂屋へトボぐと歸って、かける。……(暫略)……って、三人の中の二人がクルツクルツと飜筋斗をしながら幕の中へ——。

　殘った一人が、二人の樣に飜筋斗が出來ないといふ身振りでヒョコッ、ヒョコッと歸って行く。苦しい程の笑ひが觀客席に起る。

　次は小熊の樽乘りだ。首筋の月の輪を見せ乍ら、何度も樽から轉げ落ちて、最後に上手に、乘りこなして、ゴロリくと圓形の中を廻る……といふところで喝采だ。

　こゝんところで中休み。冷たい珈琲はいかゞ、冷たい紅茶はいかゞ、ソーダ水も御座います。味はレモン、オレンヂ、ストローベリー、パインナップル、メロン、何でも御座います。

　はい只今、はい有難うがざいます。

　冷たい珈琲で乾いた咽喉を潤し乍ら、一渡り見物席を見わたした純の眼が、これは又意外な人の姿を認めた。

　右に顔を少し曲げれば、一直線の所に、谷子が腰掛けてゐる

　珍しく地味な服で、だが斷髪に和服姿の谷子も、ちっとも可笑しくない。すっきりと水際だった所はなるほど流石と思はせる。

　谷子は、隣席の娘と話をしてゐる。待てよ、あの顔はどこかに見覺えがある。あゝ、あの少女だ。

　純が、燃える野心を押へ乍ら上京する時、三宮驛で谷子に逢ったが、その折り居た連れの少女が、今居るあの娘に違ひない。

　だが、とすれば、何と甚しい變り方だ。あの時に感じた暗い表情は、今どこへ行ったやら。谷子と話してゐる現在のその娘は、明るく、何處までも明るく、純の眼に眩しく映る。

　少女時代から娘時代へ……その暫くの間に、女性は驚くほどの變化をすると、佛蘭西の文豪ヴィクトルーユーゴーは、其傑作レーミゼラブルの中で云ってゐるが、その未だ純の名も知らない娘——支那子——も、こんな時代で恰度あったのだ。

第四章（六）

　　純一直被女孩吸引，美代子隨著哥哥的視線看去：「長得很漂亮呢！」接著笑了起來，但是純卻全不理睬。

　　「哎唷……」美代子故意誇張地表示驚訝，一時也情不自禁地心跳起來。

　　「哎！哥哥！」

　　純終於回過頭來說：「什麼事？」

　　「那個女人，你看，往看這邊的人，那個女人很像哥哥照片裡的女人哩。」

　　美代子說的是谷子的照片。

　　「對啊，是那個人啊！」

　　「是真的嗎？」

　　「真的啊！」

　　「那麼，她旁邊那位漂亮的小姐呢？」

　　「不知道。」純不知不覺面紅耳赤了。

　　「騙人，你明明知道！」

　　「不知道啊！真的！」

　　「騙人！騙人！」

　　此時開演的鈴聲響徹全場。

　　伊瓦諾夫的變魔術了！伊瓦諾夫的指頭運用自如，熟練地表演鈔票的運用，嶄新的鈔票在伊瓦諾夫的手掌裡，忽而消失忽而出現，當然紙幣一直是嶄新不變的。

　　這場表演完後，輪到精彩的空中表演了，穿著肉色貼身襯衣和長褲的幾個男女雜技演員，以輕快的腳步出現了。

　　在幾十尺的上空，空中的……（原文遺漏暫略）……一瞬

第四章（六）

　　純がじーっと其方に氣を取られてゐると、兄の視線を追った美代子が、

　「綺麗なんね。」

　と笑ひかけたが、純がそれにも取り合はない。

　「まあ……」

　と大仰に呆れて見せたが、その時美代子は、思はずハツと胸の動悸を感じた。

　「ね、お兄さん。」

　やっと純が振返って、

　「何だい？」

　「あの女、ほら、こちらを向いた人、あの女、よく似てるわねお兄さんの持ってる寫真の女に」

　美代子はあの谷子の寫真のことを云ってゐるのだ。

　「あゝ、あの人だよ」

　「まあ、本當？」

　「本當さ」

　「ぢゃ、その隣に居る綺麗な方は？」

　「知らない」

　純が何となくぼっと上氣する

　「嘘、知ってる癖に、」

　「知らないよ、本當に！」

　「嘘、嘘！」

　併し此の時、開演のベルが場内に鳴り響いた。

　イワノフの手品！

間撲過來的男人。

從這個男人撲到那個男人的女人，好像是象徵什麼似的，觀眾抬頭緊張屏息地看著。演員們一圈又一圈地、彎著背部，一邊舞動著身體，掉落在像蜘蛛網一般的安全網裡的男人、女人、男人、女人，掉落後，藉著網子的彈力，像球一樣又彈回去，讓觀眾看得讚嘆不已。

到最後，以歐利加做為「渦輪」舞蹈演員的一群人，或正式、或混亂地跳起了舞。觀眾開心而疲累地離開馬戲團時，已經是晚上十一點多了。

純在路上故意跟妹妹走散，自己一個人走路，大約在距離十間 店面左右的前方，正是邊走邊聊的谷子和支那子。

谷子走到了鐵路邊，走到自己開的紫酒吧前時，聽到背後男人的笑聲而回頭。

「哎呀，你是乳木先生！」谷子發出了驚訝的聲音。

來到了這裡，純終於忍不住笑出聲來。

「終於被你發現我家了。」谷子雖然微笑著，但她覺得被純知道了自己從事的行業就無法挽回。

「你是從哪裡跟蹤來的？」

「從海岸大道。」純還在笑。

「這麼說，從馬戲團那邊嗎？」

「是啊！」

「哎呀，真不像話，也不跟我講一聲，先進來吧！就是這種地方。小支那妳也進來啊！怎麼了，在那邊幹什麼呢？」

支那子不進房子裡，背對著他們兩個，低著頭用鞋尖兒咯咯咯地踢著小石頭。

對了，忘記寫了：支那子當時穿著洋裝，洋裝跟人很相配，外套和帽子都是鮮紅的，從頭都到腳尖，可以感覺到谷子周到的關懷。

此のイワノフの手の指は、自由自在になるものと見える。

鮮やかに紙幣の使ひ分けをやる

手の切れさうな紙幣がイワノフの掌を中心に、かつ消えかつ現はれる。勿論手の切れさうなその儘で。

それが濟むと、愈々呼び物の空中曲藝だ。

肉□衣に猿股を着けた、女を混ぜた數人の曲藝師が、輕やかな足取りで、圓形の中に現はれた。

地上數十尺の所で、空中の……（暫略）……やと思ふ間に飛び付く男。

男から男へ飛びつく女。

これは何かの象徵の樣だ

人々がそれを見上げて片唾を呑んでゐる。

くる、くる、くる、くる、背を曲げて、舞ひ乍ら、蜘蛛の巣の樣に張り渡された網の中へ落下する、男、女、男、女。

落ちると、網の彈力で毬の樣にバウンドする。

觀客が吻と溜息を吐く。

最後に、オリーガをタキンとする踊り子の一團が、端然と、或ひは亂舞の形となって、踊った。

觀客が快く疲れて、曲藝場を出たのは、十一時を少し廻った頃だった。

妹を途中で、故意にはぐらせて、純は一人で歩いてゐたが、その十間ばかり前を、話乍ら行く二人連れは、谷子と支那子だった。

谷子が鐵道に沿った自分のムラサキ―バーの前まで來た時、彼女は、背後で湧き上がった樣な男の笑ひ聲に振返った。

「まあ、あんたは乳木さん！」

と谷子が驚きの聲を上げた。此處まで來て、純が到頭こみ上げてくる笑ひを、我慢できなくなったのだ。

「たうとう、家を見付けられたのね。」

　　還有一件不能漏寫的事：那天晚上是魔術師伊瓦諾夫最後一場表演，因爲他從馬戲團偷偷溜走了。

　と谷子が微笑んだが、こんな商賣を純に知られたことが、取返しのつかないことの樣に思へた。

　「何處からいったい尾けて來たの、」

　「海岸通りから、」

　純がまだ笑ってゐる、

　「ぢゃ、あの輕業のところから？」

　「えゝ、さう、」

　「まあ、呆れたんね、聲も掛けないで。まあお這入んなさい、こんなとこだけど。支那ちゃんあんたも。どうしてんの、そんなとこで＝」

　支那子は、家の中へ入りもしないで、二人に背を向けたまゝ下を向いて、靴の先でコツンと石ころを蹴ってゐる。

　さうだ、書き洩らした。

　支那子は、洋裝で、その洋裝がよく似合ふ。外套も帽子も真紅。

　頭のうえから足の先まで、谷子の行屆いた心配りが知られた。

　もう一つ書き洩らしてはならないことがある。

　手品師イワノフが、その夜限り、コスモポリタン・ヒッポドロームを脱け出したことだ。

有港口的街市（36）昭和十四年八月十日

第四章（七）

在次於湊川新開闢地區的神戶繁華街三宮神社院內附近，沿著東亞路的保麗士達咖啡館。

這裡是沒什麼錢的時候，可以簡單將就的餐廳。吃兩盤五分錢的土司、喝五分錢的巴西咖啡，十五分錢就可以填飽肚子。

在咖啡廳裡，有個俄羅斯人正在吃那樣簡單的一餐，看起來好像是賣呢絨的流動小販，在旁邊沒人坐的椅子上放著深藍色木棉的大包袱。

吃完了土司和五分錢的熱煎餅，喝掉剩下的咖啡，在男服務生沒注意時，把灑落在盤子上的咖啡，像狗一樣添得乾乾淨淨。

有兩個男人在隔著一個桌子對面觀察那個俄羅斯人，一個是中國人同昌，另外一個人是同昌的夥伴俄羅斯人莫洛若夫。

「哦？正合理想呢！」說的是德語，同昌接下來用英語跟莫洛若夫說：「你覺得怎麼樣，那個男人……」

「嗯。」莫洛若夫點了頭：「去問看看吧！」

說著就站起來了，把手插進褲袋，走近那小販身邊。

「老兄，生意怎麼樣？」莫洛若夫這麼跟他搭話。

「一點也不好！」對方揮著兩隻手示意。

「我倒是有個好工作呢！」

「怎樣的工作？」對方認真地問。

「沒什麼，是很容易的工作。只要每天買一點東西……（原文遺漏暫略）……」

同昌一夥的假鈔偽造集團從一九二七年開始運作已經過了

第四章（七）

　　湊川新開地に次ぐ神戸の盛り場三宮神社の境内近く、東亞ロードに沿った、カフェパウリスタ。

　　此處は財布の中が乏しい時に簡單に濟ませる食堂である。

　　五錢のトーストを二皿食って五錢のブラジル珈琲を啜れば、金十五錢也でお腹が一杯になるといふ所だ。

　　そのカフェで今一人の露西亞人がそんな簡單な食事をしてゐる。羅紗の行商人でゞもあるらしく、傍の空いた椅子に紺木綿の大きな風呂敷包みを置いてゐる。

　　トーストと、これも五錢のホットケーキを食べ終って、殘りの珈琲を飲み干して──それはよいとして、ボーイの不注意から皿の上にこぼれた珈琲まで、犬の舐めた跡の樣に、きれいに浚へる。

　　その容子を一つ置いて向ふの卓子で見てゐた二人の男があったが、一人は支那人同昌で、もう一人は同昌と同じ仲間の露西亞人モロゾフであった。

　　「お誂へ向きだ、」とこれは獨語で、同昌がこんどは英語でモロゾフに話しかけた。「どうだらう、あの男は……」

　　「うん、」とモロゾフが頷いて、「ひとつ當ってみようか……」

　　と立ち上った。洋袴のポケットに手を突っこんだまゝその行商人の傍に近寄って、

　　「どうだい景氣は？」と話しかけた。

　　「さっぱり駄目。」と兩手を振ってみせる。

　　「良い仕事があるんだがね……」と持ちかける。

　　「どんな仕事？」相手が真剣な顔で訊ねる。

　　「やすいこった。たゞ毎日一寸した買物をしてりゃ（暫略）……」

好幾年，依舊平安無事，沒被抓到。

那是因爲狡猾的同昌沒繼續使用僞鈔的關係。

在一九二八年和二九年，這些紙幣連一張都沒有出現在市面上。

不過，在咖啡館有這樣的對談之後，過了一個禮拜左右，這些紙幣又再度頻繁地出現在神戶的各個街市。

警察還沒有找到任何線索，只知道犯人不是同一個人罷了。

在這個海港，只有兩個人知道犯人是誰，一個是谷子，另外一個是可兒利吉。

不過，可兒被同昌收買了。他從同昌那兒得到的十張僞鈔，如今還剩九張，有一張應該在東京的龍子手上，在三年前的某一個晚上，於「夢・巴黎」咖啡館使用時被發現了，那張僞鈔現在在谷子手上被小心地保管著。

可兒當然不知道這件事情。但是，可兒十分很在乎消失的那張假鈔，因爲有可能爲了那張假鈔，敗露了他以前幹下的壞事。

以前的什麼壞事？山川太一郎還是貿易商時，他是山川的手下，是個搞走私進口的慣犯。

會認識同昌也是由於這層關係，他曾經一再把來自黑市的東西帶去買賣贓物的地方，可以說是同昌的同類呢！

三年前，與阿龍離家出走同時消失的假鈔，的確足夠威脅可兒。

阿龍比誰都清楚他之前的罪行，他自己承認，因爲這樣才會打阿龍巴掌。

然而僞鈔事件卻讓海港的居民開始大罵警察的無能。

　　同昌一味の贋造紙幣密造團は一九二七から幾年かを經たが、未だその筋の手に摑まらない。小ざかしい同昌が使ひづめにそれを使ふ筈がなかったからだ。

　　一九二八年と二十九年には、これらの紙幣は一枚も街に現はれなかった。

　　だがカフェパウリスタでこんな會話のあった日から一週間ばかりすると、神戸の街々に、再びこれらの紙幣が頻々と現はれはじめた。

　　警察にはまだ少しの手懸りもなかった。たゞ判ってゐることゝ云へば犯人が同一でないといふことだけであった。

　　此の海港で、その犯人を知ってゐる者は、二人しか居なかった。

　　一人は谷子で、も一人は可兒利吉であった。

　　可兒は、だが、同昌に買收されてゐる。彼は同昌から貰った十枚の贋造紙幣の中、九枚を手許に持ってゐる。一枚は、いま東京に居る龍子がたしか三年前の夜、カフェモンパリで使って見付かった筈だ。この一枚は、谷子の手許に大事に保存されてゐる。

　　これを無論可兒は知らない。がそのなくなった一枚を、可兒が氣懸りに思ってゐつことは確かだその一枚のために、ひょっとして、以前の惡事が露見しないものでもないからだ。

　　以前の惡事とは？山川太一郎が、まだ貿易商人だった頃で、その山川の手先になって密輸入の常習犯だったのは可兒だ。

　　同昌を知ってゐるのもこんな關係からで、そのけいずかひの許へ、暗い所から渡ってきた品物を持ち込んだことも再度ならずあった。いはば同昌の同類なのだ。

　　三年前の龍子の家出と同時に紛失した一枚──これは確かに可兒を脅かすに足るものであるにちがひない。

　　龍子は彼の舊惡を誰よりもいちばんよく知ってゐる。そのために彼の掌が、龍子の頰に飛んだことは、彼自身よく認めてゐる。

　　とまれ、この贋造紙幣事件は海港の人々をして、警察の無能を罵らせ始めたのだった。

第五章（一）

季節又來到春天了，純再過十天就要回鄉了。

不過，與春天相違的是，一朵花兒孤單地凋謝了。

我的病好像越來越好了的樣子，大概是春天的關係吧。純先生大概什麼時候回來呢？我希望下次能精神充沛地見到您。不過不知道呢，因為我病了很久，所以變得好瘦！這樣的瘦皮猴，純先生連看都不想看吧……

美代子接到了真綺子這樣的信之後沒過十天，真綺子就像凋謝的花一樣死掉了。

已經治好了──因為這麼認為，才會在無意中過度勞累把身體搞壞。

美代子去找好久沒有見面的真綺子時，死亡已經逼近真綺子眼前了。

「沒問題啊，這種病很快就會治好的……這次真的治好的話，咱們去須磨賞花吧……剛好是妳哥哥要回來的時候吧，花盛開的時候……大家一起──」此時，真綺子彎著背，劇烈地咳嗽不止。

從真綺子胸口往上湧出來的血，染紅了護士給的純白洗臉盆。

隔天早上，真綺子愈來愈沉入黑暗中。金色的送葬車，穿過街市到火葬場是再隔一天的事情。

也許……（原文遺漏暫略）

為什麼？不過，往後看下去就會知道。

三年前阿龍離家出走，現在獨生女又去世了，對可兒來都

第五章（一）

　　時候がめぐつてまた春になつた。純の歸省が旬日に迫つて
ゐた。

　　だがその春に背いて、一つの花が淋しく散つた。

　　あたしの病氣は其の後めきくよくなつた樣に思ひます

　　やつぱり春ですわね。

　　純さまはいつ頃お歸りになりますか知ら。

　　今度はほんたうに元氣な顏でお目に掛りたいと思つてゐま
す。でも分りませんのよ。だつてあたし永い病氣ですつかり痩
せてしまつたのですものね。

　　こんな痩せつぽち、純さま見るのもお厭でせうね……

　　こんな手紙を、美代子が真綺子から受取つたが、それから十日と
經たない中に真綺子は、散り行く蕾の樣に、死んでしまつたのだ。

　　もう治つた——さう思つてつひ身體に無理をしたのがいけなかつ
たのだ。

　　美代子が、久しく逢はなかつた真綺子を訪れた時には、彼女の
死は、もう眼の前に迫つてゐた。

　　「えゝ大丈夫よ、すぐ治るわよこんなものぐらゐ……今度こそ本當
に治つたら須磨へお花見に行きませうね……丁度お兄さんの歸つてら
つしやる頃ね、花の盛りは……みんな揃つて——」

　　この時、真綺子が背を曲げてはげしく咳き込んだ。

　　看護婦の當てがつた真白な洗面器を、真綺子の胸を突いて込み
上げてきた血が真赤に染めた。

　　その翌朝早く、真綺子は、真黑な闇の中へ、どんぐと沈んで行つ

是人生大事，在他心裡，被遺忘的愛情一層層地膨脹起來了。

　　沒有母親的孩子，被可兒苛待，致使那孩子工作過度而病倒。不過，當可兒這麼想的時候，眞綺子早已不在人世了。

　　純在東京聽到舊情人去世的消息：「很想再見她一面。」

　　純把這種心情告訴朋友宮田洋介。

　　「可憐的女孩！」雖然宮田的語調平緩，但表情卻很嚴肅。

　　宮田洋介因爲十九歲時的失戀事件，跟漾子、板井正二、還有他們曾經從事的社會科學研究會都告別了，現在專心在攻讀純文學。

　　「我已經不可能再談戀愛了。」這是宮田的口頭禪，他每次說這句話的時候，總是皺著眉頭，憂鬱地歪著微黑的臉孔。所以，宮田的朋友們幫他取了一個綽號——嚴肅少年。

　　到了春假，宮田跟純一起回到神戶，還有一個人，也踏上了闊別已久的神戶。

　　在東京開始新的婚姻生活的女人，右手鮮明地殘留著奇大的燒傷疤痕，她用硝酸除去刺青，完全忘記過往的事，邁出重新做人的腳步的那個阿龍——現在的名字是多津子。

た。

金色の葬送車が、街を縫って會下山の火葬場へ走ったのはそのまた翌日であった。……(暫略)

ことであったかも知れない。

何故……これは、だが、これから話して行くうちに判ることだ。

三年前に、龍子に逃げられ、今また、可兒利吉は、一人娘に死なれてしまった。

確かにこれは大きな出來ごとであった。

可兒の胸に、忘れられてゐた愛情が、むくくと膨れあがった。

母のない子、その子を可兒は餘りに過酷に働かせ過ぎた。

可兒が、さう思った時は、真綺子は最早この世には居なかった。

「もう一度逢ひたかった。」

さう思ってそのことを友人の宮田洋介に話した。

「可哀相な娘だね。」

言葉は平凡だったが、宮田の表情は深刻だった。

宮田洋介——彼は十九歳の時の失戀事件で、洋子とも、板井正二とも、そして彼等のやってゐた社會科學の研究會とも、その凡てにおさらばを告げて、現在では專心に純文學を勉強してゐた。

「俺にはもう戀愛なんて出來さうにもない。」

宮田のこれは口癖だったが、そのたんびに彼は、眉を寄せて浅黒い顔を憂鬱に歪めて見せた

だから宮田の友人達が、彼にこんな綽名を提供した。

深刻ボーイ。

春の休暇になると、宮田は純と一緒に神戸へ歸って來た。

もう一人、神戸の土地を久し振りで踏んだ者が居た。

東京で新しい結婚生活を始めた女で右腕に大きな燒傷の痕が生々しく殘ってゐる。

古い刺青を燒酸で消して、すっかり昔のことを忘れて、更生の第一歩を踏み出した、あのお龍——今の名は多津子。

第五章（二）

　　史無前例的大貪污案好不容易告一段落，連喘息的時間都沒有，黃金出口的禁令解除後，這個國家的不景氣時代降臨了。

　　在海港的企業公司裡，沒有一家不受到景氣不佳的影響。不過，特別受到打擊的是輪船公司。連優秀的外國輪船也發生頭等艙、二等艙、三等艙的乘客加起來只有十八個人的現象，何況是除非有特別情況，絕沒有人想坐吝嗇的日本船。

　　面臨這種難關，再加上女兒漾子的事件，就連山川汽船也陷入了空前的窘境。

　　山川太一郎雖然在去年正月元旦跟可兒利吉那麼說過，但他仍然高坐原來的位置進行指揮，不過，他從去年的行賄事件以來，開始為重振事業到處奔走。

　　大小災難滾成了一個大雪球，開始步步逼近山川。

　　一到了三月，關係企業之一的東邦紡織倒閉。接下來是開往溫泉的電力鐵道經營發生困難。同時，山川汽船股票也兵敗如山倒地一路下滑，跌到谷底。

　　暴跌、暴跌、再暴跌，很少叫苦的山川太一郎，對於接連不斷的苦難，也不免覺得狼狽不堪了。

　　在此期間，山川汽船的股票迅速慘跌，為了脫離困境，山川的作法是傾售其私產，將下跌的……（原文遺漏暫略）

　　山川的臉色蒼白，垂頭喪氣。「現在總得想個辦法……」但是，偏偏在這個時候，山川身邊又發生了件大事。

　　在春天一個微暖和的夜晚，山川打開重要文件，專心致志地思考今後的對策，明天可能會下雨，關得緊緊的房間悶得徵

第五章（二）

　　空前の大疑獄事件がどうやら一段落を告げて、吻と息を入れる間もなく、金解禁後の此の國の大不況時代がやってきた。

　　海港の企業會社で、多少ともこの大不況の影響を受けなかったものはないが、わけてもひどい打撃を蒙ったのは船會社であった。優秀な外國汽船ですら、一二三等を通じて乘客がたった十八人だったといふ様な珍現象が生じた位で、況してや日本のけちな會社のけちな船に乘って見ようなんて氣は、よくくの事情がない限り、起る筈がなかった。

　　こんな難關に直面して、加ふるあの娘洋子の事件で、流石の山川汽船も未曾有の苦境に立った。

　　山川太一郎が、過ぐる年の正月の元旦に、可兒利吉にあゝは云ったものゝ、やはりそのまゝ元の位置に居て采配を振ってゐたが、彼は、昨年の疑獄事件以來、東奔西走して大分無理をしてゐた。

　　色々な大小の原因が、一つの大きな結果となって、山川の身邊をひしくと掩ひ始めた。

　　三月に這入ると早速起ったのが、關係會社の一つである東邦紡績の閉鎖。次いで某温泉行電鐵の經營困難。と同時に、山川汽船株が、錘を呑んだやうに、ぐんくと水準面を沈みはじめた。

　　崩落、それに次ぐ崩落。滅多なことでは悲鳴を擧げなかった山川太一郎が打ち續く苦難に、今度ばかりは狼狽を禁じ得なかった。

　　そんな間にも、山川汽船株はぐんくと慘落を止めなかったので、苦境の脱出策として、山川は私財を擧げて、その落下した（暫時省略）

　　山川が蒼くなって首を垂れた。「今のうちに何とかしなけれ

彰化學

熱，再加上整個房間充斥雪茄的味道和煙氣，使得山川兩眼刺痛。

山川站起來打開窗戶，只見星星微暗的天空，一點風都沒有。文件放著、窗戶也開著。山川從房間出去小便，僅僅五分鐘的來回時間，回到房間的他不由得呆住了。

桌上的文件不見了。

他趕緊走到窗邊，卻連腳步聲都聽不到，窗框上有小小的腳印，一看就知道犯人是個十二、三歲的小孩，如果犯人只是個小孩，那他偷這份文件要做什麼呢？

不，這是個愚蠢的想法。那麼，差使這個小孩來偷東西的目的到底是什麼？山川和可兒一起絞盡腦汁，但最後還是想不出個所以然來。

最後，只有這麼想了：「是想要錢的傢伙搞的鬼吧？」果真如此，那犯人不久之後一定會來賣偷走的文件。

不過，也可以這麼想：如果把文件賣到同業去的話，那無疑地對山川汽船是個致命的打擊。

小小的腳印──那是街市的小孩，小新的腳印呢！而谷子和從東京來的多津子暗中已經開始活動了。

ば……」

　だが、時もあろうに、こんな頃に、又しても大事件が山川に取って起った。

　春のほの温かい夜を、山川が重要書類をひろげて今後の對策の工夫に耽ってゐたが、明日は雨が降るのであらう、閉め切った部屋の中がむうんと生温く、そのうへ部屋ぢうに充滿した葉卷の香と煙とがチクくと眼を刺してくる。

　立ち上がって窓を開くと、星の仄暗い空で、そよりとの風もない。

　書類をその儘、窓もその儘。

　ものゝ五分間も、山川が小用を足しに部屋を出たが、戻って來た時、彼は思はず棒立ちになった。

　机上の書類が失くなってゐる。

　急いで窓際へ――。

　だが足音も聞えない。窓枠に小さな足跡が殘ってゐる。

　これで見て犯人はまだ十二三の子供だと判ったが、若しそんな子供が犯人なら、一體何のために盜んだのだらう？

　いや、こんな考へ方は愚な考へ方だ。

　するとこんな子供を使って盜み出させた目的は、一體何なのであらう？

　山川達――山川と可兒が、額を集めて考へたが、遂に判らなかった。結局、斯う考へられた。

　「これは、金の欲しい奴等が仕出かした仕業であらう。」とすれば、その犯人は近々その盜んだ書類を賣り込みに來るだらう。

　だが斯ういふことも考へられた。

　若しそれを同業の者の所へ賣り込みに行くとしたら――これは山川汽船の致命的な痛手に相違ない。

　小さな足跡――それは、街の子、新ちゃんの足跡であった。そして谷子も、東京から來た多津子も、秘かに活躍を開始して居た。

第五章（三）

　　三宮神社的院內附近，從阪神電力鐵路神戶終點站，一直往西走，大約走一區段，有一條大馬路，跟這條大馬路成丁字形的另一條大街生田前路，路上有很多舞廳。

　　那個地區也有山川經營的舞廳「Trockadero」，有個年過三十左右的女人，從一個多禮拜前開始在這裡當舞女。

　　做爲舞女雖然年紀大了點，但是看得出年輕時相當漂亮，充滿活力的眼睛、形狀優美的鼻子、還有在年輕人身上看不到的豐腴肉體——這是最後被舞廳採用的充分理由。

　　這舞廳是採會員制的，大部分的會員都是海港地方上有頭有臉的人物，卻沒有一個正經的，所謂的不良老人多不勝數。這些人不只要抱著女人或被女人抱著跳舞，他們跟女人喝酒、跟女人跳舞，而且喝醉跳累之後，還能抱著女人睡覺，爲重要條件。

　　所以這裡的女人全是舞女，也同時都是妓女。

　　因此，要做各式各樣的準備，首先，要有知道警察那邊的情況的人，這就是可兒利吉勉強當了個領低薪水的普通巡警的原因。

　　警察不知什麼時候會來搜查，所以可兒的這項任務是不可或缺的。

　　三層樓的建築物，一樓是撞球場、麻將遊戲間，二樓是舞廳，三樓是旅館。（原文遺漏暫略）……

　　神戶市的電力公司很忠實，順著電線，到二樓的舞廳、三樓的床鋪，鈴聲令人吃驚地通報樓下有可疑的來訪者。

　　在床鋪的女人離開了男人，抱著女人的男人把手鬆開，配

第五章（三）

　　三宮神社も境内近く、阪神電鐵神戸終點から、真直ぐ西に一町許り行くと、一つの大通りがある。この大通りと丁字形をなすもう一つの大通り——生田前通りには、舞踏場が多い。

　　その區域に、山川經營の舞踏場「トロカデロ」もあったが、一週間許り前からこゝの踊子になった三十を少し過ぎた位の女が居た。

　　踊子としては少し年を取り過ぎてゐたが、若い時は随分と美しかったらしく、張りのよい眼と、恰好のよい鼻と、それに若い者には見られない豊満な肉體と——この最後の條件は、此の舞踏場に採用さるべき充分な資格であった。

　　といふのは、此の舞踏場は會員制度で、會員といふのが海港の紳士名簿に記名されてゐる様な人達ばかりと云ってよく、堅氣な人は居ずいはゆる不良老年が多かったが、こんな人達には單に女を抱いて、或は抱かれて踊るといふだけでは物足りなくお酒も飲み、女とも踊り、醉って踊り疲れて、その女を抱いて眠れるといふことが、大事な條件なのだ。だから此處の女達は、踊子であると共に、賣笑婦でなければならない。

　　そのためには色んな用意が必要であった。

　　先づ第一に、警察の事情を知る者が居なくては……可兒利吉が、無理に、安月給を取る平巡査になった理由は實にこゝにある。

　　警察の手が何時はいるか知れない。そのためには、可兒のこと一役は欠く可らざるものであった。

　　三層の建物で、一階は撞球場麻雀遊戯場、二階は舞踏場で、三階がホテル。……（暫略）

　　神戸市の電氣局は忠實だ。

合留聲機，踏踏踏……地邁起舞步。

「Trockadero」就是這種舞廳，跟現在全都遭到失敗的山川其他事業不同，只有這個舞廳依舊十分賺錢。

一個多禮拜前出現在舞廳的舞女，現在正跟十八、九歲年輕的舞女靠窗聊著天。

「聽說妳也好像也滿可憐的。」新來的舞女這麼說。

「對啊，我常常覺得自己很可憐。好不容易離開了那一家，又跳進了這種地方，我的運氣也真差！」

「真是的！」年長的舞女點了頭。

「不過，以後的事用不著這麼悲觀吧？」

「不知道呢……」

「如果可以的話，妳會想辭掉這裡的工作嗎？」

「嗯，那可真是……但是，想到離開這裡之後日子要怎麼過，心情就沉重起來。」

「那不用擔心，我跟妳保證。」

看到年長舞女充滿信心的說法與笑容，年輕女人不由得報以依賴的微笑。

兩人從窗戶伸出頭來，俯瞰夜晚的街市時，有一輛汽車停在舞廳門口。

從裡面出來的是個肥胖的男人，年輕女人看那個男人就低聲私語：「多津子小姐，那個男人就是這裡的主人。」

男人正是山川太一郎。

　電線を伝って二階の舞踏場へ三階の寝臺へ、ベルは消魂ましくいま階下に不審な訪問者のあることを報じるであらう。

　寝臺に居た女は男から離れ、女を抱いた男はその手を緩めて蓄音機に合せて、タ、、、、とステップを踏むであらう。

　こんな風な舞踏場で「トロカデロ」はあるのだが、事毎に蹉跌を來してゐる現在の山川の事業と異って、これだけは相も變らぬ繁昌振りであった。

　今、一週間ばかり前からこの舞踏場に現はれた踊子と、若い十八九の踊子とが、窓に倚って話してゐる。

　「あんたも随分と可哀想な人らしいのね。」

　かう云ったのは新しい方の踊子。

　「えゝ、あたし、自分で自分を可哀想だと思ふことがよくあるのよ。その家をやっとこさで逃げだして飛び込んだ所が此處なんでせう？よくゝあたしも運が悪いんだわね。」

　「ほんたうにね、」と年上の方が頷いた。

　「まだこれから先のことは、さう悲觀したものでもないぢゃない？」

　「どうだか……」

　「で、あんた、出來ることならこゝを止したいんでせう？」

　「えゝ、それや、それや……。だけど、こゝを出てどうして食って行かうかなんて考へると、暗い氣持になるわよ。」

　「それなら、大丈夫、あたしが保證したげる。」

　自信ありげな言ひ方と笑ひ方に、若い女が思はず頼もしさうに、微笑み返した。

　窓から顔を出して、二人が眼の下の夜の街を見おろしたとき、一臺の自動車が、舞踏場の入口で停った。

　中から降りて來たのはよく肥えた男だったが、その男を見ると、若い女が囁いた。「多津子さん、あの男よ、こゝの持主は。」

　男は山川太一郎だった。

第五章（四）

不久，在舞廳的角落，留聲機開始演奏起熱鬧的西洋音樂，人們的腳步隨著音樂一起搖動起來了，於是眾人開始跳著奇怪的舞，有緊緊抱住男人脖子跳舞的女人，有早就陶醉在女人便宜香水裡的中年紳士，有將半天鬍磨蹭女人脖子的老紳士。

而山川正好跟多津子配成對。

「是的，才來一個禮拜。」

「這樣啊，以前在哪裡呢？」

「橫濱。」

「原來如此。」

兩人暫時不說話地跳著舞。

「很熱吧？穿著那樣的洋裝。」

多津子身上穿著到手腕的緊身洋裝，好色的男人對這種服裝最感棘手了，女人的體味、豐滿的胸部都沒法嗅到，也偷看不了。

「要買新衣給我嗎？」女人勾眼看著男人。

「好啊，買給妳吧。」交易就這樣成立了。

山川認為女人是只要買東西給她，她就會馬上提供身體來答謝的動物。

不過，跳完這場舞，休息了一會兒之後，音樂再度播放，人們又開始邁舞步時，剛剛跟山川跳舞的女人並沒有出現。

不著急，山川坐在椅子上點了雪茄菸，這時有個不適合這舞廳的男人匆匆忙忙走近山川，是可兒利吉。

「社長！」

第五章（四）

　　軈てホールの一隅で、電氣蓄音機が賑かな洋樂を奏で始めた。それにつれて一斎に人々の足が浮足立った。そして怪しげなダンスが始まるのだ。男の首っ玉に嚙りついて踊る女。女のつけた安物の香水に早くも陶然となる中年紳士。女の頸筋に半日の髭を擦りつける老紳士。

　　山川は、あの先刻の女、多津子と組んでゐた。

　　「えゝ、まだ一週間にしかなりません。」

　　「さうか、それまで何處に居つたな？」

　　「横濱。」

　　「成程。」

　　暫く默って踊って。

　　「暑からう？そんな洋服ぢゃ。」

　　多津子は、手首迄の嚴重な衣裝で身を固めてゐた。

　　助平な男にはこんな服裝は苦手だ。女の體臭も、女の胸の膨らみも、これでは嗅ぐことも、覗くことも出來ない。

　　「買って下さる？」女が上眼で男を見る。

　　「買ってやらう。」これで契約は終ったのだ。

　　女といふものは、何か買ってやれば、すぐそのお禮に身體を提供する動物だ、と山川は思ってゐる。だが、この舞踏が終って、暫くの休憩の後、再び音樂が始まって人々がステップを踏みはじめた時になっても、山川の相手の女は姿を見せなかった。

　　せうことなく、山川は椅子に腰を卸して葉卷に火を點けたがその時、このホールには不似合な男が慌しく山川に近付いて來た。

　　可兒利吉だ。「社長！」（暫略）

（原文遺漏暫略）

「知道是誰嗎？」

「那個，好像是個女人……。還有，上次被偷的文件好像在罷工團的手上。」

「好，我們馬上回去。」

山川跟可兒剛下樓梯的時候，兩個人吃驚地停下來，他們聽到了佩劍的聲音。

「糟糕！」但是已經來不及了。

一隊警察已來到眼前。

「臨檢！」其中一個警察大嚷了一聲。

「不可能會有這種事的！」雖然山川拚命阻止，但是兩個警察推開山川衝進舞廳裡。

可兒好像吞下棒子一樣，直立不動地發呆，完全不知道該怎麼處理才好，只知道結果完蛋了，而且這結果早猜到了。

從第二天開始，舞廳停止營業、被處以鉅額的罰款、可兒警官被開除──報紙報導的還不只這些。

山川汽船公司職員的罷工，他們要求立刻給付拖欠已久的工資、縮短上班時間、改善不佳的伙食……。

不知從哪裡怎麼傳的，遺失的重要文件最後竟落到勞動者抗議組織手上。

很遺憾，山川沒有得勝。劇情急轉直下，幾天之內，山川汽船就要轉讓給某公司了。

揭露舞廳事件的人到底是誰？

奇怪的舞蹈、還有三樓床鋪幾對男女丟臉地被逮住了，山川後來才知道，守衛門後的按鈴成了無用的東西，因為電線被切斷了，大約在臨檢半小時前，有個女人打電話到警察局檢舉：「馬上到Trockadero去看看！」

「誰か判っとるか？」

「それが、どうも女らしいので……。それからこないだ盜まれた書類は罷業團の手にあるやうです。」

「よし、直ぐ歸る。」

山川と可兒が階段を降りかけた時、二人はハッとして立ち止った。確かに佩劍の音を聞いたのだ。

「しまった！」と思った。が時はすでに遅かった。

警官の一隊が眼の前に迫ってゐた。

「臨檢！」とその中の一人が叫んだ。

「そんなことをされる譯はない。」山川が必死になってさう云ひ返したが、その山川を押しのけて、二人の警官がホールの中へ飛び込んだ。

可兒は、棒を呑んだ樣に、突っ立ったまゝ呆然としてゐた。

どういふ處置を取ったらいいか見當が付かなかった。

たゞその結果だけが判った。そしてこの結果の予想は適中した。

翌日から、舞踏場の營業停止莫大な罰金刑──可兒は警官を免職──新聞の報道。これだけではなかった。

山川汽船會社の使用人達の罷業。未拂俸給の請求──就業時間の短縮、食事の改善……。

どこをどう渡って行ったものか、紛失した重要書類は爭議團の手にあった。勝利は殘念乍ら山川の方には上らなかった。

問題は急轉直下して、近日中に山川汽船は某會社に身賣りすることゝなった。舞踏場の暴露事件は、誰の手によってなされたか？

怪しげな舞踏、更に、三階の寝床では、幾組かの男女が、恥づべき現場を踏み込まれた。後に、山川達が知ったことだが、番人の居る入口の卓子の裏のベルは、用をなさないものになってゐた。途中で電線が切斷されてゐたのだ。

警察署へは、臨檢の行はれる三十分ほど前に、女の聲で電話がかゝったのだ。「今すぐトロカデロへ行ってごらんなさい。」

第五章（五）

　　乳木純回到神戶之後，過了十天左右，每晚不知道都去了哪裡，經常搞到十一點多才回家，有時候甚至帶妹妹美代子出去。

　　母親乳木夫人又開始過著擔心的日子了。在她眼裡，純是始終是個讓雙親擔心的不良孩子。

　　純每天晚上在谷子的「紫色酒吧」玩得不亦樂乎。他既不喝酒、也不調戲女人，只是玩玩撲克牌、打打麻將，要不然就是講講偶爾聽來的笑話，只要能跟美麗的支那子在同一個地方就好了。

　　不過，兩人都還不敢開口說些什麼呢！純想要說些什麼的時候，支那子就面紅耳赤，心情忐忑地等他開口。但是，只是這樣，純就會把好不容易要說的話跟口水一起使勁地吞下去，突然顯得難爲情。

　　最後說出來的總是：「今晚天氣很好呢！」或者：「好悶熱的夜晚哦！」等。

　　支那子沒能聽到想聽的話，顯得十分頹喪，只好點頭說：「是。」

　　她心裡想，要說什麼就直接告訴我該多好。但是又想，如果真的說了，恐怕會很爲難，這就是支那子的心情。

　　「我愛你。」覺得只要這麼說就可以了。卻又覺得這好像是戲劇台詞……（原文遺漏暫略）……並沒說出來。

　　在一個定期休假日，三個女招待都外出了，只有支那子一個人在二樓自己的房間一個人玩撲克牌算命，結果一聽到樓下純的聲音，支那子馬上下來了。

第五章（五）

　　乳木純が神戸へ歸って、十日ばかり過ぎると、彼は毎晩どこへ出掛けて行くのか、十一時過ぎにならなければ歸宅しない樣なことがよくあった。時には妹の美代子まで連れて出歩く。

　　母の乳木夫人が、又その心配で日を送らねばならなかった。夫人の眼には、純は、いつまで經っても親に心配を掛ける不良の兒であった。

　　純は毎夜を谷子の「ムラサキバー」で遊び呆けてゐたのだ。

　　彼は、お酒を飲むでもなく、女と戯れるでもなく、トランプを繰ってみたり、麻雀を戰はせて見たり、でなければ一寸小耳に挾んだ面白い話をして聞かせたり──ただもう、美しくなった支那子とひとつころに居れさへすればよかったのだ。

　　だが二人ともまだ何とも云ひ出せないのだ。

　　純が何かを云ひ出さうとする支那子がぼっと上氣して、胸を躍らせながらその言葉を待つ。だが、それ迄で、折角云はうとしたことを唾液と一緒にぐっと嚥み込んでしまって、ぼうっと照れてしまふ。

　　結局出た言葉は、「今夜はよく晴れてますね。」とか、「蒸し暑い晩ですね。」とか。

　　支那子が、期待してゐた言葉を聞けずに、がっかりして。

　　「えゝ、」と頷く。

　　云って呉れゝばよいのにと思ふ。が又若し云はれたら困るだらうと考へる。こんな支那子である。

　　「僕は貴女を愛してゐます。」これだけ云へばよいのだと思ふ。がこれは丸でお芝居の科白……(暫略)……

　　子は出て居ず、それに定休日で三人の女給は皆外出してしまっ

「一個人嗎？」純問道。

「是。」

「那我回去吧。」

「可是……」支那子猶豫一下：「姊姊剛剛去附近買一下東西，很快就會回來的。」

「那麼——」

雖然純上了二樓，但是該馬上回來的谷子卻老不回來。撲克牌也玩膩了，話題也沒有了之後，兩個人就陷入了沉默，於是，心情變成像往常一樣焦急了起來。

在這種心情之下，支那子抬頭看了純，純用充血的眼睛凝視支那子。

她吃驚地垂下頭，純立刻喚了一聲：「支那子妹妹！」

純這麼叫她，支那子卻不吭聲。

這是一個機會。如果支那子回應的話，純恐怕會跟往常一樣，肯定什麼都說不出來。

純大膽地握緊支那子的手，然後緊緊抱住支那子，不久，兩人的唇自然而然地貼合了起來。

將這一剎那說是人生最幸福的時光，也許是錯的。不過，也許會有人這麼說吧：「人僅僅只為了這個時刻而活到現在。」

而此刻在純家裡，乳木夫人從純桌子的抽屜裡，發現了兩個女人的照片。

一張是正面照，另外一張是側面照——夫人馬上知道那是同一個人，拿著那兩張照片走進乳木氏的房間去了。

て、支那子が一人、二階の自分の部屋でトランプの獨り占ひをしてゐた。階下に純の聲を聞いて、支那子は早速降りて來た。

「一人？」

「えゝ。」

「ぢや歸らうかな。」

「でも……」と支那子は一寸躊って、「姉さんはつひそこまで買物に行ったんだから直ぐ歸って來るわ。」

「ぢや——」

と純は二階へ上ったのだが、直ぐ歸る筈の谷子は、仲々歸って來なかった。トランプにも飽きて、話もま盡きると、二人は默り込んだ。

すると、何時もの樣なじれったい氣持になる。

こんな氣持の中で、支那子がふと顔を上げて純を見たが、純は充血した眼で、支那子を見つめてゐる。

ハッと俯向くと、純が、「支那ちゃん！」と呼んだ。

支那子は默ってゐる。

これは一つの機會であった。若し支那子が返事をしてゐたら恐らく純はいつもの樣に、何も云ひ出せなかったに違ない。

純が思ひ切って、支那子の手を握りしめた。一人の男が、一人の女をその腕に抱き締める。やがて自づと唇が合はさって——。

此の瞬間を、人生の最も幸福な時といふのは、或ひは間違ってゐるかも知れない。だが人によっては、かういふ人もあるであらう。

「人間はたゞこれだけのために今迄生きて來たのだ。」と。

こんな頃純の家では、母の乳木夫人が、純の机の抽斗の中から、二人の女の寫真を發見した。

一枚は正面から、もう一枚は横顔——夫人には、それが同一人であることが直ぐ判った。その二人の寫真を持って、夫人は乳木氏の部屋へ這入って行った。

第五章（六）

　　純滿懷灼熱的思慕，緊緊抱住第一次所愛的人支那子時，「Trockadero」舞廳正被一隊警察前來搜查得亂七八糟，而在「Trockadero」附近德國人經營的咖啡廳「juchheim」裡，谷子和油吉相對地坐著，從剛才起，谷子瞧了手錶好幾次，又不斷往外看。

　　時鐘指著八點十五分。

　　「油吉，今晚的事能不能順利進行呢？」

　　「呀，應該很順利吧！」

　　「這樣的話，阿龍差不多該來了。」

　　「嗯，我也從剛才就一直擔心。」

　　「難道，會一起被逮到嗎？」

　　「阿龍不會做那種蠢事的！」

　　「可是我很擔心，你幫我到那邊看看好嗎？」

　　「好，我去看一下。」

　　油吉走到門口時，碰到了剛進門的兩個女人，是多津子和年輕的舞女，多津子當然是以前的阿龍。

　　「啊！阿龍小姐！」油吉壓低了聲音：「怎麼樣了？進行得順利嗎？」

　　「嗯，好像是吧！」

　　「那太好了！因為妳來得很慢，我們很擔心妳怎麼了，正想去接妳。」

　　「那太感謝了！」

　　油吉看了看一塊來的年輕的女人：「這位小姐是？」

　　「待會兒再告訴你，倒是谷子姊呢？」

第五章（六）

　　純が、初めて愛する支那子を燃ゆる思ひで胸に抱き締めた頃舞
踏場「トロカデロ」では、警官の一隊に踏み込まれて混亂してゐたが、
その「トロカデロ」近くの獨逸人經營の喫茶店「ユーハイム」で、谷子と
油吉が差し向ひで腰掛けてゐた。

　　先刻から幾度も谷子は腕時計を覗いては表を見る。

　　時計は八時十五分を指してゐた。

　「油吉、今夜のことはうまく行くかしら？」

　「さあね、多分うまく行くと思ふけど！」

　「それにしたら、お龍さん、もう來さうなもんだがね。」

　「うん、それはさっきから氣にしてるんだが。」

　「真逆、一緒に引っかゝったんぢゃないだらうね。」

　「そんなへまはお龍さんならやらないと思ふけど。」

　「だけど氣懸りだね、お前ちょっとそこまで見に行って呉れない
か。」

　「あゝ行って見ませう。」

　　油吉が立ち上がって、入口まで行ったとき、二人の女が入ってく
るのにぶつかった。

　　多津子と若い踊子と。

　　多津子は勿論昔のお龍だ。

　「あゝ、お龍さん！」と聲を呑んで、「どうでした、うまく行きました
か。」

　「あゝ、どうやらね。」

　「そりゃよかった。あんまり來やうが遅いもんだから、どうかと思っ
て今迎へに行かうと思って……」

谷子在一旁笑著。

（原文遺漏暫略）

「謝謝妳！」谷子說。

「哪裡！」阿龍也握緊谷子的手。

四個人圍著桌子坐下來，這時谷子開說：「眞的受妳幫忙了！」

「哪裡，那種事算不了什麼。不過，切斷電鈴的電線還眞是有點費勁兒呢，萬一不小心切掉了舞廳的電線，那才眞是白費工夫了！」

谷子點了好幾次頭。

「現在，那裡面鬧得天翻地覆了吧？」

多津子回頭看同伴的年輕女人。

「對啊！」年輕女人還沒有平息下心跳，聲音仍在發抖。

之後，多津子跟谷子說：「我打算明天就回去──」

「明天？這麼快？再待個兩三天可以嗎？」

「嗯，可是家裡還有事。」

「對對，阿龍姐現在不是一個人了，那麼──」

「因爲這個關係，這位小姐，」阿龍指著同來的女人說：「能不能留在妳這邊啊？」

「好啊，妳不介意的話來啊！」

隔天，阿龍也就是多津子搭早上的特快車回東京了。

「そりゃどうも。」

油吉が連れの若い女を認めて。

「その女は？」

「今話すよ。それより谷さんは？」

谷子は直ぐ近くで笑ってゐる。

(暫略)りしめた。

「有難う。」

「いゝえ。」お龍は、谷子の手を握り返した。

四人がテーブルを囲んだ。谷子が口を切った。

「本當にお世話をかけたわね。」

「いゝえ、あんなこと位なんでもありゃしない。たゞね、電線を切るのが一寸骨だった。下手をしてホールの電線でも消えやうもんなら、それこそ水の泡だもんだから……」

谷子が何度もうなづいた。

「今頃は、あの中は大騒ぎだらうね。」

と多津子が連れの若い女を返り見た。

「えゝ。」とまだ鎮まらない胸の鼓動に聲が顫へてゐる。

それから多津子が谷子に、「あたい明日の？で歸らうと思ふんだけど――」

「明日？そんなに早く？まだいゝぢゃない、二三日は――」

「えゝ、だけど、やっぱり家の都合もあるから」

「さうく、お龍さん、獨り身ぢゃなかったんだわね、それぢゃ――」

「それで、この人なんだけど。」と連れの女を指して、「あんたの所へ置いて貰へないかしら？」

「いゝとも、よかったらお出でな。」

その翌日、お龍――多津子は朝の特急で東京へ歸って行った。

第五章（七）

　　三月二十八日的各報紙爭相報導山川汽船的沒落，谷子叫小新偷的文件被送到勞動者抗議組織手上，並且被公開出來了。

　　山川太一郎完完全全被從企業界擊退了，經過總結算，到最後留在手上的只剩山手的宅邸而已，但是他把宅邸賣掉，而買下只有他和老婆夠住的小房子。

　　山川沒辦法用賣掉宅邸的錢做資金東山再起，這一次真的被擊得粉身碎骨了，即使如此，山川還算好的，處境最慘的是可兒利吉了，花完了山川給的錢，第二天怎麼生活可就不曉得了。

　　這時候，在神戶街市到處發生了外國人的找錢詐騙事件，外國先用百圓紙幣買兩、三圓的東西，接著在計算找錢的時候，巧妙地抽走了一張十圓紙幣。

　　商販表示，因為說找錢不夠的是有紳士風度的外國人，所以不疑有他地再給了一張十圓紙幣，因此便巧妙地被拿走了十圓紙幣。綜合此人容貌及其手法，好像是同一個人犯的案。

　　這個犯人是之前的魔術師伊瓦諾夫，曾在馬戲團表演過熟練的紙幣魔術，警方也大概推斷是伊瓦諾夫而在盡力搜查，但是他突然從神戶消失，好像跑到東京去了。

　　（原文遺漏暫略）

　　增加了新的成員開始活動了，看來，可兒考慮到自己的將來而自暴自棄了，在加入同昌一夥的同時，可兒怒火中燒，開始搜索谷子的蹤跡。

　　這時候，山川汽船的沒落成了人們的話題，可兒漸漸開始

第五章（七）

　　三月二十八日の新聞は、一斎に山川汽船の没落を報じた。

　　谷子が新ちゃんに盗ませた書類は、爭議團の手に送られて、更に明るみへ持ち出された。

　　山川太一郎は完全に實業界からノックアウトされた。

　　總決算されて、最後に彼の手に殘ったものは、山の手の邸宅だけだったが、彼は賣り拂って、たゞ自分と妻とだけが住める小さな家を求めた。邸宅を賣り拂った金を資本に、もう一旗上げようとは、山川には考へられなかった。

　　今度こそは、厭といふほど叩きのめされてしまったのだ。

　　が、それにしても、山川はまだよい方であった。

　　最も惨めな境遇にたったのは可兒利吉であった。山川から貰ったばかりの金を費ってしまへば、その明日からはどうして行くか。

　　此の頃、神戸の街に、外人の釣錢詐欺が、あちこちで行はれた。

　　百圓札で二三圓の買物をしてお釣錢を受取って數へる時に、巧妙にその中の十圓札を一枚抜き取るのだ。

　　そして釣錢が足りないといふ相手が紳士風の外人なので、もう一枚十圓札を附け加へる。

　　まんまと、十圓札取られる譯だ。人相を總合してみると、その手口と共に、同一人の仕業らしかった。

　　此の犯人は、以前すでに、手品師イワノフとして、諸君の前で鮮かな紙幣の使ひ分けをして見せた筈だ。

　　警察でも、ほゞ見當をつけてイワノフ捜査に力を盡してゐたが、イワノフは突然、神戸から姿を消して、どうやら東京へ逃げだらしかった。……（暫略）……

知道，它沒落的原因，正是因為重要文件被偷，而幕後的指使者正是谷子，而且揭露舞場內幕的也是谷子。

可兒從同昌那邊證實了他的想法。

「阿龍在谷子家待了很久。最近遇到阿龍，身體很好，簡直讓人認不出來了。

有人看到阿龍進去Trockadero。電線被切斷的確是阿龍搞的鬼沒錯……」

谷子的家也是從同昌那兒聽來的，他決定見到了谷子的時候，要好好確認一下：「如果這一切都是真的，看我到時候怎麼收拾妳！」

有一天，這兩個人終於在路上碰見了。

「偷文件的是妳的人吧？揭露舞廳的事也是——」

「對啊，那又怎麼樣？」谷子泰然回答。

明亮的街市離此地很近，要在這裡動起武來的話沒有好處，可兒這麼想了。

「好，妳給我記住！」

然後兩個人分手了。

不過，就在可兒利吉要報復谷子之前，就被警察逮捕了，以使用假鈔和假鈔偽造集團團員的嫌疑被捕，可兒可說是天生的壞蛋，他緊緊地閉上嘴巴，什麼都沒有招認。

新しい一員を加へて活躍を始めたのだ。

可兒は、自分の行先を考へて自暴自棄になったものとみえる。

同昌の仲間入りをすると同時に、可兒は、激しい怒りに焼えながら、谷子の身邊を狙ひはじめた。

其の頃山川汽船の沒落は、人々の話題の種であったが、その沒落の原因ともなる、盜まれた重要書類が、谷子の手でなされたものであって、舞踏場の內實を明るみに曝け出したのも谷子だと、可兒が漸く知りはじめたのだ。

それを裏付ける言葉を、可兒は同昌の口から聞いた。

「お龍は長いこと谷子の家にゐた。つひこないだ、そのお龍に逢ったが、見違へるやうに元氣になっとった。お龍がトロカデロへ入るところを見たといふ者も居る。電線が切れとったといふのは、屹度お龍の仕業にちがひない……」

谷子の家は、同昌にきいて知ってゐた。谷子に逢へば、それをはっきり確かめてやらう。若しそれが本當なら、どうして呉れやう……。

が、たうとう、この二人は、バッタリと途上で出くはした。

「書類を盜んだのは、貴様の仲間だらう。ダンスホールのことをばらしたのも──」

「さうさ、それがどうしたい？」と谷子は平然と受け渡した。

明るい街が此處から近かった。此處では──そして暴力沙汰では──と可兒は思った。

「よしッ、忘れるな！」そして二人は別れた。

だが、可兒利吉が、谷子に何等かの形で報ひようとする前に彼は官憲に逮捕された。

贋造紙幣行使、紙幣密造團員の嫌疑。

可兒にも併し惡黨の長所とも云ふべき血が流れてゐると見える。固く口を緘じて何事も自白しなかった。

終曲篇（一）

　　陽春四月，四月是海港繁忙時期，因為很多外國人為了看日本櫻花，在此時千里迢迢渡海而來。

　　櫻花八成是在須磨、諏訪山開花，戀慕花朵的人們，拉長了隊伍走在那邊的山上、這邊的小丘。

　　為了賞花的外國人，每年在元町大道的兩邊，像街道樹一樣，擺放著櫻花樹。今年也跟往年一樣，櫻花樹微微綻開了花蕾，使得行人，尤其是外國人看得開心不已。

　　有三個年輕人走在元町大道上，腳步輕快地從一町目走向西邊。其中一個是宮田洋介，其他兩個是今天早上才到神戶的東京私立大學畢業的宮田的同學。

　　「神戶怎麼樣？」這麼問的正是三人之中個子最矮的宮田。

　　「很好呀。」這麼答的是個子最高的男生，他的綽號叫「竹筍」，像雨後春筍一樣，搖搖晃晃地走著。

　　這男孩是第一次到關西旅行，所以總覺得充滿異國情調的神戶任何事物看起來都很新奇。

　　另一個年輕人綽號叫「演員」，他的未婚妻是寶塚劇團有名的人氣演員逢見長子，神戶對他來說並不新奇，不過他仍然注意在傾聽。

　　「喂，竹筍，你注意聽聽看，聽到船的汽笛聲了嗎？」

　　畢竟像莫茲這種船的汽笛聲，只有在這種海港才聽得到，所以十分稀奇。

　　「嗯，不錯。」竹筍點點頭。

　　「總覺得令人感到有些旅愁呢。」

終曲篇（一）

陽春四月。

四月は海港の書入時だ。

何故なら、日本の櫻を見ようとて、遙々海を渡って、澤山の外國人がやって來る月だから。

櫻は八分方、須磨に、諏訪山に、花の開きを見せて、その花を戀ふ人達が、あちらの山、こちらの岡に、長く尾を曳いて歩いた。

外國人の為に、毎年元町通りの兩側には、並木の樣に、櫻の木が置き並べられる。

今年も、例年の通り、鉢植の櫻の樹がその蕾をほんのりと開いて、行人の眼を、わけても外國人の眼を、樂しませてゐた。

その元町通りを、いま三人の青年が一丁目から西へ、早足に歩いて行く。

一人は宮田洋介で、あとの二人はこの朝神戸へ着いた、東京の私立大學出の宮田の級友であった。

「どうだい神戸は。」

と云ったには、三人の中で一番背の低い宮田であった。

「いゝね。」

と答へたのは、一番背の高い男で、綽名を「バンブー」と云った。雨後の筍の樣に、ひょろくと高いところからきてゐた

此の男は、初めての關西旅行で、だから何處かエキゾチックな匂ひのある神戸の風物が、眼に珍らしかった。

いま一人は、役者といふ綽名で、さういへばそんな味のある好男子であった。寶塚の、今を時めく人氣スター逢見なが子を許婚者に持ってゐる位で、神戸は、さう珍らしくはなかったがそれが耳を澄して

在宮田的引導之下，三個人首先走進了神戶一流的咖啡廳「本庄」。

演員一邊喝咖啡一邊說：「嚴肅先生，你的朋友乳木純現在怎麼樣了？別來無恙吧？」

「對啊，身體健康、精神奕奕地在談戀愛呢！」

「是喔！」

「他說要結婚呢。」

「那可真是愉快。乳木君要結婚？對象很漂亮嗎？」性急地插嘴的是竹筍。

「嗯，是個美女。」宮田深深地點了頭。

「嘿！你也喜歡她不是嗎？」

「別亂說話嘛。我怎麼會談戀愛呢？」

「哦，開始了，竹筍你看那副嚴肅的表情。」

宮田毫無辦法地露出苦笑。

「先聽我說嘛，不過，那對象是酒吧的小姐呢，他父親能不能答應還是個問題呢！」

成為三個人話題的乳木純在乳木夫人發現了兩張女人照片的第二天，被父親乳木氏叫出來。

「這是誰？」

純看了父親手上的照片

「啊，那是在船上認識的人。」

「船上？怎麼說？」

「那很久以前的事了，我不是去過香港嗎？在回程時認識的人。」

對純爽快的回答，乳木氏放下了心。

「那她叫名字？」

「她叫有年谷子。」

「什麼！？」

「おい、バンブー、聞いてみろ船の汽笛が聞えらあ。」

流石に、ボーッといふ船の汽笛は、こんな海港でなくては聞けないだけに、珍しいらしかった。

「うむ、いゝね。」

とバンブーが頷いて、

「何となく旅愁を感じさせるね。」

宮田の案内で、三人は、先づ神戸では一流の喫茶店、「本庄」へ入った。

珈琲を飲み乍ら、役者が

「ムツシウ、シンコク、お前の友達の乳木って人はどうしてる？相變らず元氣かい。」

「あゝ元氣さ元氣に戀をしてるよ。」

「ほう！」

「結婚するんだとか云ってたよ。」

「そりゃ愉快。乳木君が結婚する？で相手は美人かい。」

と性急に口を入れたのはバンブーである。

「うん、シャンだ。」

と宮田が大きく頷いた。

「てヘッ！手前も惚れてるんぢゃねえか。」

「莫迦あ云へ。俺に戀愛なんか出來ますかってんだ。」

「ほう、はじまった。バンブー見て呉れ、あの深刻な顔を。」

宮田が仕様なしに苦笑した。

「まあ聞けよ、所がだ、その相手の人ってのがバーの娘さんで親父さんが二人の仲を許して呉れるかどうかといふのが問題なんだ。」

三人の話題に上ってゐる乳木純は……？

こんなことがあった。

乳木夫人が、純の机の抽斗の中から、二枚の女の寫眞を發見した翌日、純は父乳木氏の前へ呼び出された。

有年谷子——
那個令乳木氏念念不忘的名字。

「これは誰だね。」

純が父の手にある寫真を見た

「あゝ、その人、それは船の中で知り合ひになった人です。」

「船の中といふと？」

「そら、もう大分前のことだけど、僕が、香港へ行ったことがあるでせう、あの歸りに逢った人です。」

純の朗らかな返事に、乳木氏が安心した。

「で、名前は？」

「有年谷子っていふ人です。」

「え！」

有年谷子——その名前は、乳木氏の忘れられない名であった。

終曲篇（二）

谷子突然受到了乳木氏的拜訪。

「啊，是牧師先生！」

谷子不由得吃了一驚。

「啊，是有年谷子小姐啊？」

這對乳木氏來講很意外。乳木氏曾經在警察局見過谷子一次。

當然，跟那時候比起來，衣服、小動作各方面都改變了很多，但是，她的容貌仍然跟當時叫做木本朝子的女人一樣。

「谷子是妳的本名嗎？」

「是。」

之後，兩個人交談了很久。

這一次，谷子說出了真話，乳木氏一動不動地彎著脖子傾聽著。

已經毋庸置疑了，這個女人就是乳木氏長年在找的女兒。

乳木氏眼眶裡晶瑩的淚水輕輕地掉下來了。

但是，乳木氏終究沒有自稱他是父親。

谷子的那些話深深地打動了乳木氏。

這個擁有不幸的過去的女兒，一定很記恨她的雙親吧！乳木氏覺得自己沒有權利自稱父親。

過了兩三天之後，谷子在報紙上獲知可兒利吉被捕的事。

同時，她下定了這麼個決心：「逃到大連去吧！」

既然可兒被抓到了，那麼自己之前的罪行也會被揭露的，既然可兒跟同昌是一夥的，一定也知道自己從香港帶回來的寶石一事。

終曲篇（二）

　　谷子が、突然、乳木氏の訪問を受けた。

　　「あ、牧師さん、」と思はず谷子がハッとした。

　　「あゝ、あんたですか、有年谷子さんは──」

　　これは乳木氏には意外であった。この女なら、かつて乳木氏は一度變な處で逢ったことがあった。

　　勿論、その頃となら、服装から物の仕草から随分と變ってゐたが、でも矢つ張り顔立ちは、あの頃の、木本朝子と稱する女と同じであった。

　　「あんたの本當の名ですか、谷子さんといふのは。」

　　「えゝ。」

　　それから、長い話が二人の間に交された。

　　今度は、谷子は本當の話を、乳木氏にした。

　　乳木氏は、じっと首を折ったまゝ、聞いてゐた。

　　もう疑ひを挟む餘地はなかった。

　　あゝ、この女が、永年探してゐた娘だったのだ！

　　乳木氏の眼を、涙が白く光って、ホロリと落ちた。

　　けれど、乳木氏は、つひに、自分を父と名乗らなかった。

　　谷子の話は、乳木氏の胸を強く打った。

　　この不幸な過去を持つ娘は、屹度その親を恨んでゐることであらう。父と名乗る權利が、乳木氏にはないやうに思へたのだ。

　　それから二、三日經って、可兒利吉が捕縛されたことを、谷子は新聞紙上で知った。

　　それと同時に、彼女はかう思ひ立った。「大連へ逃げよう。」

　　可兒が捕まった以上、自分の舊惡が露見するのは、もう近いうち

（原文遺漏暫略）

不過，要去大連的話，谷子突然覺得這回只有一個人很寂寞。

要帶支那子去嗎？那支那子所愛的純該怎麼辦？

這種時候，究竟得依靠男人，於是，谷子跟油吉商量了這件事。

「又要逃了嗎？」

油吉嚇了一跳。

「沒辦法，可兒那傢伙被捕了，我也不是很清白呀！」

「是這樣沒有錯，可是……」

「所以我打算坐明天的Ｓ丸出發，不過逃到大連也不知道會怎麼樣。總之，你處理善後之後，能不能也過來啊？」

「是，我會去的。不過，小支那怎麼辦？」

「我也還在想辦法。」

「怎麼辦呢？」

「我想把酒吧頂給別人，給她一半的錢，請乳木先生收養她。」

那天晚上，谷子忙到很晚，寫完了一封信，收信的人當然是乳木氏：

　　您好！這一次我突然要去大連了。關於前幾天跟您提起的支那子，我自承是在硬逼著您，擬請令郎純君娶她，可以嗎？

　　我想純君也應該不會不滿意。

　　如果您同意的話，拜託請您今後認她做養女，能不能收養她呢？

　　在此很厚顏地拜託您，就像前幾天跟您說過的，我在本地舉目無親，處境又非常艱難。雖然我是這樣的女

だ、とさう思った。可兒が同昌の仲間である以上香港から持って歸った寶石のことも知ってゐるに違ひない。……（暫略）

だが、大連へ行くとすると、今度は一人では淋しいと思ふ。

支那子を連れて？だが支那子は純を戀してゐるのだ。

かういふ時に結局頼らなければならないものは男だ。

谷子が油吉に相談した。

「又ですかい？」油吉が驚いた。

「だって仕樣がないぢゃないの可兒の奴が捕まって見りゃ、こっちだってあんまり潔白な方ぢゃないんだから……」

「さういへばさうだけど……」

「そいであたいは明日のＳ丸で發たうと思ふんだけど……尤も大連へ逃げたって、どうなるか分りゃしない。兎に角、お前も後始末をしてから來て呉れない？」

「えゝ、行きますよ。だけど、支那ちゃんはどうするんです。」

「それは今一寸考へたことがあるんだけど。」

「どういふ風に、」

「このバーを誰かに賣ってさ、半分だけあの子につけて、乳木さんとこへ貰ってもらはうかと思ふんだよ。」

その夜、遅くまでかゝって、谷子が一通りの手紙を書き上げた。

宛名は勿論乳木氏であった。

　　前略私儀此の度突然大連へ參る事に相成りました。

　　就きましては先日お話申上げました支那子、甚だ押付けがましいとは存じますが、御令息純樣に貰って頂く譯には參りませんでせうか。

　　純樣も恐らく後不服ではあるまいと存じますが、若し貴方樣御承知の樣でございましたら、何卒養女として後引取り願へませんでせうか。

人，但是我自認把支那子培養得很出色，並不會比別人差的……

　何とも厚かましい事をお願ひ致しますが、先日もお話致しました様に、當地には身寄もなく甚だ困って居る次第です私はこんな女でございますが支那子だけは人樣に負けない樣立派に育てました積りでございます……

有港口的街市（完）昭和十四年八月二十日

終曲篇（三）

　　谷子一大早就寄出寫的信，過了中午就到了乳木氏手裡了，看完谷子的信，乳木氏突然沉下臉來。

　　從信的內容推測，谷子好像不打算再踏上國土了，好不容易見到了渴望多年的女兒，卻馬上又要分開，這對乳木氏來說實在是難以承受。

　　「純！」乳木氏大聲地喊叫。

　　純過來的時候，乳木氏不做聲地把那封信遞給他，當純在看那封信的時候，乳木氏拿起早報來。

　　Ｓ丸，下午一點開船。

　　「純，走吧！」乳木氏雖然先站起來，但是差一點就慢了純一步。

　　「你先去，我隨後就到。還有，到那邊的時候，你就這麼跟她說，她是你姊姊……」

　　「咦？」

　　「理由以後再說。谷子是你的姊姊呀！」

　　聽完後，純一溜煙地從坡道跑下去了，路上叫了計程車，往海港第一防波堤去，防波堤上，谷子、支那子、油吉還有少年小新都在那兒，第一個認出純來的是小新。

　　「哎呀，畫家來了！」小新這麼喊著。

　　離開船已經沒有多少時間了，銅鑼的聲急切地響徹四周。

　　「哎唷，你特意趕來了。」谷子緊握住純的手說。

　　從下了計程車到這裡，急得心裡蹦蹦跳個不停，純還說不出話來。

終曲篇（三）

　朝早く投函された谷子の手紙は、午一寸過ぎに乳木氏の手に入った。

　それを讀み終ると、乳木氏がさっと顔色を變へた。

　手紙の内容から推察すると、谷子はもう再び内地の土地を踏まない積りの様にみえた。

　どんなにか逢ひたいと思った娘に逢ったと思ふ間に、再びその娘と離れる──これは、乳木氏には何としても堪え難いことだった。

　「純！」

　と乳木氏が大聲で呼んだ。

　純が來ると、乳木氏は默ってその手紙を差出した。

　純がそれを讀んでるあひだに乳木氏は朝刊を取り上げた。

　Ｚ丸、午後一時出帆。

　「純、行かう。」

　乳木氏が先に立ったが、ともすると純に遅れた。

　「先に行け、儂は後から行く。それから行ったら斯ういへ、あんたは姉さんだと……」

　「え？」

　「譯は後から話す。谷子はお前の姉さんだ。」

　それをきくと、純が一散に坂を駈け下りた。

　途中でタクシーを拾って、海港第一突堤へ……

　突堤には、谷子と支那子と油吉と、それからもう一人、少年新ちゃんが居たが、最初に純を認めたのは新ちゃんで、

　「やあ、繪描きが來た。」

　とさう叫んだ。

「那麼，我要上船了。」谷子跟大家這麼說，一邊走上舷梯去了……（原文遺漏暫略）

這時，支那子紅著眼看著地面，開船的銅鑼聲再度響起，三次、四次，轟隆轟隆地響徹四周，聽到這個銅鑼的信號，送行的人必須要下船。

「好吧，請你們走吧！」谷子催促大家。

「好了，大家，下船吧。」油吉這麼說，先從船梯下去了。

跟著他後面的小新使勁兒地跑下去了。

「再見。」谷子這麼說。

但是，純反彈式地大叫：「姊姊！」

「咦？！」這個叫法對谷子來講很意外。

純好不容易才斷言說：「妳是我的姊姊。」

「咦？」

「我父親這麼說的。」說完之後，純好像摟著支那子，走下了梯子。

無數的紙帶從船上朝著送行人的頭上，迅速白的紅的飄落下來。

船梯被移走了，S丸漸漸地開始離開碼頭，乳木氏上氣不接下氣地跑來了。

「喔，知道了。」

乳木氏終於看見了谷子，好幾次跟她深深地點頭，然後拍了一下支那子的肩膀，很快地舉起手來。

一領會了那個意思，谷子就點了點頭。

啊，那個人就是純所說的，是我的父親吧，谷子的心裡不知為什麼鬱悶了起來。船一離開防波堤，就在那邊做了個大迴轉。

於是，看不到谷子了，突然，支那子的肩膀激烈地振動起

船がでるのにもう間もなかった。

銅鑼が消魂ましく鳴り渡った

「まあ、來て下すったの。」

谷子がさういって純の手を握った。

タクシーを降りてから此處まではげしく鼓動が波打って、純はまだ物が言へなかった。

「ぢゃ、あたし、もう乗るわ。」

谷子が皆にさういって、舷梯を……(暫略)

その支那子は、眼蓋を赤くして俯向いてゐる。

銅鑼が再び、三度、四度、ガラガラガラアンと鳴り響いた。

この銅鑼の合圖で、見送人達は船を降りなければならない。

「さあもうどうぞ。」

と谷子が皆をうながした。

「さあ、みんな、もう降りませう。」

油吉がさういって先に舷梯を降りて行った。その後から新ちゃんが勢ひよく走って降りた。

「さよなら。」

と谷子が云ったが、それを丸で反發するやうに、

「姉さん！」

と純が呼んだ。

「え？！」

と、この呼び方は谷子には意外だった。

純がやっと云ひ切った。

「あんたは僕の姉さんです。」

「え？」

「父さんがさう云ったんです」

云ひ切ると純が支那子を抱くやうにして梯を下った。

無數のテープが、船上から、見送人達の頭上を目がけて、サッサ

來，開始顫抖哭泣了。

　　「不要哭，不要哭。」然後，乳木氏凝視著漸漸遠離而去的船隻。（完）

と白く赤く流れた。

　舷梯が取りはづされて、S丸が徐々に岸壁を離れはじめた。

　乳木氏が息を切らして駈け付けた。

　「おゝ、判った。」

　乳木氏がやっと谷子を認めると何度も大きく頷いて見せた。

　そして支那子の肩を一つ叩いて置いてサッと手を擧げた。

　その意味を知ると谷子がこくりと頭を下げた。

　あゝ、あの人が、純の云ふ通りあたしの父なのだらうか。

　谷子は何がない胸を締めつけられる思ひだった。

　船は突堤を離れると其處で大きく旋回した。

　そして、谷子は見えなくなった。

　突然、支那子がはげしく肩を顫はせて、啜り泣き始めた。

　「泣かんでもえゝ、泣かんでもえゝ。」

　そして乳木氏は次第に遠ざかる船を見詰めてゐた。（完）

翁鬧年表

杉森藍整理

西曆	日紀	年齡	生平大事及著作
1910	明治43	1歲	2月21日：出生於臺中廳武西堡關帝廟社264番地，為父親陳紵、母親陳劉氏春的四男。
1911	明治44	2歲	
1912	明治45 大正1	3歲	
1913	大正2	4歲	
1914	大正3	5歲	5月10日：被翁家收養為養子（作為螟蛉仔），入戶臺中廳線東堡彰化街土名東門359番地。
1915	大正4	6歲	
1916	大正5	7歲	
1917	大正6	8歲	
1918	大正7	9歲	2月5日：與養父寄居在台中廳線東堡湳雅庄185番地。 3月31日：搬到台中廳燕霧下堡員林街528番地。
1919	大正8	10歲	1月4日：搬回到台中廳線東堡湳雅庄185番地。
1920	大正9	11歲	10月1日：因變更土地名稱，地址改為臺中州彰化郡彰化街字東門359番地。
1921	大正10	12歲	
1922	大正11	13歲	
1923	大正12	14歲	2月中旬：參加台中師範學校入學考試。 4月29日：入首屆台中師範學校。同屆友人吳天賞、楊杏庭（逸舟）、吳坤煌、張錫卿。經常一起討論文學及讀書心得。
1924	大正13	15歲	
1925	大正14	16歲	
1926	大正15 昭和1	17歲	
1927	昭和2	18歲	

1928	昭和3	19歲	
1929	昭和4	20歲	3月18日：畢業於台中師範。畢業後於員林國小教書2年。 4月3日：寄居台中州員林郡員林街員林59番地。
1930	昭和5	21歲	7月1日：轉寄居到台中州員林郡員林街水坑138番地之1。
1931	昭和6	22歲	轉往田中國小教書3年。 寄居在台中州員林郡田中庄田中字409番地。
1932	昭和7	23歲	
1933	昭和8	24歲	7月：詩〈淡水海邊寄情〉發表於《福爾摩沙》創刊號。
1934	昭和9	25歲	前往日本東京留學，起先在一所私立大學掛名？ 住在東京市澀谷區代々木山谷町100田中方。（《台灣文藝》創刊號記載）
1935	昭和10	26歲	搬到東京高圓寺。與46歲日本婦人同居。 2月5日：出席台灣文聯東京支部第1回茶話會，紀錄刊於《台灣文藝》第2卷第4號。 3月：吳鬱三〈蜘蛛〉發表於《台灣文藝》第2卷第3號，描寫翁鬧與日本婦人。 4月：隨筆〈東京郊外浪人街——高圓寺界隈〉、感想〈跛腳之詩〉、詩〈在異鄉〉發表於《台灣文藝》第2卷第4號。 5月：譯詩〈現代英詩抄〉發表於《台灣文藝》第2卷第5號。 6月：小說〈音樂鐘〉、感想〈有關詩的點點滴滴——兼談High brow〉、詩〈故鄉之山丘〉、〈詩人的情人〉、〈鳥兒之歌〉等作品，發表於《台灣文藝》第2卷第6號。 7月1日：小說〈戇伯仔〉發表於《台灣文藝》第2卷第7號。 8月：小說〈殘雪〉發表於《台灣文藝》第2卷第8、9合併號。 12月28日：小說〈羅漢腳〉發表於《台灣新文學》第1卷第1號。

· 有港口的街市 · 328 ·

1936	昭和11	27歲	1月：詩〈搬運石頭的人〉發表於《台灣文藝》第3卷第2號。 3月：〈明信片〉發表於《台灣新文學》第1卷第2號。 4月：評論〈新文學三月號讀後感〉發表於《台灣新文學》第1卷第3號。 5月：小說〈可憐的阿蕊婆〉發表於《台灣文藝》第3卷第6號。 6月：評論〈新文學五月號讀後感〉發表於《台灣新文學》第1卷第5號。 8月：出席文藝聯盟東京支部座談會，會後紀錄〈台灣文學當前的諸問題〉一文刊於《台灣文藝》第3卷第7、8合併號。 當內閣印刷局校對員？
1937	昭和12	28歲	1月25日：小說〈天亮前的戀愛故事〉發表於《台灣新文學》第2卷第3號。
1938	昭和13	29歲	5-6月：因翁鬧事件，吳天賞攜妻女遊東京時，不幸受牽連，與陳遜仁、陳遜章同入獄，被關三個禮拜。 10月14日：詩〈勇士出征去吧！〉發表於《台灣新民報》8版。
1939	昭和14	30歲	7月4日：中篇小說〈有港口的街市〉發表於《台灣新民報》新銳中篇小說特輯，由黃得時策劃。 7月6日：開始連載〈有港口的街市〉發表於《台灣新民報》（至8月20日）。
1940	昭和15	31歲	11月11日：死亡。
1941	昭和16		
1942	昭和17		10月： 可以確認翁鬧死亡的文章。黃得時〈晚近台灣文學運動史〉說：「最富於潛力的翁鬧，以本作品為最後作品而辭世……」（《台灣文學》第2卷第4號）

國家圖書館出版品預行編目資料

有港口的街市：翁鬧長篇小說中日對照 / 翁鬧著；
　　杉森藍譯－－初版.－－臺中市：晨星，2009.05
　　面；　　公分.－－（彰化學叢書；16）
　　中日對照

　　ISBN 978-986-177-265-3　（平裝）

857.7　　　　　　　　　　　　　　　98002348

彰化學叢書
016

有港口的街市

作者	翁　鬧
譯者	杉森藍
編輯	徐惠雅、齊世芳
排版	王廷芬
總策畫	林明德・康原
總策畫單位	彰化學叢書編輯委員會

發行人　陳銘民
發行所　晨星出版有限公司
　　　　台中市407工業區30路1號
　　　　TEL：04-23595820　FAX：04-23597123
　　　　E-mail：morning@morningstar.com.tw
　　　　http://www.morningstar.com.tw
　　　　行政院新聞局局版台業字第2500號
法律顧問　甘龍強律師
承製　　知己圖書股份有限公司　　TEL：（04）23581803
初版　　西元2009年05月20日

總經銷　知己圖書股份有限公司
　　　　郵政劃撥：15060393
　　　　（台北公司）台北市106羅斯福路二段95號4F之3
　　　　　　　　TEL：（02）23672044　FAX：（02）23635741
　　　　（台中公司）台中市407工業區30路1號
　　　　　　　　TEL：（04）23595819　FAX：（04）23597123

定價 300 元
ISBN 978-986-177-265-3
Published by Morning Star Publishing Inc.
Printed in Taiwan
版權所有，翻譯必究
（缺頁或破損的書，請寄回更換）

◆ 讀 者 回 函 卡 ◆

以下資料或許太過繁瑣，但卻是我們了解您的唯一途徑
誠摯期待能與您在下一本書中相逢，讓我們一起從閱讀中尋找樂趣吧！

姓名：_____　別：□ 男　□ 女　生日：　　/　　/

教育程度：_____

職業：□ 學生　　　　□ 教師　　　□ 內勤職員　　□ 家庭主婦
　　　□ SOHO族　　□ 企業主管　□ 服務業　　　□ 製造業
　　　□ 醫藥護理　□ 軍警　　　□ 資訊業　　　□ 銷售業務
　　　□ 其他 _____

E-mail：_____　聯絡電話：_____

聯絡地址：□□□ _____

購買書名：<u>有港口的街市</u>

‧本書中最吸引您的是哪一篇文章或哪一段話呢？_____

‧誘使您購買此書的原因？

□ 於 _____ 書店尋找新知時　□ 看 _____ 報時瞄到　□ 受海報或文案吸引
□ 翻閱 _____ 雜誌時　□ 親朋好友拍胸脯保證　□ _____ 電台DJ熱情推薦
□ 其他編輯萬萬想不到的過程：_____

‧對於本書的評分？（請填代號：1. 很滿意 2. OK啦！3. 尚可 4. 需改進）

面設計 _____　版面編排 _____　內容 _____　文／譯筆 _____

‧美好的事物、聲音或影像都很吸引人，但究竟是怎樣的書最能吸引您呢？

□ 價格殺紅眼的書　□ 內容符合需求　□ 贈品大碗又滿意　□ 我誓死效忠此作者
□ 晨星出版，必屬佳作！　□ 千里相逢，即是有緣　□ 其他原因，請務必告訴我們！
_____

‧您與眾不同的閱讀品味，也請務必與我們分享：

□ 哲學　　　□ 心理學　　□ 宗教　　　□ 自然生態　□ 流行趨勢　□ 醫療保健
□ 財經企管 □ 史地　　　□ 傳記　　　□ 文學　　　□ 散文　　　□ 原住民
□ 小說　　　□ 親子叢書　□ 休閒旅遊　□ 其他 _____

以上問題想必耗去您不少心力，為免這份心血白費

請務必將此回函郵寄回本社，或傳真至（04）2359-7123，感謝！
若行有餘力，也請不吝賜教，好讓我們可以出版更多更好的書！

‧其他意見：

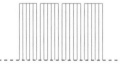
更方便的購書方式：

1 網站：http://www.morningstar.com.tw
2 郵政劃撥 帳號：15060393
　　　　　戶名：知己圖書股份有限公司
　　請於通信欄中註明欲購買之書名及數量
3 電話訂購：如為大量團購可直接撥客服專線洽詢

◎ 如需詳細書目可上網查詢或來電索取。
◎ 客服專線：04-23595819#230 傳眞：04-23597123
◎ 客戶信箱：service@morningstar.com.tw